6657,
응급의학과
입니다

6657, 응급의학과입니다

발행일	2020년 10월 8일

지은이	최영환		
펴낸이	손형국		
펴낸곳	(주)북랩		
편집인	선일영	편집	정두철, 윤성아, 최승헌, 이예지, 최예원
디자인	이현수, 한수희, 김민하, 김윤주, 허지혜	제작	박기성, 황동현, 구성우, 권태련
마케팅	김회란, 박진관, 장은별		
출판등록	2004. 12. 1(제2012-000051호)		
주소	서울특별시 금천구 가산디지털 1로 168, 우림라이온스밸리 B동 B113~114호, C동 B101호		
홈페이지	www.book.co.kr		
전화번호	(02)2026-5777	팩스	(02)2026-5747

ISBN	979-11-6539-418-9 03810 (종이책)	979-11-6539-419-6 05810 (전자책)

이 도서의 국립중앙도서관 출판예정도서목록(CIP)은 서지정보유통지원시스템 홈페이지(http://seoji.nl.go.kr)와 국가자료공동목록시스템(http://www.nl.go.kr/kolisnet)에서 이용하실 수 있습니다.
(CIP제어번호: CIP2020041858)

(주)북랩 성공출판의 파트너

북랩 홈페이지와 패밀리 사이트에서 다양한 출판 솔루션을 만나 보세요!

홈페이지 book.co.kr • **블로그** blog.naver.com/essaybook • **출판문의** book@book.co.kr

6657, 응급의학과 입니다

최영환 장편소설

북랩 book Lab

1998년을 함께 보낸 벗들을 추억하며

차례

심폐소생술   9

죽음   25

다발성 중증외상   39

부정   75

가족성 샘종폴립증   97

분노   139

디아이   177

거래   215

라자루스 신드롬   235

우울   299

6657   319

수용   327

에스카로토미   345

감사의 글   352

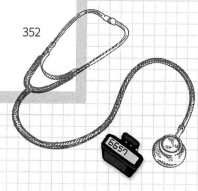

"좋은 판단은 경험에서 비롯된다.
경험은 나쁜 판단에서 비롯된다."

- 마거릿 애트우드, 『눈먼 암살자』

"스토크만: 모두 알아 두셔야 합니다.
온천물은 오염되었습니다."

- 헨릭 입센, 『민중의 적』

"그게 잘한 일인지 아닌지는 나도 몰라.
어쨌든 꼭 해야만 하는 일이 있는 법인데,
만일 그걸 하지 않으면
쓰레기처럼 하잘것없는 사람이 되는 거야.
내가 전에도 말했지?"

- 아스트리드 린드그렌, 『사자왕 형제의 모험』

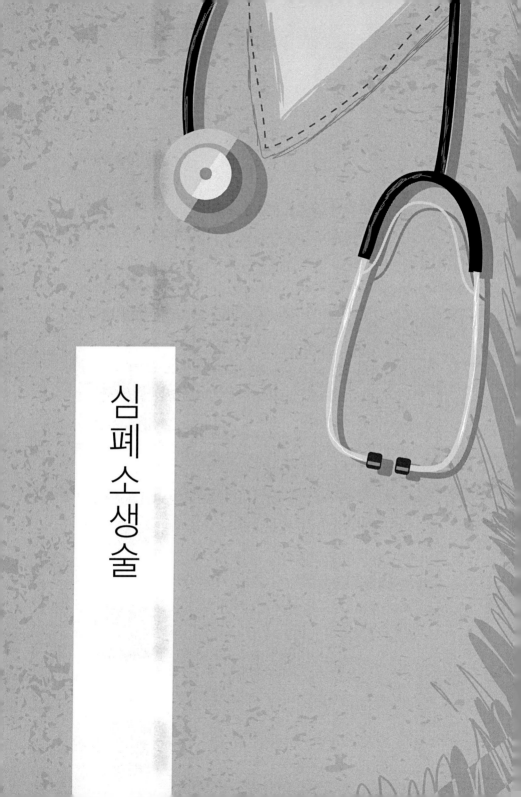

심폐소생술

...

늦었다.

병실을 나와서 엘리베이터 쪽으로 잰걸음으로 걸었다.

"선생님!"

서너 걸음 걸었을 때 등 뒤에서 부르는 소리가 들렸다. 다급했다.

"환자가 이상해요."

돌아보니 우리 환자의 보호자였다. 병실로 뛰어갔다.

병실에 들어가서 보니 우리 환자는 멀쩡했다.

옆 침대의 환자가 고개가 돌아간 채 경련을 하고 있었다.

"따님이 잠깐 자리를 비운 것 같은데." 우리 보호자가 문가에서 발을 동동 구르며 말했다.

나는 환자 머리 위쪽으로 가서 기도유지를 했고, 간호사에게 혈당을 체크하고 모니터링을 해 달라고 했다. 응급 카트와 제세동기가 요란한 바퀴 소리와 함께 들어왔다.

병동 스테이션에서 오더를 내고 있던 임정수가 병실로 들어왔다.

모니터를 연결하자 심전도가 위아래로 구불구불하면서 커졌다 작아졌다 춤을 췄다.

"200주울 차지(charge) 해 주세요."

정수가 말했다.

"하나, 둘, 클리어"

첫 번째 전기충격을 했다. 심전도가 일시적으로 편평해졌다가 다시 구불구불 춤을 췄다.

"이거 받아. 300!"

"하나, 둘, 클리어"

내가 패드를 건네받아서 두 번째 전기충격을 했다. 심전도는 그대로였다.

"360!"

"하나, 둘, 클리어"

세 번째 전기충격을 한 후에는 구불구불한 모양이 사라지고 직선에 가까운 무수축성* 리듬으로 바뀌었다.

"하드보드 넣어 주세요."

성인 등판 면적 정도의 플라스틱 하드보드를 환자의 등 밑으로 넣고 흉부 압박을 시작했다.

하나, 둘, 셋…… 열다섯.

정수가 백밸브 마스크로 구조 호흡을 두 번 불어넣었다. 오 분 정도 지났을까? 심전도가 정상 리듬으로 돌아왔다. 맥박 수가 42회에서 점점 빨라지면서 금세 100회가 넘었다.

"돌아온 것 같은데. 맥박 좀 만져 봐."

내가 정수에게 말했다. 정수가 오른쪽 경동맥을 만져 보더니 괜찮다고 고개를 끄덕였다.

---

* 심정지 때 보이는 심전도 리듬 중에 하나.

"나머지 처리는 내가 할 테니까 내려가. 고맙다. 첫날부터 장난 아니네."

"괜찮겠지? 나 내려간다."

나는 돌아서 나가려다가 말고 멈췄다.

"저녁에 시간 있냐?"

"외출은 안 돼. 백일 당직 중이잖아. 알면서 왜 물어봐?"

"시간 되면 '설'에서 만나려고."

"나중에 봐."

정수가 말했다.

"석 달 후에?"

정수가 피식 웃었다.

1998년 3월 2일. 응급의학과 1년 차를 시작하는 첫날이었다.

치프 레지던트와 회진을 돌고 나서 모든 응급의학과 레지던트들이 초진 구역 뒤쪽에 있는 뷰박스* 앞에 모였다. 위 연차들과 함께 1년 차인 나와 강단열이 서 있었다.

당시 응급의학과 4년 차는 두 곳의 병원을 통틀어 단 한 명, 강경준 한 명뿐이었다. 경준은 백칠십 센티미터 정도 되는 키에 약간 마른 체격이었고, 늘 웃는 얼굴에 자신감이 넘쳐 보였다.

3년 차 허진우는 큰 덩치 때문에 눈에 띄었다. 어깨가 떡 벌어졌

---

* 엑스레이 필름을 걸어 놓고 볼 수 있는 기구.

고 키가 백팔십 센티미터가 넘었다. 학교를 조금 오래 다닌 데다가 군대를 마치고 레지던트 트레이닝을 받았기 때문에 같은 연차 레지던트들에 비해서 나이가 대여섯 살 정도 많았다. 누군가 진우에 대해 설명하면서 관우와 장비의 중간이라고 표현했는데, 아주 '딱' 적절한 설명이었다. 장비라고 하기에는 '많이' 스마트했고 관우라고 하기에는 무게감이 '조금' 부족했으니까.

진우는 시시한 장난을 치는 걸 좋아했고 '왜요는 일본요가 왜요'처럼 언제 들어도 '헉' 신음소리가 나오는 아재 개그를 가끔씩 날렸고, 수많은 잡기(당구, 포커)에 능했다. 그래서 관우라고 하기에는 '쫌' 그랬다. 아재 개그하는 관우? 이상하잖아.

시커멓고 무섭게 생긴 인상과 달리 진우는 항상 잘 웃고 누구에게나 친절했다. 하지만 가끔씩 욱하는 성격 때문에 몇 가지 사고와 '전설'을 만들어 냈다. 사고라는 것은 보호자와 싸우다가 이를 부러뜨린 일이고, 전설이라는 것은 1년 차 때 자신을 혼내는 심장내과 3년 차를 응급실 으슥한 곳으로 끌고 가서 잔뜩 겁을 준 일이었다. 거기서 뭘 어떻게 했는지는 아무도 모른다.

당시에 현장에 있었던 간호사들 얘기로는 심장내과 3년 차가 진우의 손아귀에서 빠져나온 뒤(손아귀에 잡혀 있었다는 건 순전히 간호사들의 상상이다) 얼굴이 하얘져서 황급히 응급실을 빠져나갔다고 한다. 관우와 장비의 중간이 아니라 브루스 배너와 헐크의 중간이라고 해야 하나?

진우는 전설 얘기만 나오면 결코 아니라고 손사래를 쳤다.

"할 얘기가 몇 가지 있으니까 모두 들어가지 말고 잠깐 기다려."

경준이 말했다. 그는 나와 단열을 보며 흐뭇하게 웃었다.

"우선 응급의학과 레지던트가 된 것을 축하한다. 어제 당직팀 수고 많았어. 응급실이 꽉 찼네. 상훈아! 할 만하지? 오늘은 강단열이 수고 좀 해.

내가 1년 차들에게 하고 싶은 말은 두 가지야. 첫 번째는 일 년 동안 무조건 사고 쳐. 사고 쳐야 배운다. 이건 내과 눈치 보고 안 하고, 저건 정형외과 눈치 보고 안 하면 일 년 내내 아무것도 배우는 거 없어. 걔들이 뭐라 하건 무조건 사고 쳐. 내가 다 책임진다. 환자를 죽여도 된다는 얘기가 아니야. 응급의학과 1년 차로서 다른 과 눈치 보지 말고 해야 할 일을 하라는 거야.

두 번째는 아무도 믿지 마. 다른 병원에서 받아 온 소견서, 다른 과 레지던트들이 써 놓은 경과기록지 모두 거짓말이니까 믿지 마. 다른 과 교수들도 못 믿어. 위 연차가 얘기하는 것도, 심지어 치프인 내가 얘기하는 것도 믿지 마. 모두 거짓말쟁이니까. 자기가 직접 보고 묻고 만져 본 것만 믿어. 그래야 환자에 대해서 책임감이 생긴다."

응급실 밖에서 사이렌 소리가 들렸다. 단열이 들고 있던 6657이 울렸다.

"환자 둘이 와 있다 카는데예?"

단열이 말했다. 단열과 2년 차 윤성혁은 오토바이 사고 환자를 보기로 했고, 나와 진우는 흉통과 호흡곤란으로 온 환자를 보기로 했다.

55세 남자였고 식은땀을 흘리고 있었다. 숨이 차서인지 통증 때문인지 의사소통이 잘 되지 않았다. 진우는 혈압을 측정하기 전에 목과 손목의 맥박을 확인했다.

"손목에서 맥박이 약하게 만져지니까 시스톨릭(systolic, 수축기 혈압) 90이 안 될 것 같은데. 일단 소생실로 넣어. 에이·비·씨 확인했는데 문제없고, 의식이 조금 떨어져 있어. 1년 차, 뭘 하면 좋을까?"

"혈당을 체크해야죠."

내가 대답했다.

"좋아."

간호사가 환자의 오른쪽 손가락을 찔러 혈당을 체크하고 말했다.

"정상이네요."

환자를 침대로 옮겼다. 소생실로 옮겨서 환자 몸에 모니터 장치를 달고 심전도 검사를 했다. 심전도는 특별한 이상이 없었다. 증상을 봐서는 심장 문제가 확실한 것 같은데? 심전도를 다시 찍었지만 결과는 마찬가지였다.

"혈압이 낮으니까 수액 삼백 씨씨 로딩(loading), 흉통이 있는데 쇼크 상태야. 그리고 심전도는 애매해. 뭘 생각해야 할까?"

진우가 환자 가슴에 부착된 심전도 리드(lead)를 조정했다. 첫 번째와 두 번째 것은 그대로 두고 왼쪽에 있는 나머지 네 개를 오른쪽 가슴 쪽으로 옮겼다.

"리버스(reverse) 심전도를 찍고 우심실 경색을 확인해야지."

심전도를 확인하고 말했다.

"알브이 인파 맞네. 혈압이 갑자기 떨어질 가능성이 많으니까 일단 수액 주고 혈압 잘 봐야겠다. 1년 차, 센트럴 라인(중심정맥관) 넣어."

"옮겨서 체스트* 찍을까요?"

인턴이 물었다.

"포터블**로 찍어 달라고 해. 혈압이 너무 낮잖아."

내가 말했다.

"오, 우리 1년 차 훌륭한데. 맞아. 사진은 급할 것 없어. 이 환자 차트 좀 줘요."

간호사가 진우에게 차트를 건넸다. 차트를 넘기다가 표정이 잠깐 굳어졌다. 그리고 차트를 간호사에게 넘기며 혼잣말하듯 중얼거렸다.

"우리 병원에 온 적이 없는 건 아니네."

나는 중심정맥관을 넣고 나서 진우와 함께 소생실을 나왔다.

"회진 정리하고 의국에서 잠깐 기다려. 금방 갈게."

십 분 정도가 지나서 진우가 의국에 들어왔다.

"방금 전에 온 심근경색 환자 본 적 없냐?"

진우가 실실 웃으면서 물었다. 무슨 질문인지 몰라서 잠시 어리둥절했다.

"본 적 없는데요."

내가 조심스럽게 말했다.

"진짜? 에이, 잘 생각해 봐."

---

* 여기서는 흉부 방사선 촬영을 말한다.
** 이동식 검사 기계라는 뜻으로 사용했다.

진짜 본 적 없는데, 누구지? 내가 이런저런 생각을 하고 있는 사이 성혁이 들어왔다.

"심장내과 펠로우가 새벽에 환자가 응급실에 왔었는데 응급의학과에서 그냥 퇴원시켰다고 엄청 열 받았던데. 우리 1년 차 좀 보재."

"아직도 기억 안 나니?"

진우가 다시 물었다.

아! 그 이비인후과 환자.

"새벽에 목에 이물감 있다고 온 환자가 있었는데 괜찮아졌다고 해서 그냥 집으로 보냈어요."

"이제 기억났네. 환자는 봤어?"

"인턴만 봤어요."

내가 자신 없게 우물거리며 말했다.

"인턴 말만 듣고 퇴원시킨 건 잘못이지만 어쨌든 환자가 가겠다고 했으니까 크게 문제가 되지는 않을 거야. 가능성은 희박하지만 그땐 진짜 목에 뭐가 걸렸던 걸 수도 있잖아. 성혁이 너, 그래서 뭐라고 얘기했냐?"

"비슷하게 얘기했어. 그리고 우리 1년 차는 우리가 알아서 교육하겠다고 했어. 지들은 지네 1년 차나 잘 교육하면 되지. 왜 우리 과 1년 차를 오라 가라야."

"그렇게 대꾸했는데 아무 얘기도 안 해?"

"아무 얘기 안 하던데."

성혁이 빙글빙글 웃었다.

"그래?"

진우가 약간 의외라는 표정을 지었다.

"왜냐하면 허진우 선생님께서 지금 근무 중이라고 했거든. 담당 펠로우가 이 년 전 바로 그분이시더라고."

성혁이 웃으면서 대답했다.

"뭐? 야, 그러면 내가 너무 미안하잖아. 지금도 미안해서 개랑 눈도 못 마주치는데."

진우가 진짜 난처해하면서 고개를 흔들더니 믹스 커피를 한 모금 마셨다.

"심장 문제로 생기는 흉통은 통증이 아니라 애매한 증상으로 표현되는 경우가 많아. 무거운 게 누르는 것 같다거나 뻐근하다고 해서 많이 오지. 어깨만 아프다는 사람들도 있고. 아마도 새벽에 목에 이물감이 있다고 한 건 목으로 조여 오는 느낌을 환자가 그렇게 표현한 거겠네.

아무도 믿지 마. 오늘 치프가 얘기했잖아. 더군다나 의사가 된 지 일주일도 안 된 인턴 말을 어떻게 믿냐? 앞으로 잘해. 그리고 벌로 발표나 하나 해라."

진우가 말했다.

"그런데 증상이 생긴 지 얼마 안 돼서 온 심근경색 환자면 혈전용해제를 써 볼 수 있지 않을까? 어떻게 생각해?"

성혁이 물었다.

"쓸 수 있지 않을까요?"

내가 자신 없게 대답했다.

"써 볼 수 있지. 열두 시간 이내이고 나이도 오십대니까. 절대적 금기에 해당하는 병력도 없고. 음…… 근데, 그러면 치프 말대로 진짜 완전 대형 사고 치는 거다. 심장내과 교수들이 난리 날걸? 너한테 현상금 걸어 놓을지도 몰라.

왜냐면 혈전용해제는 우리 병원과 같은 시스템에서는 환자에게 별로 득이 될 게 없거든. 우리 병원은 24시간 혈관확장술이 가능하니까. 혈전용해제보다는 혈관확장술이 훨씬 낫지. 군이 전신적으로 약물을 투여할 때 발생하는 위험을 무릅쓸 필요가 없잖아."

진우가 믹스커피 포장을 뜯어서 종이컵에 부었다.

"나가 봐. 정리할 환자 있으면 빨랑 정리하고."

"네."

내가 힘없이 대답했다.

"그냥 잠만 자고 일어날 때는 하루가 후딱 갔는데 당직 서니까 무진장 길지?"

진우가 일어나서 두 손으로 내 어깨를 잡더니 가볍게 앞뒤로 흔들었다.

퇴근하면서 맥줏집 '설(雪)'로 향했다. 나무로 짠 묵직한 문을 열자마자 레코드판이 빽빽하게 꽂힌 레코드 장과 등을 보인 채 청소를 하고 있는 주인 형이 보였다. 주방 쪽 창문을 통해서 들어오는 약하고 부드러운 이른 저녁의 햇빛이 어두운 실내를 떠다니는 먼지에 부덮혀 반짝거렸다.

손님들이 오기에는 조금 이른 시간이어서 가게 안에는 하루 영업을 준비하는 주인 형과 나뿐이었다. 청소를 하던 형이 인기척을 느꼈는지 내 쪽으로 고개를 돌렸다.

"어, 상훈이구나. 오랜만이네."

나는 냉장고에서 맥주를 한 병 꺼내서 바에 앉았다. 삐삐. 삐삐. 비퍼가 울렸다. 당시에 의사들은 병원 비퍼와 개인 비퍼 두 개를 모두 차고 다녔는데 응급의학과 의사들은 무선 전화 6657로만 연락을 받았기 때문에 평소에는 개인 비퍼만 가지고 다녔다.

병원 번호였다. 32병동? 무슨 일일까. 밖으로 나왔는데 병원에서 연락이 오면 조금 불안했다. 좋은 일 때문에 연락이 올 리가 절대 없기 때문이다. 응급실 환자 문제라면 6657로 전화를 했을 텐데.

바에 놓여 있는 전화기로 전화를 걸었다. 두 번 정도 신호음이 가고 나서 누군가 받았다.

"어디냐? 벨소리가 길게 울리는 걸 보니 밖에 있구만. 형 빼놓고 어디서 놀고 있냐?"

정수였다. 병원 밖에서 거는 외부 전화인 경우 벨소리가 길었다.

"설."

"나도 갈 거니까 기다려."

정수가 말했다.

어떻게 온다는 걸까? 설마 오늘 외과를 그만두려는 건 아닐 테고.

"외출 안 된다며?"

"어쩌다 보니 그렇게 됐다. 자세한 얘기는 나중에 해 줄게."

정수는 외과 1년 차다. 신입생 때부터 정수와 연극반을 같이 하긴 했지만 처음부터 친했던 건 아니었다. 나는 원래 낯을 가리는 편이었고 정수는 지나치게 자기주장이 강해서 다가가기 어려웠다. 그러다 계기가 하나 있었다.

미적분학 기말고사 전날이었을 것이다. 중앙도서관에서 공부를 한답시고 오후 늦게 나와서 도서관 주변만 배회하고 있던 나는 결국 시험공부를 포기하고 도서관에 있던 김민서를 꼬드겨서 대학로에 연극을 보러 가기로 했다.

혜화역을 나오면서 〈우리가 서로를 알지 못했던 시간〉이라는 연극 포스터가 눈에 띄었다. 아무 정보 없이 제목만 보고 그 연극을 보러 가기로 했다. 장소는 로터리에서 연우소극장 쪽으로 올라가는 길에 있는 세 평 남짓한 소극장이었다.

연극을 보고 나서 두 가지 점 때문에 놀랐다. 첫 번째는 우리가 고른 연극이 대사가 한마디도 없는 배우들의 마임만으로 이루어진 무언극이라는 것이었고, 두 번째는 정수였다. 연극을 보고 나올 때 정수가 알은체를 했다.

"야! 박상훈, 김민서 너희 둘이 사귀냐? 이것들이!"

정수가 일부러 주위 사람 들으라는 듯 크게 소리쳤다. 주변에 있던 사람들이 우리를 쳐다보면서 웃었다. 당시에 나와 민서는 여름 공연을 같이 하면서 급격하게 가까워져서 사귀는 중이었다. 민서와 사귀는 게 비밀은 아니었지만 동네방네 알리고 싶은 생각은 없었다. 그것도 하필 임정수에게 걸리다니! 정수는 자신이 비밀을 지켜 줄 테니 술 한잔 사라고 협박했다. 우리 셋은 근처 식당에 자리를 잡았다. 민서는 조금 앉아 있다가 집으로 갔고 나와 정수는 시험은 될 대로 되라는 심정으로 밤늦게까지 술을 진탕 마셨다. 물론 둘 모두 다음 날 시험을 완전히 망쳤고 남들이 방학을 시작할 때 사이좋게 재시험을 치렀다.

아마도 그날이 친해진 계기가 됐던 것 같다.

"정수도 온다는대요."

내가 말했다.

"요즘 병원이 한가한가 봐."

형이 불에 타고 있는 사람과 악수를 하는 장면이 자켓에 그려진 핑크 플로이드의 앨범을 레코드 장에서 꺼내면서 웃었다. 냉장고에서 맥주를 한 병 더 꺼내 왔다. 시간이 지나면서 홀의 테이블이 하나둘 채워지기 시작했다. 내가 신청한 곡을 모두 듣고 다른 손님들이 신청한 것도 몇 곡 듣고 나니 어느새 아홉 시가 넘었다.

누군가 뒤통수를 퍽 하고 때렸다.

"형 왔다, 짜샤."

정수였다.

"진짜 왔네. 어떻게 왔냐?"

입원 환자 중에 집에서 사망 선언을 해야 하는 환자가 있어서 따라갔다 오는 길이라고 했다.

"인턴이 하는 일인데 왜 네가 갔다 왔냐?"

"어쩌다 보니 그렇게 됐다. 나야 잘됐지. 이렇게 설에서 너랑 술도 한잔 마시고. 자, 후래자 삼배니까."

정수가 냉장고에서 맥주 세 병을 가지고 오더니 첫 번째 병을 따서 벌컥벌컥 마셨다.

"지금 외과 인턴이 오수연인데. 인턴이 된 지 얼마 되지도 않았고 왠지 좀 불안해서. 내가 3년 차에게 얘기했더니 그러라고 했어."

수연이가 지금 외과 인턴이구나. 나는 아직도 수연이를 껄끄럽게 생각하는지 묻고 싶었지만 그만뒀다. 적당한 타이밍이 아니라고 생각했기 때문이다.

"그 환자는 괜찮냐?"

내가 물었다.

"누구? 아, 오늘 심폐소생술 했던 환자? 죽지 않은 건 다행이긴 한데……."

정수가 말끝을 흐렸다.

"왜, 보호자가 난리 쳤니?"

"아니, 딸은 아무 얘기 안 했어. 그럴 만한 이유가 있지. 저번주 금요일에 수술하면서 배를 열었는데 아무것도 안 하고 그냥 닫았거든. 오멘툼(omentum, 장막)에 암이 좁쌀같이 쫙 다 퍼졌더라. 암종증이야. 살 가망이 없다고 보호자에게는 설명했는데 환자는 아직 몰라. 조만간 퇴원시킬 계획이었는데……. 그 환자야말로 진짜 가망 없는 퇴원이지. 어쨌든 주치의도 보호자도 환자를 살려 줘서 너한테 고맙게 생각해. 하지만 환자 입장에서 생각하면 심정지로 죽는 게 더 행복한 죽음이 아니었나 하는 생각이 문득 들더라."

"암종증이 모두 디엔알(DNR)*은 아니야."

내가 말했다.

"그렇긴 한데. 한번 생각해 봐. 심정지로 죽을 뻔했다가 극적으로 살아났는데 거기다 대고 암종증이라고 얘기하는 건 너무 잔인한 짓 같지 않냐? 내가 주치의라면 당분간은 암종증이니 죽는다느니 하는 얘기는 절대 못 할 것 같아. 해서도 안 될 것 같고. 딸도 그래서 괴로워하는 것 같더라."

소생시킬 수 없는 죽음이 있다는 게 씁쓸했다. 정수가 테이블 위에 놓인 라디오헤드의 앨범에 대한 얘기를 하며 화제를 돌렸다. 라디오헤드의 앨범을 처음부터 끝까지 들었다. 정수는 〈노서프라이즈(no surprise)〉가 최고라고 했고 내 생각도 그랬다.

정수와 나는 열한 시가 넘어서 헤어졌다. 정수는 병원으로 들어가는 길에 인턴방 직원에게 뇌물로 줄 치킨을 사가야 한다고 했다. 이젠 집보다 인턴방 침대에서 잠이 더 잘 온다며 너스레를 떨었다.

---

* 본인이나 가족의 의사에 따라서 심폐소생술을 받지 않는 것. Do Not Resuscitation.

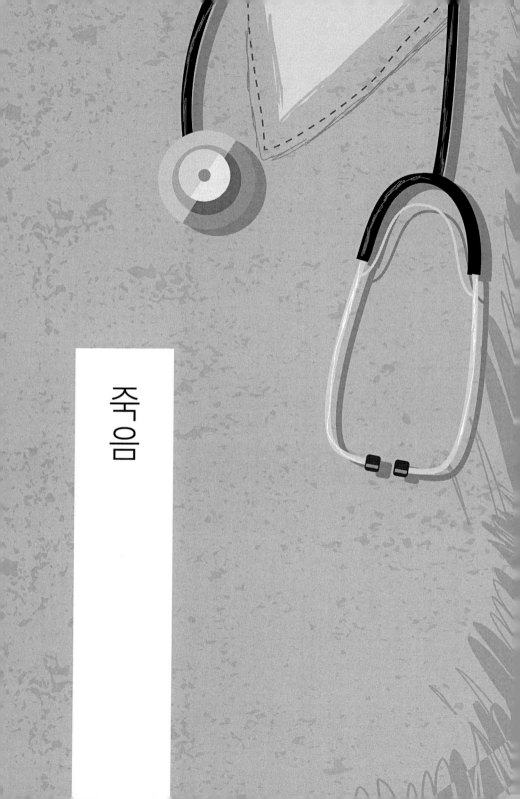

죽음

···

부고: 민규호 교수님께서 2016년 4월 1일(금) 오전에 별세하셨음을 알려드립니다.

문자 메시지에는 빈소 번호가 없었다. 장례식장 안내 스크린에서 민규호 교수의 빈소를 확인했다. 민 교수를 마지막으로 만난 건 오 년 전이었다. K병원에서 일한 지 일 년이 막 지났을 때였다. 안팎으로 일도 많고 탈도 많았던 그 시기에 나는 환자를 보는 일이 아닌 다른 일을 해 보고 싶었다. 그래서 생각해 낸 것이 우드 라이브러리 뮤지엄(The Wood Library-Museum)에서 출판한 피터 사파의 자서전 『비엔나에서 피츠버그까지』를 번역하는 것이었다.

책을 읽으며 심폐소생술의 역사를 돌아보는 것도 즐거웠지만 사파의 삶도 그에 못지않게 흥미진진했다. 스탈린그라드 전선에 끌려갈 뻔한 위기를 간신히 넘기고, 제임스 앨럼에게서 구강 대 구강 호흡법에 대한 영감을 얻고, 노르웨이 학회에 참석했던 게 계기가 돼서 리써씨 애니(Resusci Anne)인형을 제작한 아스문드 래달을 소개받는다. 절체절명의 위기, 우연한 발견, 조력자의 등장. 거기에 '악역' 블레이락 교수까지.

번역을 하면서 응급의학과와 관련해서 궁금한 게 종종 있었다. 그때마다 모교 병원에서 일하고 있는 정윤호에게 물어보곤 했다. 그러던 어느 날인가 윤호가 내게 그 책을 왜 번역하는지 물었다. 나는 응급의학과 의사들이 이 책을 읽고 자신의 일에 자부심을 가졌으면 좋겠다고 말했다.

"그런 목적이라면 굳이 형이 번역할 필요가 있을까?"

"왜?"

"형은 이제 응급의학과 의사 아니잖아."

아무 감정을 담지 않은 무신경한 목소리였다. 윤호는 '별 뜻 없이' 한 말이었을 것이다. 물론 세상에 아무 뜻이 없는 말이란 존재하지 않지만! 내가 말한 '별 뜻 없이 한 말'의 의미는 나를 공격하기 위해서, 그러니까 내가 주제넘은 짓을 하고 있다고 탓하기 위해서 한 말은 아니라는 얘기다. 화상 환자를 수술하는 의사보다는 응급실에서 환자를 보는 의사가 번역하는 게 내 취지에 더 부합할 것 같다는 의미가 아니었을까?

하지만 나는 발끈했다.

"네가 말하는 응급의학과 의사는 누군데?"

아무런 감정을 드러내지 않으려고 노력하면서 물었다. 전화 통화의 장점은 내 감정이 완전히 드러나지 않는다는 것이다.

"그냥 뭐, 응급실 환자 치료해 주는 의사들. 찢어진 사람 꿰매 주고, 심정지로 온 환자 심폐소생술하고, 혈압 낮으면 센트럴 라인 넣고 숨 못 쉬면 인투베이션(intubation)* 해 주고."

전화 통화의 장점이자 단점은 상대방의 감정도 완전히 드러나지

---

* 입이나 코로 튜브를 삽입하여 기도 속으로 넣는 것.

않는다는 것이다. 하지만 나는 윤호가 이 말을 긴장하면서 했는지 아니면 무신경하게 했는지 알 수 있었다. 특별할 방법이 있는 건 아니다. 그냥 느낌이었다. 어쨌든 윤호는 또 한 번 무신경했다.

"그럼 넌 그 일을 매일 하고 있니?"

"어…… 그런 건 아니죠."

"그럼 너도 매일 응급의학과 의사인 건 아니네. 대부분의 응급의학과 교수들은 그런 일을 가끔씩 하거나 거의 안 하고 있는데, 네 말대로라면 그분들도 응급의학과 의사가 아니라는 거냐?"

이 정도로 비비 꼬았으면 거의 싸우자는 건데, 그래도 선배가 뭐라고 후배는 다행히 꼬리를 내려 주었다.

만약 내가 남들의 말 속에 감춰진 의도를 다른 사람보다 잘 간파한다면, 그건 내가 예민한 사람이라는 증거이다. 아주 좋게 보자면 말이다. 하지만 동시에 콤플렉스가 많은 사람이라는 증거이기도 하다. 윤호가 무심코 던진 '형은 응급의학과 의사가 아니잖아'라는 말에 내가 발끈했다면, 그건 어떤 이유로건 의사로서의 내 정체성(나는 응급의학과 의사인가?)에 대해서 콤플렉스를 갖고 있다는 증거였다.

그때, 문득 궁금해졌다. A는 응급의학과 의사이고 B는 응급의학과 의사가 아니라는 진술은 과연 가능한 것일까? 진우는 응급의학과 의사는 '잘 훈련된' 일반의라고 했다. 왜냐하면 응급의학과 의사가 시행하는 모든 '기술'이 위플수술*이나 유리피판술**처럼 오랜 시

---

* 췌장암 환자에게 시행하는 수술. 췌장십이지장 절제술.

** 상처가 아닌 곳에서 혈관과 함께 피부(피판, flap)를 떼서 상처에 이식하는 수술법.

간 동안 훈련을 쌓아야 터득할 수 있는 것은 아니기 때문이다. 그러므로 모든 의사들은 원한다면 응급의학과 의사가 될 수 있다.

그렇다. 될 수 있다. 하지만 '될 수 있는' 것과 '되는' 것은 엄연히 다르다. 왜냐하면 응급의학과 의사가 되는 것, 그건 기술의 문제라기보다는 경험의 문제이기 때문이고, 경험의 강을 통과하지 못한 기술은 영원히 '될 수 있는' 세계에서 벗어날 수 없기 때문이다. 그렇다면 그 경험이란 어떤 것이었을까?

돌이켜서 생각해 보면 내가 응급의학과를 선택한 가장 큰 이유는 응급의학과 의사가 일상적으로 하는 과감하고 신속한 결정이 멋지다고 생각했기 때문이었다. 응급의학과 의사가 되는 경험의 핵심은 혼란스러운 가운데서도 최선의 결정을 내리는 법을 배우는 것이었다. 그것이 민규호, 강경준, 허진우, 윤성혁이 내게 가르쳐 준 전부였다.

"여기!"

빈소에서 나오니 식당 안쪽 테이블에 앉아 있던 윤호가 나를 보고 손짓을 했다. 윤호가 앉아 있는 테이블에 앉았다.

"강경준 선생님은?"

"나중에 오겠지. 요즘 바빠"

"어떻게 돌아가신 거냐?"

내가 자리에 앉자마자 물었다.

"나도 자세하게는 몰라. 사모님과 제주도 여행을 가셨는데 갑자기 가슴이 답답하시다고 하면서 쓰러지셨대. 생전에 담배를 많이 태우셨으니까 심근경색일 가능성이 많겠죠."

윤호가 자신의 술잔을 비웠다. 윤호와 이런저런 얘기를 하다가 문득 민 교수로부터 빌린 『비엔나에서 피츠버그까지』가 생각났다.

"교수님께 빌린 책은 어떻게 하지? 가지고 있기도 그렇고 돌려드릴 수도 없고."

"교실에 돌려주는 건 별로 의미 없어. 유족들은 교수님이 직접 쓰신 책이 아니면 모두 처분하겠다고 그랬어. 일단 형이 가지고 있어 봐. 나중에 쓸 데가 있을 거야."

"어디에?"

"주임교수가 내년 민 교수님 1주기 추모식에 맞춰서 추모집을 내고 싶대. 혹시 형이 맡아서 해 볼 생각 없어? 난 책 만들고 글 쓰는 건 영 젬병이어서. 그렇다고 해 보지도 않고 무조건 못 하겠다고 할 수도 없고."

무슨 생각이었는지 별 고민도 없이 덜컥 하겠다고 했다. 윤호의 표정이 금세 밝아졌다.

"어제 예방의학 교실에서 전화 왔는데 형네 병원에서 낸 논문의 로우데이터를 받을 수 있냐고 물어보던데?"

윤호가 말했다.

"어떤 논문인데?"

"정확한 건 몰라. 작년엔가 형네 병원 연구소에서 쓴 논문이야. 예방의학과 교수가 저자로 같이 참여했는데, 저널 편집자가 로우데이터를 확인해달라고 했나 봐."

"뭐에 관련된 데이터냐?"

"정확한 내용은 예방의학과에서 알고 있을 거야. 나중에 형한테 연락해 보라고 할게. 그건 그렇고, 형네 병원은 요즘 별일 없어?"

"없어. 그냥 똑같지 뭐."

사실 나의 대답과는 달리 조금 신경이 쓰이는 문제가 있었다. 몇 달 전부터 병원 정문 앞에서 검은 마스크와 두꺼운 안경을 낀 사람이 피켓을 들고 서 있었다. 피켓에는 한규현이라는 이름이 적혀 있었다. 초기에는 그를 무심히 지나쳤는데 신경 쓰게 된 계기가 있었다.

얼마 전에 행정 부원장이 내게 소견서를 한 장 가져왔다. 보건소 민원에 대한 소견서였다. 몇 년 전에 우리 병원에서 받은 수술 때문에 시력이 심하게 나빠져서 우리 병원을 상대로 의료 소송을 준비 중이라는 내용이었다.

보건소에서는 민원인이 제기하는 몇 가지 문제에 대한 주치의의 의견이 필요하다고 했다. 소견서를 받으면서 행정 부원장에게 몇 달째 1인 피켓 시위를 하는 사람이 누구 환자인지 물었다. 행정 부원장은 내 질문에 약간 어리둥절한 눈치였다.

"이분이 그분이에요."

행정 부원장이 보건소에서 보낸 소견서 양식을 손으로 짚으며 말했다. 화상 수술을 받고 나서 시력이 떨어졌다고? 둘 사이의 인과 관계가 잘 이해가 되지 않았다. 의무기록을 확인한 후에도 마찬가지였다. 별다른 치료를 한 것도 없고 특별한 기왕력이 있는 환자도 아니었다. 병력을 보면 녹내장으로 안과를 다니고 있었기 때문에 오히려 녹내장이 시력을 악화시켰다고 보는 게 더 합리적인 추론이었다. 이와 비슷한 내용으로 소견서를 작성했다.

그러고 나서 한동안 잊고 있었는데 최근에 수술방에서 규현에 관한 이야기가 나왔다. 마취과의도 그렇고 어시스트 간호사도 그렇고 모두 내 의견과 비슷했다. 환자가 억지를 부린다는 것이었다. 하지만 수술방 수간호사 윤경희의 의견은 좀 달랐다. 몇 년 전엔가 병원 환자들 사이에 전염병처럼 눈병이 퍼진 적이 있었다는 것이다. 유행 초기에는 전염성이라고 생각해서 개인위생도 철저히 하고 격리도 시켰지만 전혀 줄어들지 않았다고 했다.

"그런데 왜 저는 전혀 모르고 있죠?"

내가 물었다.

"숫자가 많지 않아서 그럴 거예요. 게다가 당시에 과장님은 병원에 입사한 지 얼마 되지 않아서 엄청 정신없을 때였잖아요. 그런 데다가 신기하게도 어느 시기가 되니까 눈병이 싹 사라졌어요. 그래서 더더욱 기억을 못 하는 거겠죠. 아직도 잘 몰라요. 그때 왜 눈병이 돌았고 왜 사라졌는지."

경희 말대로라면 환자의 주장이 전혀 터무니없는 것은 아닐 수도 있다. 수술을 마치고 그날 규현의 의무기록을 확인했다. 호기심이 발동한 경희가 자기가 한번 눈병을 조사해 보겠다고 했다.

한규현(65세, 남자)은 오른쪽 발등 부위에 손바닥 반 정도 되는 면적의 화상을 입은 환자였는데 2주째에 자가피부이식을 시행받았다. 수술받은 첫날부터 눈이 빨개지고 가렵다고 했다. 경과기록지에는 마취 중에 눈에 붙였던 플라스터가 원인인 것 같다고 적혀 있었다.

환자 입장에서는 수술을 받은 날 눈병이 생겼으니 수술이 원인이라고 생각할 수도 있는 상황이었다. 하지만 어떻게? 어떻게 발등에 시행한 피부 이식이 시력에 영향을 줄 수 있을까.

수술기록지와 사용한 약들을 모두 확인했지만 특별한 건 없었다. 게다가 예전에 정형외과 수술을 받을 때는 아무 문제가 없었다는 기록이 있는 걸 보면 전신마취와 관련된 문제일 가능성도 별로 없어 보였다. 눈에 붙인 플라스터도 눈병의 원인이라고 하기에는 왠지 의심스러웠다.

딱 한 가지, 별건 아니었지만 의무기록을 보면서 딱 한 가지가 맘에 걸렸다. 내가 쓴 기록이었지만 왠지 내 것 같지 않았다. 콕 집어서 얘기하긴 어렵지만, 굳이 설명한다면 의무기록 속에 있는 어떤 '어색함' 때문이었다. 내 옷장 속에 걸려 있지만 내 옷이 아닌 것 같은 느낌이었다. 어쩌면 심사과에서 청구를 하는 과정에서 의무기록을 약간 수정했기 때문일 수도 있다. 단지 기억을 못 하는 것일 뿐.

시간이 지나면서 문상객이 늘었다. 아는 얼굴들이 많아졌다. 선후배들과 얘기를 하다 보니 민 교수는 여러 사람들에게 여러 가지 모습으로 기억돼 있었다. 어떤 사람에게는 무섭고 깐깐한 사람이었지만 어떤 사람에게는 자상하고 정이 많은 사람이었고, 어떤 사람에게는 지나치게 원칙을 따지는 사람이었지만 어떤 사람에게는 너그럽고 열린 마음을 가진 사람이었다. 시간이 지나면서 문상객들이 늘어났고, 먼저 온 사람들이 하나둘씩 자리에서 일어났다. 나는 열 시가 조금 넘어서 장례식장을 나왔다.

집에 도착해서 책장이 있는 방의 불을 켰다. 현실적으로 추모집을 완전히 새로 쓰는 건 불가능했다. 그나마 다행인 건 민 교수가 매년 전공의를 마치는 4년 차에게 주었던 'Min's collection'이라는 자료집 속에 직접 쓴 글이 꽤 있기 때문에 추모집에 실을 자료가 전혀 없지는 않다는 것이었다.

책장을 살펴보니 책장 맨 아래 칸에 2002년에 받은 'Min's collection'이 있었다. 꺼내면서 보니 『대한 응급의학회 10년사』와 『비엔나에서 피츠버그까지』도 바로 옆에 같이 꽂혀 있었다.

민 교수는 88서울올림픽을 개최하기 전해였던 1987년에 세연대학교 병원 응급의학과 과장으로 부임했다. 올림픽 조직위원회에서 응급의료를 전담하는 시스템이 없다는 것을 지적했기 때문이다. 하지만 95년까지 응급의학과는 레지던트를 뽑을 수는 있지만 전문의 자격증을 줄 수는 없는 이상한 상태로 유지되었다.

공교롭게도 그 기간에 한국에서는 성수대교가 끊어지고 삼풍백화점이 무너지는 어마어마한 대형 재난이 잇달아 터졌다. 이런 초대형 재난들이 응급의학과가 정식 전문의 과목이 되는 데 결정적 역할을 했다. 응급의학과가 인정받게 된 것은 축하할 일이었지만 그 과정 속에서 다른 이들이 치른 어마어마한 불행을 생각하면 축하라는 단어가 왠지 무색해졌다.

『비엔나에서 피츠버그까지』를 꺼냈다. 그날은 응급의학과 졸업생 홈커밍데이 때 사용할 동영상 인터뷰를 촬영하는 날이었다. 인터뷰를 마친 후에 민 교수에게 피터 사파라는 인물에 대해서 몇 가지 질문을 했다. 민 교수는 피터 사파의 자서전을 가지고 있으니 빌려주겠다고 했다.

"박상훈 선생은 사파 교수가 애니 인형을 왜 만들었는지 생각해 본 적 있어?"

내가 책을 받아서 여기저기를 펼쳐 보는 모습을 보면서 민 교수가 말했다.

"심폐소생술 교육 때문에 만든 거 아닌가요?"

"그렇지. 심폐소생술 교육을 위해서 만든 거지."

민 교수는 뭔가 더 할 말이 있는 것 같았다.

"사파 교수가 현대적인 심폐소생술을 개발했잖아. 어떤 과정을 거쳐서 개발했을까? 그래, 당연히 임상실험을 했지. 환자가 아닌 동료나 학생들을 대상으로. 사실 지금 생각하면 말도 안 되는 일이지. 모두가 병원 내에서 위계상 자신보다 낮은 사람들이잖아. 현재의 관점에서 보면, 그들을 대상으로 죽을지도 모르는 임상실험을 했다는 것은 말도 안 되는 일이지.

비록 임상실험에 관한 윤리 규정들이 없을 때였지만, 아직도 그 실험의 윤리성에 문제 제기를 하는 사람들이 많아. 나쁘게 생각하면 자신의 높은 지위를 이용해서 위험한 실험에 참여하도록 강요한 거니까. 사파의 의도가 아무리 선했다고 해도 요즘이라면 절대 있을 수 없는 일이야. 자서전에서도 그 문제 때문에 고민을 했다는 언급이 있어.

애니 인형은 그런 고민 때문에 나온 거야. 비엘에스(기본인명구조술)

는 일반인들이 아무 장비도 없는 곳에서 심정지 환자를 만났다는 전제하에 개발된 거였어. 그러니까 미국 사람이든 오스트리아 사람이든 그 어느 나라 사람이든, 또 의사건 간호사건 그 누구건 간에 쉽게 따라 할 수 있어야 했어. 그러려면 일반인을 교육해야 돼. 하지만 어떻게?

그때 생각해 낸 게 교육용 마네킹이야. 리써시 애니(Resusci Anne). 애니를 이용해서 죽어 가는 사람을 위해서 해야 할 일을 누구나 배울 수 있게 된 거지. 나는 여기에 응급의학과라는 학문이 추구하는 가장 본질적인 게 들어 있다고 생각해. 일종의 지상 명령 같은 거지. 죽어 가는 사람을 지금 당장 구하라, 바로 당신이!"

『비엔나에서 피츠버그까지』는 2000년에 애니 인형을 제작한 지 40주년이 된 걸 기념해서 출판한 책이었다. 책 속지에 사파가 직접 쓴 'Happy 40th ANNE-versary'라는 글귀가 쓰여 있었다. 민 교수는 출판된 지 3년이 지난 2003년에 이 책을 받았다. 아이러니하게도 그 해는 피터 사파가 사망한 해였다. 그래서 자신에게는 이 책이 피터 사파의 자서전이 아니라 스승님의 유고집처럼 느껴진다고 했다. 어쩌다 보니 내게도 이 책은 민 교수의 유품으로 남게 됐다.

책을 꺼내서 펴 보니 뒤쪽 삼분의 일 지점에 손바닥만 한 사진이 한 장 꽂혀 있었다. 왜 여기 꽂혀 있을까. 붉은 바탕에 하얀색 글씨로 응급진료센터라고 쓰인 간판을 배경으로 찍은 사진이었다.

민 교수는 맨 앞줄 가운데 의자에 앉아 있고, 나는 뒷줄 오른쪽에 경준과 함께 나란히 서 있었다. 사진 아래쪽에는 '세연의과대학 응급의학과 일동 1999. 2.'라고 쓰여 있었다. 응급의학과 1년 차를 마칠 무렵에 찍은 사진이었다. 사진이 조금 흐릿했다. 사진에 찍힌 모두의 표정이 기억처럼 희미했다. 내 표정도. 그때 어떤 표정을 지었는지 잘 기억나지 않았다. 어떤 표정이었을까.

부우부우. 메시지였다.

- 요청하신 자료를 보냈습니다. 이메일 확인해 주세요.

경희였다.

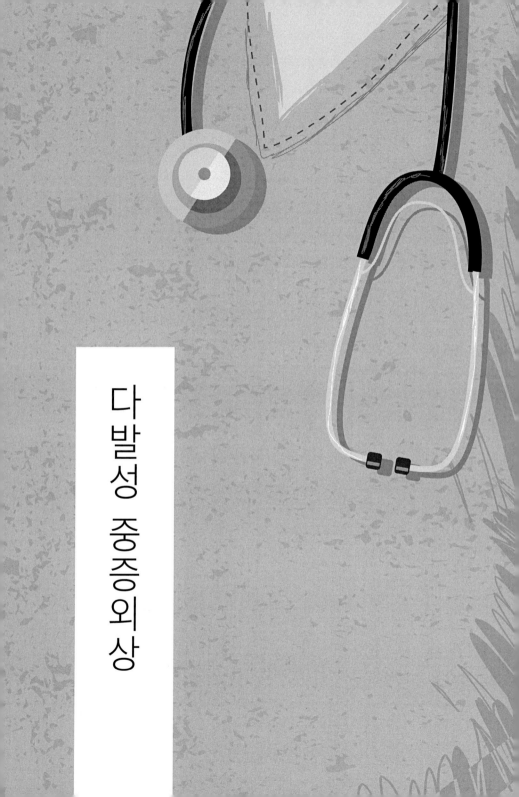

다발성 중증외상

...

"사진 나왔는데요."

인턴이 남편에게 맞아서 내원한 삼십대 여자 환자의 엑스레이 사진을 보여 주었다. 외부 상처도 없고 통증이나 압통이 심하지 않았다. 사진에 아무 이상이 없을 가능성이 거의 백 퍼센트. 뷰박스에 안면부와 오른쪽 팔 사진을 걸었다. 아니나 다를까, 완전 정상. 안면부와 우측 팔 부위 좌상. 치료 기간 2주. 이게 내 진단이었다. 치료가 아니라 진단서 때문에 응급실에 온 것이다. 환자는 내 설명을 듣는 둥 마는 둥 하더니 대뜸 진단서가 필요하다고 했다.

"안면부는 CT 촬영을 해서 이상이 없다는 걸 확인해야지 진단서 발부가 가능합니다."

내가 사무적으로 말했다.

"아니, 아니, 그럼 CT는 됐고 그냥 오른쪽 팔 진단서나 써 줘요."

환자가 신경질적으로 말했다. 상해이기 때문에 의료보험 적용이 안 된다는 얘기를 원무과에서 들었을 것이다. 의국에 들어가서 진단서를 입력했다.

"2주요? 그것밖에 안 나와요?"

진단서를 받자마자 휙 훑어보더니 환자가 따졌다. 지금 이렇게 아픈데 왜 2주밖에 안 나오느냐, 2주 지난 다음에도 아프면 당신이 책임질 거냐 같은 속 보이고 짜증 나는 질문들이 이어졌다. 나는 최선을 다해서 매우 사무적으로 대답했다. 2주밖에 안 나오는 것은 내가 정한 것이 아니고 나라에서 정한 것이니 나라에게 따질 일이고, 2주 후에도 아픈 것은 내 책임이 아니라 당신을 때린 사람의 책임이니 그 사람에게 따지라는 말이 목구멍까지 올라왔지만 다행히도 그 말을 내뱉지는 않았다.

머릿속에 떠오르는 대로 말하는 순간 아무 일도 할 수 없게 될 것이었다. 근무가 끝날 때까지는 아직도 시간이 많이 남았다. 당장 말싸움하면서 힘을 빼는 건 현명하지 못한 선택이었다. 남은 근무 시간 내내 피곤하기만 할 뿐. 최대한 완곡하게 돌려서 얘기했다. 환자는 내 대답에 만족하지는 않지만 퇴원했다. 2주짜리 진단서를 가지고. 이유는 알 수 없지만 환자의 뒷모습에서 왠지 모를 불안감을 느꼈다. 뭔가 해결되지 않은 서늘한 뒤끝이 남아 있는 것 같았다.

가끔, 아니 사실은 꽤 자주 악몽을 꾸었다. 침대가 없어서 집으로 보낸 환자가 죽어서 다시 오는 꿈도 꾸었고, 대기하던 환자가 싸늘한 시체로 발견되는 꿈도 꾸었고, 응급실에 들어오는 문제로 실랑이를 하다가 분노한 보호자에게 칼에 찔리는 꿈도 꾸었다. 꿈속에서 누군가는 죽어서 돌아오고, 누군가는 죽은 채로 발견되고, 급기야 내 자신이 죽었다. 매번 다른 꿈이었지만 한 가지는 변하지 않았다. 나는 결정을 내리고 누군가는 죽는다. 꿈속에서 내린 모든 결정은 죽음이라는 폭약을 터뜨리기 위한 뇌관이었다. 하지만 2주짜리 진단서가 뇌관이 될 수 있을까? 현실에서는 절대로 불가능했다.

아침부터 계속 비가 왔다. 응급실에서 근무하는 이들에게 모든 비는 단비다. 왜? 유비무환이니까. 비가 오면(유비) 환자가 없다(무환). 아니나 다를까 응급실 초진 구역에 빈 침대가 드문드문 보였다. 응급진료센터 정문을 열고 밖을 내다보았다. 병원 정문으로 이어지는 아스팔트 가장자리가 비를 맞아서 떨어진 벚꽃 잎들로 하얗게 덮여 있었다. 정문 너머 큰길 위로 지나가는 굴다리 선로로 기차가 달려가는 것이 보였다. 흐린 하늘에는 먹구름이 잔뜩 끼어 있었다.

"강단열 선생님이랑 친하세요?"

정문 옆에서 담배를 피우던 인턴 조인승이 물었다.

단열은 나와 같이 응급의학과 1년 차로 들어왔다. 나보다 다섯 살이 많았다. 부산에서 태어나고 자라서 부산에 있는 의과대학을 팔년 만에 졸업했고 그 후에 전라도에서 공보의 생활을 했다. 작년에 강북에 있는 대학병원에서 인턴을 했다고 들었다.

하지만 그 정도 아는 것 가지고는 단열과 친하다고 할 수는 없었다. 알게 된 지 겨우 두 달 정도. 한 달 반 정도 의국에서 같이 생활을 할 때도 별로 얘기를 하지 못했고, 그 이후에도 근무 교대하면서 인수인계할 때 얘기한 게 전부였다. 확실한 건 엄청난 대식가라는 것.

3월이 끝났을 때 우리 둘은 매점 출입을 금지당했다. 의국 재정이 더 이상 1년 차들의 식비를 감당할 수 없었기 때문이다. 3월 한 달 동안 1년 차 두 명의 식비가 어마어마했다. 당시에 단열은 백칠십 센티미터가 조금 넘는 키에 체중이 백 킬로그램이 넘었다. '단열'이라는 이름이 특이하다고 생각했는데 인승의 말로는 아버지가 목사님이나 장로님일 것 같다고 했다. 단열은 다니엘의, 삼열은 사무엘의 한

자식 이름이라는 것이다. 부산의 독실한 기독교 가정에서 태어나 그
곳에서 학교를 다닌 형. 그게 단열이라는 사람에 대해서 내가 알고
있는 전부였다.

　일반 사람들이 생각하기에 같은 해에 같은 과 1년 차로 들어온 사
람들은 서로를 잘 알 것 같지만 전혀 그렇지 않았다. 다른 과는 어떤
지 모르겠지만 응급의학과 1년 차는 서로가 일하는 방식에 대해서
거의 몰랐다. 서로 엇갈려서 당직을 서기 때문이었다. 최소한 1년 차
가 끝날 때까지는 같이 일할 수도 없고 일하는 것을 볼 수도 없었다.
인턴과 간호사의 말을 통해서 상대방이 어떻게 일하는지 대충 짐작
만 할 수 있을 뿐이었다.

　청원 경찰 말로는 말끔하게 양복을 입은 사람이 형을 가끔 찾아왔
고 둘은 응급실 옆 매점 근처에서 십 분 정도 얘기를 하고 헤어졌다
고 했다. 생각해 보니 나도 그런 모습을 언젠가 본 기억이 났다. 서
로 잘 아는 사이는 아닌 것 같았다. 형은 얼굴이 굳은 채로 '양복' 남
자의 이야기를 들었고, '양복' 남자는 뭔가를 부탁하거나 하소연하는
것 같은 모습이었다.

　"강단열 선생님은 왜 인턴방에서 주무세요?"

　"아직도? 잘 모르겠는데."

　생각해 보니 단열의 짐은 대부분 의국에 있었다. 아직도 방을 못
구한 걸까?

　"교통사고 환자 두 명 올 거래요."

　응급실 안으로 들어왔을 때 간호사가 알려 줬다.

밖에서 들리는 사이렌 소리가 점점 더 커졌다. 얼마 안 있어 응급 진료센터 문이 열리면서 구조대원들이 환자를 실은 이동식 들것을 밀고 들어왔다.

"보조석에 있던 환자입니다. **이강록(16세, 남자)**. 십육 세 남자이고 의식은 아브푸(AVPU)* 피(P), 오면서 잰 혈압은 팔십에 오십, 맥박 구십육 회였습니다."

소생실로 넣었다. 코와 입에서는 계속 피가 흘러서 경추보호대 턱 부분에 피가 고였다. 하얀색 턱 부분이 시뻘겠고 침대 시트가 금방 피로 붉게 물들었다. 이마에는 찰과상이 있었고 두피가 오 센티미터 찢어져서 계속 출혈이 있었다. 오른팔은 손목에서 팔꿈치 쪽으로 심하게 어긋나 있어서 육안으로 보기에도 부러진 것처럼 보였다. 복부와 가슴에는 여러 방향으로 어지럽게 긁힌 상처가 있었다.

하나, 둘. 나와 경준을 포함한 네 명이 환자를 이동식 들것에서 소생실 침대로 옮겼다. 옮기는 중에도 환자는 피가 기도로 넘어가는지 쿨럭거리다가 발작적으로 기침을 했다. 기침을 할 때마다 입안에 고여 있던 피가 공중으로 뿜어져 나왔다.

환자를 옮긴 뒤 모니터를 연결했다. 혈압은 85/50, 맥박은 103회, 산소포화도는 95퍼센트였다.

"혈압이 많이 낮네. 상훈아, 피모랄**로 라인 넣고 포터블(portable)

---

* 약식으로 의식을 평가하는 방법. 명료(Alert), 말에 반응(Verbal), 통증에 반응(Pain), 반응 없음 (Unresponsive)의 앞글자를 딴 용어이다.

** 여기서는 대퇴정맥의 의미로 사용한 것이다.

불러서 트라우마 시리즈(trauma series)부터 찍어라."

우측 대퇴정맥으로 정맥관을 넣고 포터블(이동식 촬영기)로 경추부, 흉부, 골반부 단순 엑스레이 촬영을 했다. 단순 엑스레이 사진에는 이상 소견이 없었다. 에이·비·씨와 같은 초기 평가가 끝났다면 CT 촬영과 같은 정밀 검사를 하기 전에 환자 상태를 전체적으로 체크해 볼 필요가 있다. 물론 환자가 의사소통이 잘 돼서 자신이 다치게 된 경위와 아픈 곳을 친절하게 알려 준다면야 더할 나위 없겠지만 다발성 중증외상 환자에게서 그런 경우는 드물다.

의사마다 의견이 다를 수 있지만 다른 모든 검사에 우선해서 트라우마 시리즈(경추부, 흉부, 골반부 단순촬영)를 찍는 이유는 외상의 부위와 손상 정도를 빠른 시간 안에 대략적으로라도 파악하기 위해서이다. 예를 들어서 경추부 촬영에서 이상 소견이 있다면 경추부 고정의 필요성뿐만 아니라 머리 부위 외상(예를 들면, 외상성 뇌출혈이나 두개골 골절)도 같이 의심해야 한다. 경추부에 손상을 가한 힘이 머리에도 충격을 주었을 가능성이 높기 때문이다. 연속된 하부 늑골 골절이 있다면 간이나 비장파열 같은 복부 손상도 같이 의심해야 한다. 아래쪽 늑골을 부러뜨린 힘이 복강 내 장기에도 손상을 가할 수 있기 때문이다. 골반골 골절도 마찬가지다.

트라우마 시리즈를 확인하면 환자를 손상시킨 힘이 작용한 부위와 크기를 어느 정도 상상할 수 있고, 검사의 우선순위를 정할 수 있다. 만약 최첨단 설비를 갖춘 응급실이 있어서 다발성 중증외상 환자가 들어오자마자 한 장소에서 머리부터 발끝까지 CT 촬영을 할 수 있다면 굳이 우선순위를 따질 필요가 없을 것이다. 하지만 대부분 의-사실은 거의 모든- 병원에서는 환자를 응급실에서 검사실로 옮기고, 침대에서 검사 기계로 옮겨야지 검사가 가능하다. 1998년에 세연 대학병원 응급실도 예외가 아니었다. 응급실 내에서 단순촬영은 가능했지만 CT 촬영을 하기 위해서는 엘리베이터를 이용해서 환자를 응급실 밖으로 이동시켜야 했다. 가끔 옮기는 중에 또는 검사를 하는 도중에 심정지가 발생하기도 했다. 검사 시간이 길어지고 환자를 많이 움직이게 할수록 활력징후*가 불안정해지기 때문이었다.

일반적으로 외상 환자가 혈압이 낮다면 흉부나 복부에서 피가 날 가능성이 높았다. 경준은 소생실에 있는 초음파로 패스트(FAST)**를 시행했다. 패스트에서 복강내에 피가 고여 있는 곳은 없었다. 삐삐. 삐삐. 삐삐. 모니터에서 계속 알람이 울렸다. 혈압은 수액을 주면서 조금 올랐지만 90에 60이었고 산소포화도는 89퍼센트였다. 코와 입에서는 계속 피가 났고 환자는 계속 쿨럭거리면서 피를 뱉어냈다. 산소포화도가 계속 떨어졌다. 85퍼센트, 80퍼센트.

"인투베이션을 해야 할 것 같은데."

경준이 말했다.

"경추보호대 벗길까요?"

내가 물었다.

---

* 체온, 호흡수, 맥박, 혈압.

** 응급실에서 복부 둔상 환자에게 시행하는 초음파 검사로, 출혈을 확인하기 위해서 한다.

"아니. 사진이 괜찮아 보이지만 그것만 가지고는 확신할 수 없어. 문진과 이학적 검사를 못 했잖아. 일단은 보호대를 살짝 풀고 조쓰 러스트*로 기도유지하면서 인투베이션해라."

나는 환자의 머리 위에서 백밸브 마스크로 산소를 공급했다. 간호사가 마취제를 투여했다.

라린고스콥**, 석션, 튜브, 다시 석션.

"상훈아, 70퍼센트다."

턱뼈가 부러져서 기도유지가 안정적으로 되지 않았고 구강 안에 피가 가득해서 시야가 나빴다.

석션.

60퍼센트. 맥박이 느려지기 시작했다.

배깅(bagging). 라린고스콥, 석션.

경준과 손을 바꿨다.

"시야가 너무 나쁜데. 기도유지도 어렵고."

경준이 다시 배깅을 했다.

"크리코*** 준비해 주세요. 메스!"

"맥박이 삼십 회로 떨어졌어요."

모니터를 보던 간호사가 말했다. 경준은 백밸브 마스크를 내게 넘기고 환자 오른쪽으로 가서 목의 아담스 애플을 만져서 확인했다.

---

* 턱 당기기. 기도유지 방법 중 하나.

** 기도삽관 할 때 사용하는 도구.

*** 윤상갑상막 절개술. 응급 시에 시행하는 외과적 기도유지법.

11번 메스로 피부를 삼 센티미터 정도 흉골 방향으로 절개했다. 그런 다음 다시 절개된 피부 안쪽을 만져서 윤상갑상막을 확인하고 다시 일 센티미터를 절개했다. 피부를 절개하면서 피식 하고 바람 빠지는 소리가 났고 상처 주위에 있는 고인 피에서 보글보글 거품이 일어났다.

"피가 너무 조금 나는데?"

경준이 절개된 윤상갑상막 안쪽으로 튜브를 밀어 넣으면서 중얼거렸다.

"맥박 좀 다시 확인해 봐."

심전도 모양이 조금 이상했지만 무수축이나 브이핍은 아니었다.

이런, 맥박이 안 만져진다. 피이에이*다.

컴프레션!

심폐소생술을 시작했다. 흉부 압박을 하면서 에피네프린을 두 번 주었더니 다시 정상 리듬으로 돌아왔다. 하지만 시간이 조금 지나자 얼굴 여기저기서 다시 피가 나기 시작했다. 피가 조금씩 나기는 했지만 어느 정도 안정적인 상태가 됐다. 이제 가장 중요하고 까다로운 일이 남았다.

환자를 입원시킬 과를 찾아야 했다. 인턴에게만 맡겨 놓으면 시간이 너무 많이 걸렸다. '다발성 중증외상'이라는 진단명 속에는 여러 과가 함께 봐야 하는 심각한 외상이라는 뜻이 담겨 있다. 얼핏 생각

---

* 심전도 모양은 나타나지만 맥박이 만져지지 않는 경우로, 심폐소생술을 시행해야 한다.

하면, 여러 과들 중에 누군가는 입원을 시킬 것 같지만 절대로 그렇지 않다. 역설적이게도 모두가 보는 환자는 아무도 보지 않는 것과 같기 때문이다. 전혀 이해할 수 없겠지만 이게 현실 속의 응급실을 지배하는 법칙이다.

98년 당시에 레지던트와 연락할 수 있는 유일한 방법은 비퍼였다. IT 단말기 중 가장 단명했던 비퍼(일명 삐삐)는 병원 내 통신 수단으로는 꽤 오랫동안 쓰였다. 비퍼가 가진 가장 큰 문제점은 휴대폰처럼 상대방과 직접 통화를 할 수 있는 게 아니라 일단 번호를 호출하고 상대방의 연락을 기다려야 한다는 점이었다. 만약 연락을 받아야 하는 사람이 자고 있으면 아무리 호출을 해봐야 말짱 헛수고였다. 인턴들은 몇 차례 연락을 해도 레지던트가 받지 않으면 6657로 전화했다.

인턴으로부터 레지던트 연락이 안 된다는 얘길 들으면 응급의학과 1년 차는 단계별로 조치를 취한다. 1단계, 응급의학과 1년 차가 직접 호출한다. '11'을 찍어서. 호출을 받는 사람 비퍼에는 '6657-11'로 찍힌다. 6657을 든 응급의학과 1년 차가 호출했다는 뜻이다. 2단계, 당직 위 연차에게 연락한다. 당직 위 연차에게 연락하는 목적은 두 가지다. 1년 차를 찾거나, 직접 해결하기 위해서다. 대부분은 두 번째 단계에서 해결된다. 하지만 문제는 위 연차도 연락이 안 되는 경우다. 새벽에는 이런 경우도 꽤 많다. 마지막 단계는 의국으로 전화하는 것이다. 그게 누구든 결국 누군가는 받을 테니까! 다행히도 1단계에서 모든 과와 연락이 됐고 답변을 기다리는 일만 남았다.

밖이 소란스러웠다.

"제 아들 어디 있어요?"

119 구급요원들과 함께 사십대 여자가 들어왔다. 119에서 말했던 두 번째 환자이면서 동시에 환자의 어머니였다. 활력징후는 모두 정상이었고 이마에 찰과상이 있었지만 다른 증상은 없었다. 목이 조금 아프다고 해서 경추부 촬영을 하기로 했다.

경준은 환자의 상태에 대해서 설명했고 어머니는 반쯤 정신이 나간 듯한 표정으로 소생실에 누워 있는 아들을 바라보았다.

"제 아들 깨어날 수 있죠? 괜찮죠?"

강록의 어머니가 아들을 보면서 말했다. 이후에도 같은 질문을 여러 번 반복했다. 처음에는 몇 번 대답을 했지만 나중에는 그 질문이 누군가에게 묻는 것이 아니라 자신에 대한 강박적인 다짐-아들이 반드시 깨어날 것이고 괜찮을 것이다-이라는 사실을 알게 되었다. 그리고 더 이상 아무도 대답하지 않았고 어머니도 대답을 기다리지 않았다.

혈압은 수축기 혈압 90에서 더 이상 오르지 않았다. 코와 입안에서는 여전히 피가 나고 있었다. 연락한 지 두 시간 정도가 지나자 다른 과는 손을 뗐고 성형외과만 남았다. 출혈의 원인이 얼굴뼈 골절이고 나머지 부분은 응급으로 해결해야 하는 문제가 아니니 당연한 결과였다. 성형외과의가 6657로 전화했다.

"응급수술을 해야 하는데, 기도삽관이……."

성형외과의가 말끝을 흐렸다.

"피가 기도로 넘어가서요."

내가 대답했다.

"아, 예. 근데…… 기계환기를 하면, 아, 곤란한데."

성형외과의는 크게 한숨을 내쉬었다.

잠시 침묵이 흘렀다. 내 '제안'을 기다리고 있는 것이었다.

수술은 가능하지만 입원은 어려웠다. 성형외과의가 하고 싶은 얘기는 결국 이거다. 이런 상황에서 응급의학과가 택할 수 있는 방법은 영화 속 마피아처럼 '거절할 수 없는 제안'을 하는 것이다. '성형외과에서 수술을 하면 응급의학과에서 입원시키겠다. 만약 거절한다면 성형외과에서 전원시켜라.'

환자의 신성한 생명을 두고 '거래'를 하는 것이 불경스러워 보일 수도 있지만 이 '거래'(단어가 적절하지는 않지만)는 성형외과, 응급의학과, 그리고 환자 모두에게 도움을 주는 제안이다. 왜냐하면 성형외과는 기계환기 치료를 할 수 없고 응급의학과는 얼굴뼈 수술을 할 수 없지만 환자에게는 둘 모두 필요한 상황이기 때문이다. 이런 '거래'가 이루어지기 위해서는 반드시 누군가 '제안'을 해야만 한다. 대개는 응급의학과였다. 결국 응급의학과에서 입원시키고 성형외과에서 수술을 하기로 했다. 성형외과에서 수술 설명을 하고 동의서를 받았다.

"응급의학과 선생님, 보호자에게 수술 설명을 했는데 오른쪽 팔 부러진 건 수술 안 하냐고 여쭤보시네요. 정형외과도 같이 수술하는 건가요?"

성형외과의가 물었다. 환자는 이미 피를 많이 흘린 상태였고 심정지도 한 번 왔기 때문에 너무 오랜 시간 동안 수술을 하는 건 좋지 않을 것 같았다. 경준도 오른쪽 팔은 스플린트(splint)로 고정만 하고 우선은 얼굴뼈만 수술하는 게 나을 것 같다고 어머니에게 설명했다.

"지금 수술 안 한다고? 아니, 걔 오른팔이 어떤 팔인데 이따위로 치료하는 거야. 잘못되면 당신이 다 책임질 거야?"

경준의 설명을 들은 어머니가 고함을 지르며 화를 냈다.

"강록이 어머님, 오른팔이 환자 목숨보다 중요한 건 아니잖아요. 수술을 안 하겠다는 것도 아니고 나중에 하겠다는 건데 왜 화를 내세요?"

"당신이 뭘 알아? 걔 오른팔은 목숨보다 더 중요해. 투수에게 오른팔보다 더 중요한 게 어디 있어? 당장 강록이 오른팔 살려내, 살려내라고."

어머니가 고래고래 소리를 지르며 경준의 가운을 홱 잡아당겼다. 청원 경찰들이 다급하게 어머니를 말렸다.

"왜 얼굴만 수술하고 팔은 수술 안 하냐고. 그럼 얼굴 수술도 못 해."

어머니가 악에 받친 사람처럼 다시 소리를 질렀다.

얼마 후에 어머니가 소리를 지르는 것이 잦아들었다.

"그럼 얼굴 수술도 하지 마세요."

경준이 차분하게 가라앉은 목소리로 말했다. 주변 사람들이 모두 경준을 쳐다봤다.

"너 뭐야? 당장 치료 안 해?"

어머니가 황당하다는 표정으로 경준을 쳐다보았다.

"저는 환자를 살리기 위해서 일하는 거지. 죽이려고 일하는 거 아닙니다."

"당신 아들이야? 내 아들이라서 내가 결정하는데 당신이 뭔 상관이야."

"그럼 어머니가 치료하세요. 죽이 되든 밥이 되든, 죽든 말든 저는 신경 안 쓸 테니까."

"너 말 다했어? 네가 그러고도 의사야? 야, 책임자 나오라고 해!"

어머니가 손을 휘저으며 주변 사람에게 호소하듯이 말했다.

"제가 여기 책임자예요. 응급실은 응급의학과 담당이니까요."

"당신 말고 더 높은 사람!"

"어머니, 제 말 잘 들으세요. 더 높은 사람 할애비가 와도 어머니 말씀 안 들어줄 거예요. 응급실 들어오기 전까지는 어머님의 아들이었겠지만 응급실에 들어오는 순간, 그리고 지금까지는 제 환자니까. 제가 안 된다고 하면 안 되는 거예요."

"웃기고 있네. 빨리 책임자 안 불러?"

어머니가 소리쳤다.

"제 환자니까 우선 제 얘기 들으세요. 환자가 죽을지도 모르는데 오른팔부터 살리고 보겠다는 어머니 의견에는 전혀 동의하지 못하겠습니다. 환자도 원하지 않을 거고요."

"네가 뭘 알아! 네가 뭔데 남의 아들 일에 이래라 저래라야."

"제가 말했죠. 강록이가 제 환자이기 때문이라고요. 하지만 어머님이 원하시는 대로 할 수 있는 방법도 있어요. 원하시면, 해 드릴게요. 여기 동의서 한 장 갖다주세요."

경준이 동의서를 받아서 뭔가를 끄적거렸다.

"오른팔 수술하다가 환자가 죽어도 절대로 문제 삼지 않겠다는 동의서예요. 사인하세요."

경준이 모두 들으라는 듯 큰 소리로 또박또박 말했다. 저렇게 말해도 되나 하는 생각이 드는 순간, 음소거를 한 텔레비전처럼 응급실이 갑자기 조용해졌다. 나는 이 갑작스러운 정적이 훨씬 더 큰 소란을 위한 전 단계처럼 느껴졌다. 이제 더 난리를 치겠구나. 하지만, 희한하게도 그 순간 바닥에 주저앉아 흐느껴 울기 시작했다. 내가 미친년이야. 내가 미친년이지. 내가 강록이를 죽였어. 어머니는 바닥에 주저앉아 '죽였어'라는 말을 주문처럼 중얼거렸다. 울음소리가 어느 정도 잦아들었을 때, 경준이 어머니를 부축해서 일으켜 세웠다.

강록은 중학교 2학년 때 야구를 시작했다. 야구부가 없는 일반 중학교를 다녔기 때문에 고등학생이 되어서도 학교 야구부가 아닌 리틀야구팀 동부썬더스에서 뛰었다. 등 번호 61번. 강록은 LA다저스에서 뛰는 등 번호 61번 박찬호 선수와 같은 훌륭한 투수가 되는 것이 꿈이었다. 그러기 위해서는 반드시 고등학교 야구부에 들어가야만 했다. 썬더스 감독님도 강록의 자질을 높게 보고 서울에 있는 고등학교 야구부 감독에게 테스트를 받도록 주선해 주었다.

그날 강록은 소개받은 고등학교 야구부에서 테스트를 받고 돌아오는 중이었다. 테스트를 본 고등학교 감독님은 강록이가 키 184센티미터에 체중 92킬로그램으로 체격 조건이 좋고, 현재 구속이 시속 백사십 킬로미터가 넘으니 잘 다듬으면 좋은 투수가 될 것 같다고 말했다. 조만간 추천서를 받아서 학교를 옮기기로 했다.

어머니와 강록은 그날 마치 프로야구 선수라도 된 것처럼 기분이 좋았다. 강록은 테스트를 마치고 친구들을 만나서 놀기로 했다. 오늘만큼은 떡볶이랑 라면도 사 먹고 시시한 장난도 치면서 평소에 운동 연습만 하느라 하지 못했던 일을 친구들과 만나서 꼭 하고 싶었다. 어머니는 비가 오니까 약속 장소까지 차로 태워 주겠다고 했다.

강록은 처음에는 지하철을 타고 가겠다고 했지만 계속 거절하면 엄마가 서운할 것 같아서 엄마 차를 타고 가기로 했다. 가는 동안에 엄마 맘을 풀어 주기 위해서 보조석에 탔다. 오늘만 친구들과 놀고 내일부터는 다시 열심히 연습하겠다고 차 안에서 몇 번이고 다짐했다.

가는 중에 갑자기 비가 많이 오기 시작했다. 시야가 좋지 않았다. 어머니는 왼쪽으로 심하게 꺾이는 곳에서 중앙선을 침범한 흰색 소나타의 헤드라이트가 맞은편에서 번쩍이는 것을 보았다. 어머니는 본능적으로 핸들을 왼쪽으로 급하게 꺾었고, 반대편에서 오던 소나타는 운전석이 아닌 강록이 타고 있던 보조석을 들이받았다.

어머니는 결국 얼굴만 응급으로 수술하고 나중에 오른팔 골절을 포함한 다른 문제들을 해결한다는 것에 동의했다. 정형외과에서도 환자가 안정된 다음에 수술하는 것이 나을 것 같다고 설명했다. 수술방으로 올라갈 때까지도 혈압이 100을 넘지 않았다. 혈압이 오르면 피가 많이 나고 피가 많이 나면 혈압이 다시 떨어지는 양상이 반복됐다.

강록은 오후 여섯 시가 넘어서야 수술방으로 올라갔다. 수술방으로 올라갈 때까지 어머니는 스플린트로 고정한 오른팔을 계속 쓰다듬으며 미안하다는 말을 끊임없이 반복했다.

빗줄기가 가늘어졌다. 멀리 보이는 굴다리 너머로 먹구름 대신 파란 하늘이 보였다. 비가 곧 멎을 건가 보다.

"이강록이 프로야구 선수가 될 수 있을까요?"

인턴 인승이 내게 물었다.

"글쎄, 알 수 없지."

"보호자가 왜 맘을 바꿨을까요? 오른팔 수술 안 하면 당장 잡아먹을 것처럼 하더니."

"이강록 어머니에겐 아들의 오른팔이 아들의 전부와 같았던 게 아닐까? 아들의 오른팔이 목숨과 바꿀 수 있을 정도로 중요했던 거지. 보호자 말처럼 오른손 투수에게 오른팔보다도 중요한 게 어딨겠냐?"

"그렇긴 하네요."

"근데, 좀 생각해 보면 이강록 어머니만 그런 거 아니야. 고등학교 때 전교 5등 하던 애가 성적 조금 떨어졌다고 학교 3층에서 투신자살을 한 적 있었어. 다행히 다리만 부러지고 죽지는 않았지. 성적을 비관해서 자살하는 학생도 많잖아. 돈, 사랑, 명예, 인기 때문에 자살하는 사람들도 모두 비슷한 심리일 거야. 그것만 바라보고 있으면 그게 전부가 되는 거니까."

"그럼 왜 맘을 바꿨을까요?"

나는 잠시 생각을 정리하느라 뜸을 들였다.

"목숨과 오른팔 중에서 결정하라고 했을 때 깨달았겠지."

"뭘요?"

"자신이 아들의 팔과 목숨을 맞바꾸려 하고 있다는 거."

"섬뜩하네요."

인승이 말했다.

강록이 입원한 지 보름 정도가 지났다. 그동안 강록은 골절된 얼굴뼈를 수술했고 입원한 지 나흘째 되던 날 기계환기를 뗐다. 중환자실에서는 일주일 정도 있었고 사흘 전에 일반 병실로 옮겼다. 일반 병실로 옮긴 다음 날 오른쪽 팔을 수술했다. 정형외과에서는 투수로서는 모르겠지만 일상생활을 하는 데는 전혀 문제가 없을 거라고 했다.

문제는 뇌기능이었다. 사고가 나기 전보다 인지기능이 많이 떨어졌다. 강록의 어머니 말에 따르면 전과 비교해서 집중력이 떨어지는 것 같고, 딱 꼬집어 얘기하긴 어렵지만 사고 전에 비해서는 조금 느리고 둔해진 느낌이라고 했다. 이후에 촬영한 브레인 CT에서도 별다른 이상 소견이 없었다.

신경과에서는 저산소성 뇌손상을 조금 받긴 했지만 심각한 정도가 아니기 때문에 시간이 지나면 지금보다 훨씬 더 좋아질 것이라고 설명했다. 강록의 어머니는 지금보다 좋아질 거라는 말에 잠깐 표정이 밝아졌지만 이내 다시 어두워졌다. 야구 때문이었다. 여전히 야구가 없는 삶을 받아들이는 건 어려운 것 같았다. 삶과 죽음 중에 무엇을 선택할 것이냐는 그나마 단순했다. 하지만 어떤 삶을 택할 것이냐는 건 전혀 단순하지 않았다.

"상훈아, 급성충수돌기염이 맞는 것 같다."

정수가 차트를 초진 구역 스테이션 위에 놓으며 말했다.

김혜연(32세, 여자)은 하복부 통증으로 병원을 방문했다. 하복부 통증을 호소하는 여자 환자는 단순하지 않은 경우가 많다. 정확한 원인을 밝히기 위해서는 아주 세심하게 접근해야 하기 때문이다. 온갖 검사를 해도 원인을 모르는 경우가 허다했다. 하지만 그보다 더 신기한 건 원인을 모르는 채로 좋아지는 경우도 꽤 많다는 것. 때론 검사가 치료다.

혜연은 어제 오전에 복통으로 왔다가 증상이 좋아져서 오후 늦게 퇴원했다. 저녁에 다시 배가 아파서 왔을 때는 아랫배 전체에 압통과 함께 반발통이 있었다. 골반 내 감염을 의심해 산부인과 협진을 했으나 별다른 이상 소견이 없었다. 시간이 지나면서 통증은 좋아졌고 그 이후로는 별다른 증상을 호소하지 않았다.

단열은 새벽까지 환자가 많아서 정신이 없었기 때문에 다음 날 아침까지 환자를 까맣게 잊고 있었다. 그러다가 오늘 아침에 회진 준비를 할 때 환자가 오른쪽 아랫배가 아프다고 다시 얘기한 것이다. 급성충수돌기염으로 외과에 연락했다.

"위 연차 연락도 해야 하고, 진단방사선과에서 체스트 피에이* 판

---

* 흉부 방사선 촬영. Chest PA.

독도 받아야 하고, 복부 CT 촬영 푸쉬도 해야 하고…… 이 모든 걸 언제 다 하지?"

정수가 말했다.

"참, 남편이 오면 수술 설명도 해야 하는구나."

"판독받는 것 정도는 인턴에게 시켜. 인턴 일이잖아."

내가 말했다.

"전에 너무 바빠서 한번 시켰다가 앱노말(abnormal)이라는 거 얘기 안 해 줘서 하마터면 수술 못 할 뻔했다."

정수가 고개를 힘없이 가로저었다.

"인턴이 누군데?"

"전에 말했잖아. 수연이라고."

대답을 듣고 나서 나도 모르게 고개를 주억거렸다. 오수연은 우리 와 함께 입학한 동기였다. 학생 시절 수연은 거의 혼자 다녔다. 누구 와 얘기를 한 적도 별로 없었고 밥을 같이 먹지도 않았다. 우리 학 년 동기들은 수연을 싫어하지는 않았지만 그렇다고 좋아하지도 않 았다. 정확하게 말하면 별로 관심이 없었다. 어떻게 생각하면 그게 미워하는 것보다도 더 나쁜 거였는지도 모르지만.

수연은 생머리를 어깨까지 길렀고, 백육십 센티미터 정도 되는 키 에 조금 통통했다. 나무로 만든 십자가 펜던트가 달린 목걸이 외에 는 다른 액세서리를 하지 않았고 주로 어두운색의 라운드넥 티와 블 루진 치마를 입고 다녔다. 거의 일 년 내내 하얀 면양말과 별 특징이 없는 운동화를 신고 다녔는데, 옷차림에 무신경한 내가 보기에도 수연이가 신은 면양말은 유독 눈에 띄었다.

예과를 다니는 동안에, 손가락으로 꼽을 정도였지만, 수연과 이야기를 나눌 기회가 몇 번 있었다. 겨울 방학이 막 시작됐을 때였다. 나와 정수는 방학을 시작하자마자 미적분학 재시를 봤다. 조교가 엄청나게 귀찮아하면서 또다시 재시를 보면 평생 미적분학을 공부하도록 만들어 버리겠다고 겁을 줬다. 문제를 거의 다 가르쳐 주고 보는 시험이어서 별로 어렵지는 않았다.

시험을 보고 나오니 오후 두 시 즈음이었고 우린 서클룸으로 가기 전에 학생 식당에서 밥을 먹기로 했다. 점심시간이 조금 지난 시간이었기 때문에 학생 식당은 썰렁했다. 우리는 식판을 들고 앉을 자리를 찾았다.

"저기 수연이인 것 같은데."

정수가 턱으로 학생 식당의 오른쪽 구석 방향을 가리켰다. 수연이었다. 우리는 수연에게 알은체를 했다. 수연은 반가운 표정을 지었지만 어딘지 모르게 조금 불편해 보였다.

"왜? 학생 식당에서 고독 좀 씹고 있으려고 했는데 우리가 망쳤냐?"

정수가 수연 앞에 식판을 내려놓으면서 물었다.

"오수연, 방학 중에 웬일이냐? 학교에 다 오고, 다음 학기엔 일등 하려고?"

나도 덩달아 너스레를 떨었다. 수연이는 우리가 건네는 말에 표정이 잠깐 밝아졌지만 금세 다시 어두워졌다.

"공부하러 온 거 아니야. 너희들은 웬일로 학교 왔어?"

우리는 재시를 봤다는 걸 무슨 자랑이라도 되는 듯 떠벌렸고, 수연은 우리 얘기를 들으면서 가끔씩 웃었다. 밥을 다 먹었을 즈음에 수연이 학교에 왜 왔는지가 다시 궁금해졌다. 수연의 집이 서울에서 꽤 멀리 떨어진 도시라고 들은 게 생각났기 때문이었다.

"학교는 왜 온 거냐?"

내가 물었다.

"어, 그게, 아빠가 좀 편찮으셔서……."

수연이 말끝을 흐렸다. 아마 눈치가 조금이라도 있었다면 수연이 말하고 싶어 하지 않는다는 것을 알 수 있었을 것이다. 하지만 우리는 시험이 끝나서 들떠 있었고, 친구의 아버지가 아프다면 왜 아픈지를 물어보는 것이 예의라고 생각했다.

"어디가 아프신데?"

정수가 물었다. 수연이 잠시 머뭇거렸다.

"정신과 오셨어."

들릴 듯 말듯 조그만 목소리로 말했다. 나와 정수는 아차 싶었다. 정신과 진료를 보는 것이 떳떳하지 못할 건 없었지만 수연 입장에서는 별로 말하고 싶지 않았을 거라는 생각이 들었기 때문이다. 하지만 이미 엎질러진 물이었다.

"아, 그렇구나."

우리는 거의 동시에 우물쭈물 대답했다. 학생 식당을 나와서 나와 정수는 연극반 서클룸 쪽으로 갔고 수연은 혼자서 학교 정문 쪽으로 걸어갔다. 수연과 그만큼 오랫동안 이야기를 나눈 적이 있었던

가? 아마 없을 것이다.

"참, 환자 아랫배에 수술 자국이 있던데, 어떤 수술인지 안 물어봤네."

정수가 가다가 멈춰서며 말했다.

"산부인과도 아무것도 안 썼어. 제왕절개를 한 거겠지."

내가 차트를 확인하며 말했다.

"그렇겠지. 환자가 아침에 물을 한 잔 먹었다고 하니까 마취과에 얘기해 봐야겠네. 아마도 오후 여섯 시 넘어서 수술해야 할 것 같다."

정수가 잰걸음으로 출구 쪽으로 걸어갔다.

"아까 산부인과의가 문진할 때 옆에서 들었는데 아기는 없다고 하던데요. 지금 시험관 아기를 계획 중이래요."

정수가 간 뒤에 담당 간호사가 간호기록지를 쓰면서 말했다.

"그래요? 임신을 했던 게 아니에요? 그럼 무슨 수술 자국이지?"

내가 혼자서 중얼거리듯 말했다.

"비서실에서 박상훈 선생님을 찾던데 혹시 연락받은 것 없어요?"

책임간호사가 물었다.

"나를? 글쎄, 잘 모르겠는데요. 불친절하다고 누가 민원이라도 넣었나?"

"그건 아닐 거예요. 브이오씨*가 있으면 적정진료관리실에서 연락

---

* 고객불만사항. Voice of customer.

이 와요. 혹시 몰래 표창이라도 받을 만큼 훌륭한 일이라도 한 거 아니에요?"

"그럴 리가!"

내가 단호하게 고개를 가로저었다.

"외과 파견은 언제 가요?"

간호사가 다시 물었다.

"다음 주부터요."

"거기서 외과가 더 좋아지면 어떡해요?"

"응급의학과 당장 때려치워야죠."

내가 웃으면서 대답했다.

"박상훈 선생님."

그때, 청원 경찰이 등 뒤에서 두툼한 손으로 내 어깨를 잡으면서 얘기했다.

"밖에 나와 보셔야 할 것 같습니다. 어떤 분이 찾아오셨어요."

청원 경찰이 애매한 표정을 지었다.

"보호잔가요?"

"보호자는 아니고요. 여기서 말하기가 좀……"

청원 경찰이 주변을 살피면서 곤란한 표정을 지었다. 응급실 정문 쪽으로 걸어 나갔다. 응급실 문밖에는 육십대 정도로 보이는 여자가 서 있었다. 전혀 모르는 사람 같은데? 베이지색 블라우스 위로 하늘색 카디건을 걸친 차림이었다. 가슴에 치렁치렁 늘어진 금색 목걸이와 옷깃에 달린 브로치의 금장식에 반사된 햇빛이 몸을 조금 움직일 때마다 반짝거렸다.

청원 경찰로부터 나를 만나자고 한 이유를 들었을 때는 미친 여자가 아닐까 하는 생각이 들었다. 하지만 직접 보는 순간, 비록 외모로만 판단할 수 있는 건 아니지만, 절대로 미친 여자일 것 같지는 않았다. 오히려 지나치게 차분하고 냉정한 인상이었다.

그런데, 대체 왜 내가 자기 며느리랑 바람을 폈다고 생각하는 걸까?

"당신이 박상훈이지?"

여자가 대뜸 반말을 했다.

"네. 그런데요."

"너, 우리 며느리랑 무슨 사이야? 니들 둘이 잤지?"

"무슨 말씀을 하시는 건지……."

내가 끓어오르는 걸 간신히 꾹 누르며 대답했다.

"며느리 년이 우리 아들이 자길 때렸다고 이혼하겠다고 했어. 그러면서 이걸 보여 주대. 우리 애는 누굴 때릴 애가 아니야. 너, 대체 무슨 속셈으로 이런 진단서를 써 줬어? 네가 우리 며느리랑 그렇고 그런 사이니까 이따위 허위 진단서를 써 준 거잖아!"

여자가 오른손에 들고 있던 종이 한 장을 거칠게 흔들면서 내 눈앞에 들이댔다. 진단서였다. 2주 전에 얼굴과 팔을 남편에게 맞았다고 했던 삼십대 여자 환자가 떠올랐다.

청원 경찰이 불안한 표정으로 분위기를 살피며 내 옆에 서 있었다.

"말도 안 되는 얘기 그만하시고요. 그리고, 절 언제 봤다고 반말이세요?"

여기까진 그래도 괜찮았다. 그래, 여기까지는. 하지만 순간 욱했다. 아니, 도대체 내가 왜 잘못한 것도 없이 이런 말도 안 되는 헛소리를 듣고 있어야 한단 말인가.

"당신 아들이 마누라를 때렸는지 어쨌는지는 당신 아들에게 물어보면 될 일이지. 그걸 왜 나한테 따집니까? 그리고 며느리가 바람난 게 무슨 자랑이라고 대낮에 응급실에 와서 생사람 잡고 난리야!"

넘지 말아야 할 선이었다.

"이런 개새끼가!"

어디선가 갑자기 나타난 남자가 내게 주먹을 휘둘렀다. 다행히도 청원 경찰이 남자를 막아서 맞지는 않았다. 남자의 주먹이 내 눈앞을 휙 지나갔다. 그 순간, 한 번 더 선을 넘었다.

"이런 미친 새끼."

나는 남자의 멱살을 잡았고 그다음에는 응급실 문 앞이 완전히 난장판이 됐다. 여자는 병원 놈들이 모두 작당해서 사람을 팬다고 고래고래 소리를 질렀고, 나와 남자는-나중에 알고 보니 진단서를 뗀 환자의 남편이었다- 몸싸움과 드잡이를 했고, 서너 명의 청원 경찰이 우리 둘을 말렸다. 싸우는 소리를 듣고 의국에 있던 성혁과 진우가 밖으로 나왔다.

아들은 적반하장으로 의사 새끼가 사람을 쳤다면서 오히려 경찰서에 신고를 했다. 결국 싸움을 말리던 청원 경찰 두 사람과 나, 그리고 아들과 엄마 이렇게 다섯 사람이 경찰서로 갔다. 내가 경찰서에서 진술서를 쓴 것은 이번이 두 번째였다. 작년에 응급의학과 인턴을 돌 때도 술 취한 보호자와 시비가 붙어서 드잡이를 하다가 진술서를 쓴 적이 있었다. 그때도 그렇고 지금도 마찬가지지만 이상하게도 진술서를 작성하는 것은 묘한 진정 효과가 있다. 경찰관이 심드렁하게 묻는 말에 하나둘 대답을 하다 보면 신기하게도 억울하고 분했던 마음이 어느새 가라앉았다. 나만 그런 건가.

어쩌면 진술서를 작성하다 보면 후회스러운 일들이 조목조목 적나라하게 드러나기 때문인지도 모른다. 그날 잘못했던 일을 진심으로 참회하며 글을 쓰는-쓰는 사람은 내가 아니라 경찰관이지만- 기분이랄까? 나는 여자에게 화를 내지 말았어야 했고, 아들에게 욕을 하지 말았어야 했고, 주먹을 휘두르지 말았어야 했다. 그땐 왜 그걸 몰랐을까. 진술서를 다 쓰고 나니까 쉽게 흥분하고 화를 냈던 나 자신이 왠지 부끄러워졌다.

진술서를 쓰기 전에는 청원 경찰 중에 누군가가 여자와 아들이 처벌받기를 원하지 않는다고 경찰관에게 말하는 것을 들으면서 말도 안 되는 얘기라고 생각했다. 하지만 진술서를 쓰고 나니 당연히 그래야 할 것만 같은 기분이 들었다. 혹시 이런 효과 때문에 쓰는 건가?

오후 여섯 시 즈음에 응급실로 복귀했다. 오지랖 넓은 누군가가 파악한 정보에 의하면, 진단서를 떼어 간 여자는 이혼을 요구했고, 남편 모르게 임신중절술을 받았다. 하지만 이 사실이 시어머니 귀에 들어갔다. 시어머니는 며느리가 자신에게 대들면서 병원에 아는 의사가 있다고 떠벌렸던 것이 생각났고, 진단서를 써 준 사람이 바로 그 의사일 거라고 확신했다. 내가 생각하기엔 전혀 말도 안 되는 얘기지만 '그들'은 이 모든 추측이 백 퍼센트 확실하다고 생각했다.

두 사람(어머니와 아들)은 어제부터 병원 여기저기를 들쑤시고 다녔고, 급기야 병원장실에 들이닥쳤다. 병원장 비서실에서는, 이들의 얘기가 말도 안 된다고 생각했지만, 병원을 고소하겠다는 두 사람의 살기등등한 기세에 눌려 어쩔 수 없이 응급의학과 교실로 연락을 했다.

민 교수는 말도 안 되는 일로 레지던트를 성가시게 한다고 비서실에 화를 냈고, 이래저래 난처해진 비서실에서는 간호과장을 통해서 상황을 알아보려고 했던 것이다. 이것이 오전에 책임간호사가 얘기했던 비서실에서 나를 찾은 일의 전모(全貌)였다.

병원에 도착하니 경준과 진우가 아직 퇴근을 하지 않고 의국에 남아 있었다.

"임신은 진짤까?"

진우가 물었다.

"글쎄요. 남편이나 시어머니에게 상처를 주려고 마음먹었다면 무슨 말인들 못 하겠어요. 근데 저렇게 생난리를 치고도 무슨 일이 있었냐는 듯 아무렇지 않게 다시 사는 사람도 있더라고요."

경준이 대답했다.

"박상훈 선생은 다친 데 없고?"

민 교수가 의국 안으로 들어왔다.

"네. 없습니다."

내가 멋쩍게 뒤통수를 긁적거리며 대답했다.

"다행이네. 비서실에서 얘길 들었을 때 조금 더 자세하게 물어봤어야 했는데."

민 교수는 잠시 생각을 정리하려는 듯 말을 멈췄다.

"박상훈 선생이 응급의학과를 시작한 지 몇 개월 안 됐지만 인턴 돌면서 생각했던 것과 많이 다르지? 심폐소생술처럼 꼭 필요한 기술만을 배우는 거라고 생각했으면, 응급의학과 1년 차 생활이 하루하루가 쓸데없고 무용한 시간의 연속이지. 하루 종일 다른 과 의사들과 말싸움하고, 술 취한 사람에게 시달리고, 오늘처럼 말도 안 되는 황당한 일로 경찰서에 갔다 오고. 이런 일 때문에 응급의학과를 지원하지 않거나 중간에 그만두는 사람들도 많잖아.

하지만 내 생각에는 응급의학과 의사가 되려고 한다면, 그 일이 어떤 일이건, 응급실에서 벌어질 수 있는 모든 일을 겪어 보는 것이 좋아. 언젠가 겪을 수 있는 일이니까. 박상훈 선생은 응급의학과 의사에게 가장 중요한 두 가지가 뭐라고 생각해?"

"네?"

갑작스러운 질문에 어리둥절했다. 민 교수는 다른 사람들의 대답을 들으려는 듯이 주위 사람들을 한번 둘러보았다. 민 교수는 회진 때도 가끔 뜬금없는 것들을 질문하거나 예상치 않은 행동을 해서 주위 사람을 당황하게 만들곤 했다. 진우는 답을 알고 있는 사람처럼 옆에서 빙글빙글 웃기만 했다.

"진단과 치료?"

내가 자신 없게 대답했다.

"그래, 중요하지. 다른 사람?"

"상황마다 다르지 않을까요?"

진우가 말했다.

"물론 그렇지. 하지만 진단과 치료는 모든 임상 의사에게 중요한 거잖아. 그것 말고 응급의학과 의사에게만 해당하는 걸로 국한시켜서 생각해봐."

나는 여전히 적당한 답이 생각나지 않았다.

"다른 과 의사들처럼 응급의학과 의사에게도 원인을 밝히고 치료하는 게 중요하지. 하지만 응급실에서 그 모든 과정을 완벽하게 마치는 환자가 몇 명이나 될까? 더군다나 우리 병원처럼 복합적인 문제를 가진 환자들이 주로 오는 3차 병원 응급실에서 원인을 밝히고 완치가 돼서 퇴원한다는 건 언감생심이잖아. 다른 의견?

다시 한 번 주위를 둘러보았다.

"없어? 나중에 생각나면 알려 줘."

네, 하고 의국에 있던 세 사람이 약속이나 한 듯이 동시에 대답했다.

"비록 우리가 황당한 일로 경찰서를 들락거리고, 아무것도 아닌 걸로 응급실에 오는 환자들을 상대할 때도 많지만, 그 일이 응급의학과의 전부는 아니라는 걸 알았으면 좋겠어. 훨씬 더 소중한 걸 위해서 일하는 사람이라고 느끼면 좋겠다는 거야. 박상훈 선생 표정 보니까 금방 때려치우고 도망갈 사람 같지는 않아서 다행이네."

민 교수는 알쏭달쏭한 여운을 남기고는 나갔다.

"가장 중요한 두 가지? 너무 막연한데. 형은 답을 알아?"

경준이 진우에게 물었다.

"전에 내가 경찰서 갔을 때도 비슷한 질문을 하시긴 했어."

"그럼 답도 알겠네. 답 좀 가르쳐 줘."

"정답은 몰라."

여전히 진우는 빙글빙글 웃었다.

"만약 약이라면, 진통제와 진정제일 것 같은데. 우리가 가장 많이 쓰는 약이잖아. 환자를 편안하게 해 주는 약이면서 동시에 응급실을 조용하게 만들어 주는 약이기도 하고. 민 교수님은 환자를 편안하게 해 주는 게 중요하다고 항상 강조하시잖아."

"그럼, 조용과 편안인가? 명상 센터 삘이 나는데."

경준의 말에 진우가 혼자 중얼거렸다.

"야, 박상훈! 경찰서에 왜 이렇게 오래 있었어?"

초진 구역으로 나가자마자 성혁이 호통치듯이 말했다.

"청원 경찰 아저씨들이 진술서 쓰는 걸 기다리느라."

내가 약간 주눅이 들어서 말했다.

"밥 먹었냐?"

내 말을 자르고 성혁이 말했다.

"아니요."

"앞으로 한 시간 더 줄 테니까 나가서 밥 먹고 와. 기분도 좀 풀고. 저녁에 환자 보려면 뭘 좀 먹어야지. 그리고 앞으로 이런 일 종종 있을 거니까 너무 우울해하지 말고."

"됐어요. 나가는 건 귀찮고 시켜서 먹죠. 형도 먹을 거죠?"

초진 구역 스테이션을 지나가던 환자가 성혁에게 꾸벅 인사를 했다.

"선생님, 정말 감사합니다."

복통으로 내원했던 혜연이었다.

"아니요. 뭘요. 잘 쉬세요."

성혁이 대답했다.

"김혜연 환자는 충수돌기염인데 수술 안 해요?"

환자가 나간 다음에 내가 물었다.

"복부 CT 찍었는데 충수돌기염이 아닌 걸로 나왔어. 증상도 좋아졌고."

성혁이 대답했다.

"근데 형한테는 왜 고마워해요?"

"몰라, 인마. 저녁은 내가 시킨다?"

성혁은 이유를 말해 주지 않고 총총히 의국으로 걸어갔다.

"박상훈 선생님, 제가 재밌는 정보 하나 드릴까요?"

성혁이 사라지자 인턴 인승이 오른손 검지로 무테안경을 슬쩍 올리더니 나를 빤히 쳐다보면서 말했다. 안경 때문인지 인승의 눈이 더 초롱초롱해 보였다.

"뭔데?"

"윤성혁 선생님이 남편에게 요로 결석이라고 설명하시더라고요."

"그래? 혈뇨가 있었나?"

"제가 몇 가지 정보를 더 알려드릴게요. 김혜연 씨 소변 검사에서는 백혈구만 조금 나오고 적혈구는 안 나왔어요. 복부 CT에서도 요로 결석으로 보이는 소견은 없었고요. 산부인과는 골반 내 감염과 오른쪽 난소에 물혹이 있다고 썼어요. 퇴원약도 산부인과에서 처방했고."

"그럼 산부인과 환자라는 얘기네요."

옆에 있던 담당 간호사가 거들었다.

"착각을 했나?"

내가 물었다.

"그건 아닐 거예요. 왜냐하면 남편에게 설명하기 전에 산부인과 선생님과 이야기도 했거든요."

담당 간호사가 다시 거들었다.

"결국 정리해 보면, 환자가 아픈 진짜 원인은 골반 내 감염이나 물혹 염전이지만 원인을 남편에게 사실대로 말할 수 없는 어떤 이유가 있는 거겠네요."

인승이 자판기 커피를 소주를 홀짝이듯이 한 모금 마셨다.

"시험관 아기를 가질 거라고 했잖아. 그것 때문에 불임클리닉을 방문했던 거고. 그럼 수술 자국은 뭘까?"

내가 말했다.

"산부인과 기록에 보면 G1P1L1D0A0*라고 적혀 있어요. 김혜연은

---

* 산과 병력을 나타내는 표시. 출산, 사산, 유산 등의 항목으로 이루어져 있다.

이전에 출산을 한 경험이 있는 거예요. 그렇다면…… 제왕절개 자국이네요."

인숭이 놀라운 발견을 한 사람처럼 눈이 휘둥그레졌다.

"그거랑 아픈 원인을 말할 수 없는 거랑 관련이 있을까요?"

간호사가 물었다.

"김혜연이 이전에 출산한 아기는 전 남편의 아이일 것 같은데요. 둘 사이에 애가 있다면 왜 시험관 아기를 시도하겠어요? 둘은 재혼이고 김혜연은 예전의 임신 사실을 남편에게 말하지 않은 게 분명해요."

내가 대답했다.

"결혼 사실까지 숨긴 건 아닐까요?"

간호사가 물었다.

"글쎄요. 그건 모르겠네요. 환자는 남편에게 복부의 수술 자국이 오른쪽 난소를 제거할 때 생긴 거라고 했을 거예요. 그런데 문제가 발생했죠. 복부 CT를 찍고 나니까 오른쪽 난소에 물혹이 있는 거예요. 수술로 없어진 난소에 혹이 생긴다? 말이 안 되잖아요."

내가 말했다.

"그래서 다른 원인이 필요했던 거군요. 산부인과와 윤성혁 선생님은 그 문제로 의논을 했던 거고. 결국 둘이, 아니 셋이 요로 결석에 의한 통증으로 합의를 봤다는 거죠?"

간호사가 말했다.

"오호, 같이 얘기하니까 훨씬 더 흥미진진한데요."

인승이 검은색 노트를 꺼내서 뭔가를 끄적거렸다. 6657이 울렸다.

"밥 왔다."

성혁이 말했다.

김혜연은 결혼과 임신 사실을 모두 숨긴 것일까?

"김혜연은 병명이 뭐였어요?"

내가 볶음밥을 싸고 있는 랩을 벗기면서 성혁에게 물었다.

"충수돌기염은 아니고. 골반 내 감염이나 난소 물혹 염전이었을 것 같아."

"남편에겐 요로 결석이라고 설명했다면서요."

"환자에게만 제대로 알려 주면 되지. 남편에게 모든 걸 다 알릴 필요는 없잖아."

"혹시 환자가 결혼한 적이 있다는 사실도 숨기고 있는 건 아닐까요?"

"남편이 자신들이 재혼한 것이고 시험관 아기를 가질 계획이라고 얘기했던 걸 보면 환자가 결혼했다는 사실을 속이고 있는 건 아니야. 단지 아기를 낳은 적이 있다는 사실을 감추는 거겠지."

"이유가 뭘까요?"

"알아서 뭐 하게? 환자가 원하지 않는다면 비밀을 지켜 줘야지. 짜식, 쓸데없는 거에 관심이 많네. 밥 다 먹으면 나와."

성혁이 일어나서 응급실로 나갔다.

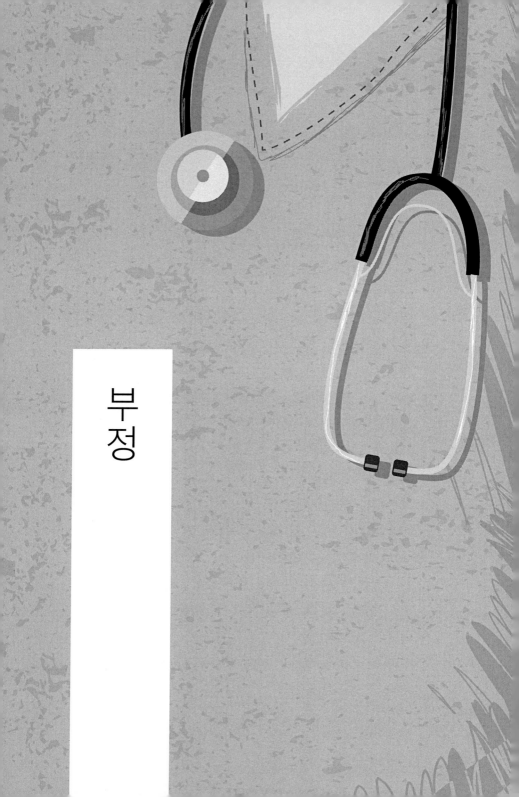

부정

．．．

휴대폰이 울렸다. 경희였다.

"아직 파일을 확인 못 했어요. 내일까지 확인할게요."

내가 말했다.

"열다섯 명이던데요."

"오 년 동안?"

"아니요. 2011년 1월 5일부터 6월 11일까지. 오 개월 동안이요. 이후에는 단 한 명도 없었어요."

"원장님께 말씀드렸어요?"

"아직요. 과장님이 자료 검토하면 말씀드리려고요."

"근데 조금 이상한 게 있어요.. 명단에 있는 환자 중 몇 명의 의무기록을 봤는데 당시에 사용하지 않았던 제품들이 있더라고요. 3번과 6번 환자에게 사용한 제품은 C사 건데 당시에 저희 병원이 C사와 거래를 하지 않았거든요. 만약 가능성이 있다면 비엔디(B&D) 제품으로 바꾸는 과도기였기 때문에 재고가 있는 걸 사용했을 수도 있어요. 그런데, 음, 그런 것 치고는 건수가 좀 많아요."

"오, 빠른데. 오 년 치를 벌써 다 봤어요?"

내가 물었다.

"별것도 아닌 걸로 놀라시긴."

무슨 비법이 있나? 경희는 씩씩하고 시원시원한 성격으로 병원 내에서 유명했다. 경희가 입사하던 해에 병원 단합 대회에서 부서별로 장기 자랑이 있었다. 이날 단연코 눈에 띈 부서는 수술실이었다. 수술실 순서가 되자 사회자가 당시 병원장이었던 경준을 무대로 불렀다. 경준을 무대에 세우더니 머리 위에 종이컵을 얹었다. 병원 직원들은 대체 뭘 하는 걸까 의아해하면서 지켜보았다. 이윽고 경희가 태권도복 차림으로 무대에 등장했다. 관중석에서 키득키득 웃음소리가 나왔다.

"절 믿으세요. 움직이시면 큰일 납니다."

경희가 경준에게 다가가서 사과를 종이컵 위에 얹으면서 말했다. 경희는 마이크를 잡고 자신이 할 퍼포먼스의 주제가 '믿음과 신용'이라고 얘기했다. 관중석에서 다시 한번 웃음이 터져 나왔다. 무대 옆에서 발차기로 허공을 두 번 가르면서 호흡을 골랐다. 도복이 펄럭이는 소리가 예사롭지 않았다. 관중석이 쥐 죽은 듯이 조용해졌다. 경준의 표정이 굳어졌다. 경희가 제자리에서 가볍게 몇 번 뛰었다. 이얍. 날카로운 기합과 함께 삼백육십도 돌려차기로 사과를 격파했다. 잠시 얼떨떨하게 서 있던 경준이 무언가에 홀린 듯 박수를 쳤다. 이어서 관객석에서 박수와 환호가 터져 나왔다.

그날 이후로 한동안 경희는 병원 내에서 태권소녀로 통했다. 경희는 고등학교 2학년까지 태권도 선수가 되는 게 꿈이었다. 하지만 부모님의 반대가 너무 심해서 그만뒀고 이후에 죽어라 공부해서 간호사가 됐다고 했다. 그래도 공부하는 게 운동하는 것보다 훨씬 쉬웠다는 얘기를 입버릇처럼 하곤 했다. 경준은 논문 때문에 병원 데이터를 모을 일이 있으면 항상 경희를 시켰다. 엑셀을 잘 다루고 꼼꼼한 데다가 데이터의 패턴을 읽어 내는 감각도 있었다. 경준은 경희를 임상연구센터 전담을 시키고 싶어 했지만 본인이 한사코 거절했다. 하루 종일 책상에 앉아서 일하는 건 좀이 쑤셔서 성격과 안 맞는다는 것이다.

"눈병이 생긴 환자들에게 공통점이 있어요?"

내가 물었다.

"글쎄요. 얼핏 보기엔 없던데요. 다시 한번 살펴볼게요."

"네."

전화를 끊었다.

"무슨 생각을 그렇게 골똘히 해?"

설거지를 막 끝낸 민서가 앞치마에 손을 닦으면서 내게 물었다.

"아니. 별거 아니야."

민서는 냉장고에서 캔 맥주 두 개를 꺼내 식탁 위에 올려놓았다.

"응급의학과 교실에 갔던 일은 잘됐어?"

"교수실에서 추모집에 넣을 자료들을 좀 찾아봤어."

"건진 게 있어?"

"그럭저럭. 오랜만에 들렀는데 레지던트 때 기억이 많이 나던데. 당시에 봤던 환자들도 떠오르고. 이십 년 가까이 지났는데 아주 상세하게 기억나는 일도 있어."

민서가 맥주를 한 모금 마셨다.

"예를 들면?"

"밑도 끝도 없이 내가 자기 며느리랑 바람을 피웠다는 사람도 있었어. 거의 확신을 하고 있더라고."

"진짜 모르는 일이야?"

"당연히 모르는 일이지."

계속 말을 하려다가 민서의 얼굴을 슬쩍 살폈다.

"그만 얘기해야겠다. 눈치 보여서."

"내가 뭘? 난 아무 말 안 했는데."

민서가 억울하다는 듯 입을 삐죽거렸다.

"아니야. 잠깐 심각해 보였어."

믹스넛 캔을 꺼내 오기 위해서 일어났다.

"의료 소송 문제는 잘 해결되고 있어?"

"아니. 아직까지는 별로 진척 없어."

"오 년 전에 수술받았는데 왜 이제 와서 소송을 걸었을까?"

"정확한 건 잘 몰라. 행정 부원장 말로는 원래 녹내장 때문에 다니던 안과 병원과 우리 병원을 둘 다 걸었대. 안과 병원에서는 자기네는 전혀 잘못한 것 없으니 소송이든 뭐든 알아서 하라고 한 것 같아."

"화상 수술하고 나서 시력이 나빠진 환자가 또 있어?"

"증상이 완전히 똑같지는 않지만 비슷한 환자들이 있었어. 수술후에 눈이 충혈됐던 환자가 몇 명 더 있었거든."

"당신 생각엔 환자의 시력저하가 화상 치료와 관련이 있는 것 같아?"

"글쎄, 조사해 봐야지."

"그럼, 추리가 필요한 건가? 오, 그럼, 잘됐네. 당신 취미잖아."

민서가 웃으면서 말했다. 믹스넛 캔 속으로 손을 넣어서 땅콩을 몇 알 집었다.

"어쨌든 힘들겠다. 환자도 봐야 하고 추리도 해야 하고. 극한직업이네."

"밴드는 왜 붙였어?"

민서의 오른손 검지에 붙어 있는 밴드를 보면서 물었다.

"아까 카레에 넣을 감자 썰다가. 집에 상처에 붙일 만한 게 있어?"

"싱크대 선반을 열면 하늘색 파우치가 있어. 그 안에 있을 거야."

민서가 일어나서 싱크대 선반에서 손바닥보다 조금 큰 하늘색 파우치를 꺼냈다.

"여기 가방 안에 비슷하게 생긴 제품이 두 종류가 있는데 어느 거붙이면 돼? 두 개가 포장이 조금 다른데."

민서가 파우치 안을 뒤적거리다가 투명한 비닐 포장에 담긴 제품두 개를 꺼내서 보여 주었다. 내가 받아서 여기저기를 살펴보았다. 오백 원 동전보다 조금 큰 반투명 제품이었다. 제품 포장을 여기저기 살피다가 민서에게 말했다.

"유효 기간이 아슬아슬하네."

나는 둘 중에 조금 더 얇아 보이는 제품을 민서에게 건넸다.

육 년 전에 지금 일하고 있는 K병원으로 옮겼다. 당시에 내게 응급실 당직을 서는 일은 점점 더 미래도 없고 소모적인 일이 되어 가고 있었다. 응급의학과를 시작할 때는 '지금 당장 구하라'는 지상 명령에 끌렸지만 점점 더 이 명령에 짓눌리는 듯한 느낌이었다.

그러던 어느 날 K병원에서 일하고 있던 경준으로부터 연락이 왔다. 같이 일할 생각이 있냐고 물었다. 나는 응급의학과 수련받을 때 배운 걸 써먹으면서 전문적인 기술도 배울 수 있는 일자리를 원한다고 대답했다. 경준의 대답은 간결하고 명쾌했다. 두 마리 토끼를 다잡게 해 줄게. 전화를 받고 나서 사흘 후에 같이 저녁을 먹었다.

"선생님은 화상 환자 수술을 하고 있는 것에 대해서 후회한 적 없어요? 응급의학과 때 배운 적도 없잖아요."

내가 물었다.

"전문의가 해야 하는 일 중에 하나는 배운 것을 제대로 써먹는 일이야. 대부분의 의사들은 그게 전부라고 생각해. 하지만 내 생각에 그게 중요하긴 하지만 전부는 아니야. 배운 적이 없어도 환자를 위해서 뭔가를 해야 할 때가 있거든. 응급실에서 일하다 보면 그럴 때 많잖아.

내가 일하고 있는 K병원에는 화상 환자가 많이 오는데 나는 응급의학과 의사니까, 화상 수술을 배운 적이 없으니까 그들에게 아무것도 해 주지 않는다면 그게 과연 옳은 일일까? 더군다나 누군가가 수술을 가르쳐 주겠다고 하고, 그걸 배워서 환자들에게 뭔가를 해 줄 수 있는데도 불구하고 아무것도 하지 않는다면, 과연 옳은 일일까?"

결국 같이 일하겠다고 대답은 했지만 막상 무언가를 새롭게 배워야 한다고 생각하니 조금은 걱정이 됐다. K병원에서 근무하기 일주일 전쯤이었을 것이다. 거실 소파에서 텔레비전 채널을 여기저기 돌려 보던 중에 우연히 〈극한직업〉 화상병동 편 재방송을 보게 되었다. 평소 같았으면 다른 채널로 돌렸을 텐데 한 달 뒤에 내가 하게 될 일이라 생각하니 그렇게 되지 않았다. 게다가 신기하게도 마침 촬영 장소가 바로 K병원 아닌가!

방송에서 중심을 이루는 이야기는 2005년에 청주 화학공장에서 일어났던 대규모 화재였다. 이 화재로 연구원 열 명과 소방대원 한 명이 화상을 입었다. 소방관을 포함한 일곱 명이 화상체표면적 60퍼센트 이상의 중증화상이었다. 중환자실 자리가 없어서 일부는 다른 병원으로 전원되었지만 중증화상 일곱 명 중 다섯 명이 K병원 중환자실로 입원했다.

금요일에 사고가 났기 때문에 주중에 예정된 수술 계획을 바꾸지 않으려면 의료진이 주말에 출근해서 수술을 해야만 했다. 환자 다섯 명을 수술하기 위해서 화상외과 의사 일곱 명, 마취과 의사 두 명, 그리고 수술방 간호사 여섯 명이 일요일에 출근해서 세 팀으로 나뉘어 수술했다. 아홉 시에 시작된 수술은 오후 두 시 즈음에 모두 끝났다.

이후 일주일 동안 화상외과 의사들이 돌아가면서 중환자실 당직을 섰다. 하지만 늘 노력한 만큼의 결과를 얻을 수 있는 것은 아니다. 수술 후 사흘째 첫 번째 사망자가 발생했고 일주일이 되었을 때

세 명이 더 사망했다. 남은 생존자 한 명은 사고가 발생한 지 3주가 지나서 사망했다. 이때 의료진의 육체적·정신적 피로도가 최고조였다. 주치의가 중환자실 앞에서 대기하던 보호자에게 사망했다고 얘기해 주는 장면에서 텔레비전을 껐다. 리모컨을 소파에 놓고 자리에서 벌떡 일어나서 찬물을 벌컥벌컥 마셨다. 모든 노력을 쏟아부었던 환자가 세상에서 사라질 때 몸은 지푸라기처럼 쇠하고 마음은 연기처럼 공허해진다.

2005년 청주 화학공장 화재 때 이사장이 가장 큰 문제라고 생각했던 것은 인력이 아니라 수술 재료였다. 화상으로 손상된 피부를 수술로 제거하면 상처가 외부로 노출되기 때문에 노출된 부분을 피부대체재로 덮어 주어야 한다. 하지만 당시에는 피부대체재가 턱없이 부족했다. 한국은 95퍼센트 이상을 수입에 의존하고 있기 때문에 갑자기 많은 양이 필요한 상황이 발생하면 공급이 원활하지 않았다. 공급 국가에서 자국에서 사용할 양을 남겨 두고 정해진 양만을 수출하기 때문이었다. 우리가 많은 양이 필요해도 그만큼을 받을 수는 없었다. 결국 일부 환자는 피부대체재를 덮지 않은 채 가피절제술*만 받아야 했다.

이 사고 이후로 이사장은 화상 치료에 필요한 제품을 자체적으로 개발해야 할 필요성을 느꼈다. 미국에서 조직공학(tissue engineering)을 배운 연구원을 새로 영입하고 연구소에 과감한 시설 투자를 하면

---

* 화상으로 괴사된 피부를 제거하는 수술.

서 제품 개발에 박차를 가했다. 이런 노력을 통해서 오 년 만에 나온 제품이 일라덤(Iladerm)이었다. 가피절제술 후에 일라덤을 덮으면 통증이 줄어들고 2차 감염과 같은 합병증 발생 빈도가 현저하게 줄어들었다.

게다가 당시에 가장 흔하게 사용했던 사체피부의 삼 분의 일밖에 안 되는 가격이었다. 당시에 사체피부는 제곱센티미터당 오천 원 정도였다. 다리 하나를 수술하면 천오백에서 천팔백 제곱센티미터가 필요하니까 재료비만 팔백에서 구백만 원 정도가 들었다. 일라덤은 제곱센티미터당 천오백 원 정도였다. 하지만 시간이 지나면서 몇 가지 문제가 생겼다. 일라덤은 사체피부에 비해서 잘 찢어졌고 피가 많이 나는 곳에 붙이면 금방 흐물흐물해졌다. 설상가상으로 일라덤이 나오고 일 년이 지난 후부터 사체피부가 의료보험 적용이 되면서 일라덤 가격과 거의 비슷해졌다. 더 이상 일라덤을 사용할 이유가 없어진 것이다.

다음 해에 일라덤보다 좀 더 견고하게 만든 신제품 일라덤 포르테를 개발했다. 내가 K병원에 막 들어와서 수술을 배우던 시기가 그즈음이었다. 일라덤 포르테는 혈액이 닿으면 녹아서 흐물흐물해지는 일라덤의 약점을 보완했다.

하지만 중증화상 환자는 점점 줄었고 일라덤 포르테는 일라덤보다는 나았지만 사체피부와 비교해서 별다른 장점이 없었다. 결국 일라덤 포르테의 판매량은 줄었고 재고는 계속 쌓여 갔다. 경준은 일라덤 포르테의 적응증을 넓히기 위해서 노력했지만 결과는 신통치 않았다. 하지만 최근에 언젠가부터 일라덤도 일라덤 포르테도 병원에서 사용할 수가 없었다. 발주를 넣어도 제조사인 비엔디에 재고가 없다고 하는 경우가 많았기 때문이다.

조금 남아 있는 캔 맥주를 들고 거실에 있는 컴퓨터 책상 앞에 앉았다.

"일할 게 남았어?"

"아니, 이메일 확인할 게 있어서."

컴퓨터를 켜서 경희가 보낸 파일을 다운로드했다. 파일명 레드아이(redeye). 레드아이 안에는 열다섯 명 환자에 대한 기본적인 정보-이름, 성별, 나이, 병록번호 등-와 함께 환자에게 시행한 마취 방법과 수술법에 대해서 입력되어 있었다. 열다섯 명의 공통점? 없었다. 굳이 있다면, 모두 마취를 했다는 것 그리고…… 하나 더 추가한다면, 모든 환자가 자가피부이식술을 받았다는 것 정도? 자가피부이식이 아닌 다른 목적-드레싱, 핀 제거, 가피절제술 등-으로 마취를 했던 환자 중에서는 아무도 눈병이 생기지 않았다.

가장 특이했던 건 10번 환자였다. 10번 환자는 눈병이 생기기 전까지 우리 병원에서 여덟 번이나 수술을 받았지만 아무 문제가 없었다. 하지만 그해 1월에 수술했을 때 눈병이 발생했다. 마취가스와 관련이 있을 것 같지 않았다. 여덟 번 수술을 받는 동안에는 아무렇지 않다가 갑자기 마취가스에 대한 과민반응이 일어난다? 불가능하다. 심지어 2주 후에 다시 마취를 했을 때는 눈병이 생기지 않았다. 과민

반응이 생겼다가 2주 만에 사라진다? 불가능한 얘기다. 게다가 열다섯 명 중에는 척추마취를 한 두 명의 환자도 포함되어 있었다. 척추마취를 할 때는 마취가스를 사용하지 않기 때문에 마취가스만으로는 도무지 설명이 되지 않았다.

전염성 눈병의 가능성도 있었지만 전염성 눈병이었다면 같은 병실을 쓰는 환자들에게도 발생했을 것이다. 물론 같은 병실에서 여러 명에게 발생한 경우도 있었다. 하지만 화상 환자들 외에 다른 과 환자들에게는 한 건도 발생하지 않았다. 의료진에게 발생한 경우도 한 건도 없었다. 그렇다면 전염성 눈병일 가능성도 아주 낮았다.

"뭘 보고 있어?"

민서가 물었다.

"눈에 문제가 있었던 환자들을 정리한 파일."

내가 화면을 보면서 대답했다. 민서는 대답을 들은 후에도 여전히 내 뒤에 서 있었다.

"할 얘기 있어?"

"당신, 잊어버린 거 아니지?"

"뭘?"

컴퓨터 화면을 보면서 건성으로 대답했다.

"원재 학교에서 한 달 후에 강의하기로 한 거."

"어, 그거……."

내가 말끝을 흐렸다. 학기 초에 학부모 간담회가 끝나고 했던 반별 모임에서 회장 엄마가 강의를 부탁했다. '멘토와 함께하는 진로여행'

이라는 교내 행사에서 소아과 의사라는 직업에 대해서 학생들에게 강의를 해 달라는 것이었다. 민서는 일정을 맞추기 어려웠기 때문에 내가 대신하기로 했다. 근데, 뭘 강의하기로 했더라? 가정에서 할 수 있는 화상처치였나. 민서는 미심쩍은 듯이 나를 쳐다보았다.

"잊어버리고 있었다고 해도 상관없어. 한 달도 넘게 남았으니까. 안 잊어버렸다고 하니까 강의 주제가 '심폐소생술'이었다는 걸 굳이 알려 줄 필요는 없는 거겠지?"

아, 맞다. 심폐소생술.

"실습용 인형이 필요하다고 했잖아."

민서가 물었다. 학생들을 가르치기 위해서는 심폐소생술 교육을 위한 보조 도구가 필요했다. '리틀 애니' 수준의 실습 마네킹이 있으면 딱 좋지만 한 번의 강의를 위해서 구입하기에는 비쌌다. 수업을 듣는 학생이 서른 명 정도 되니까 적어도 대여섯 개 정도가 필요하다고 가정하면 칠십에서 구십만 원 정도가 들었다. 적당한 방법이 없을까. 일반인에게 심폐소생술을 교육할 방법에 대해서 고민했던 사파의 심정을 조금이나마 알 것 같았다.

"저번주에 온 병원 신문에 직원들을 대상으로 심폐소생술 교육하는 기사가 났는데, 교육 장소가 시뮬레이션 센터였어. 거기 응급의학과에서 담당하는 곳 아냐? 교실에 부탁해 봐."

언젠가 윤호가 요즘은 직원 심폐소생술 교육부터 학생들 실기 교육까지 모두 시뮬레이션 센터에서 한다고 얘기했던 게 기억났다.

"부탁해 볼게."

실습 인형만 빌릴 수 있으면 슬라이드를 만드는 수고도 줄일 수, 아니 잘하면 없앨 수도 있을 것이다.

"그래도 실습만 시키지 말고 자기가 강의를 조금이라도 해 줘. 원재가 사춘기라서 부모들이 뭐 하는지 전혀 신경 안 쓰는 것처럼 보이지만 아직 애잖아. 작년까지만 해도 아빠랑 심폐소생술 한 적 있다고 친구들에게 얼마나 자랑하고 다녔는데."

내 마음속을 훤히 들여다보기라도 하는 것처럼 민서가 말했다.

원재는 초등학교 6학년 때까지 리틀야구팀 남부 드래곤즈 소속이었다. 우리 팀을 맡은 황두환 감독은 사십대 후반이었고 백육십오 센티미터가 조금 넘는 키에 배가 많이 나왔다. 턱수염도 덥수룩하고 험상궂은 인상이었지만 아이들을 좋아했고 무엇보다 아이들의 야구 경기를 보는 것을 좋아했다. 앉은 자리에서 최소 소주 네댓 병은 마실 것 같은 산적 같은 외모와는 달리 술은 한 잔도 못했지만 담배를 많이 피웠다.

연습을 하거나 경기를 하는 중에도 경기장 그라운드 밖에서 담배 피우는 모습을 심심치 않게 볼 수 있었다. 일부 엄마들은 황두환 감독이 담배를 피우는 것에 대해서 이러쿵저러쿵 말이 많았다. 그중 일부는 야구팀을 옮겼다. 하지만 역설적이게도 아이들이 드래곤즈에 (부모들의 불만에도 불구하고) 남아 있는 가장 큰 이유는 황두환 감독이었다.

황두환은, 말장난 같지만, 이기고 싶어 했지만 승부에 연연하지 않았다. 정확하게 말하면 승리를 위한 최선의 라인업을 짜려고 노력하면서 동시에 야구를 못하는 아이들에게도 골고루 기회가 갈 수 있도록 신경을 많이 썼다. 황두환은 대회 기간 동안 모든 아이가 마운드에 설 수 있도록 공평하게 기회를 주고 싶어 했지만, 여러 가지 이유로 불가능했다. 우선 마운드에서 포수미트까지 약 십오 미터(오십 피트) 거리를 던질 수 없는 아이들이 많았다. 그리고 자신 때문에 팀이 패할지도 모른다는 두려움으로 마운드에 오르지 않으려는 아이들도 꽤 있었다. 원재도 그중에 한 명이었다. 가끔 황두환이 원재에게 언제 선발 투수 할 거냐고 물으면 제구가 잡히면 오를 거라고 수줍게 대답하곤 했다. 가끔 보긴 했지만 원재의 야구 실력은 시작할 때와 비교해서 별로, 아니 전혀 늘지 않았다.

"원재 아버님, 오랜만이네요. 자주 좀 나오세요."

황두환이 나를 보자 반색을 했다.

"예. 그래야죠."

내가 멋쩍은 듯이 대답했다.

"오늘이 무슨 날인지 알고 나오신 거죠?"

황두환이 빙글빙글 웃으면서 종이컵에 든 커피를 한 모금 마셨다.

"마누라가 살찐다고 먹지 말라고 하는데 전 아직도 믹스커피 못 끊겠어요."

원재의 야구팀은 한국 포니*리그 소속이었다. 황두환은 십 년 전

---

* 리틀야구 리그의 일종. PONY(Protect Our Nation's Youth).

에 포니리그를 한국에 들여온 사람들 중에 한 명이었다. 하지만 아이러니하게도 황두환이 맡은 팀은 단 한 번도 조별리그를 통과하지 못했다. 그랬던 팀이 2013년 가을 리그 조별 경기에서 벌써 2승을 거뒀다. 16강을 가기 위한 승수를 모두 챙긴 것이다.

조별리그에서 2승을 거둔 것은 창단 이래 처음 있는 일이었다. 우리 팀은 16강 진출이 이미 확정된 상태에서 남양주 인페르노스(Infernos)를 상대로 조별리그 마지막 경기에 임하는 중이었다. 내가 알고 있는 건 그게 전부였다. 혹시, 내가 모르는 게 있나?

"조별리그 마지막 경기 아닌가요?"

내가 자신 없게 대답했다.

"원재가 진짜 아무 얘기도 안 했나 보네요."

황두환은 서늘한 가을 공기 속으로 담배 연기를 후욱 하고 내뿜었다.

"오늘 경기는 조별리그 마지막 경기이면서, 음, 동시에 원재가 선발로 등판하는 첫 번째 경기이기도 하죠. 허허허."

황두환이 기분 좋게 웃었다. 하지만 이내 표정을 조금 찡그리면서 꽉 끼는 유니폼 맨 위 단추를 풀고 오른손으로 가슴을 둥글게 문질렀다. 그러고 나서는 끄윽 소리를 내며 트림을 두 번 했다.

"원재의 첫 선발 등판이니까 마운드에 올라가서 격려라도 해 주세요."

황두환은 여전히 소화가 안 되는 사람처럼 트림을 몇 번 더 했다.

"괜찮으세요?"

내가 황두환의 안색을 살피면서 물었다.

"괜찮습니다. 요즘 가끔 이래요. 앉아서 좀 쉬면 나아지겠죠."

황두환이 다시 손으로 가슴을 문지르면서 옆 벤치 쪽으로 움직였다.

쿵. 황두환이 옆으로 움직이는가 싶더니 갑자기 중심을 잃으면서 벤치에 털썩 주저앉았다. 안색이 창백했다.

"감독님!"

옆으로 쓰러지려는 황두환을 간신히 붙잡으며 내가 소리쳤다. 비록 응급실을 떠나 화상외과 의사로 일한 지 삼 년이 됐지만 황두환이 심정지 상태라는 걸 본능적으로 알 수 있었다. 일명 병원 밖 심정지.

황두환(49세, 남자)은 과체중, 흡연과 같은 위험 요인을 가지고 있었기 때문에 심근경색과 같은 치명적인 심장질환이 발생할 가능성이 컸다. 심정지라고 판단한 순간 머릿속이 하얘졌다. 수십 번(혹은 수백 번) 했던 일임에도 불구하고 잠깐 아무 생각도 나지 않았다. 정확한 수치는 아니지만 심정지가 일어난 후 십오 분 이상 지나면 심장기능이 돌아와도 뇌기능은 돌아오지 않을 가능성이 컸다. '꼼짝 말고 손들어'라는 명령만큼이나 모순적이지만, 침착하게 서둘러야 했다.

황두환의 경동맥 맥박을 확인하기 위해서 오른손 검지와 중지를 우측 경동맥 부위에 갖다 댔다.

5초 동안 경동맥 촉지.

맥박이 안 만져졌다.

심정지였다.

흉부 압박.

하지만, 벤치 높이가 애매했다. 이 높이에서는 흉부 압박을 안정적으로 할 수 없다. 낑낑대며 황두환의 양쪽 겨드랑이에 팔을 넣어서 조심스럽게 엉덩이부터 땅바닥으로 내렸다. 힘이 완전히 빠져 있어서 무거웠다.

"아빠!"

멀리서 원재가 불렀다. 아마도 투구 연습을 하다가 이쪽을 봤는데 상황이 심상치 않아 보였던 것 같다.

"원재야! 감독님이 아프셔. 이쪽으로 오지 말고 주변에 도와줄 어른들 좀 찾아봐. 다른 아이들이랑 같이, 어서!"

내가 소리쳤다. 황두환을 벤치 앞 흙바닥에 똑바로 누이고 흉부 압박을 시행했다.

하나, 둘, 셋, 넷…… 스물여덟, 스물아홉. 서른.

구강 대 구강으로 구조 호흡 두 번.

오른쪽 호주머니에서 자동차 키홀더처럼 달려 있는 노란색 포켓 페이스 쉴드를 꺼내서 황두환 얼굴 위에 펼쳤다. 쉴드의 입 부분으로 구조 호흡을 두 차례 불어 넣었다.

여전히 무반응.

다시 흉부 압박. 하나, 둘, 셋, 넷…….

119에 전화하기 위해서 흉부 압박을 멈출 것인가 고민하고 있는 순간, 원재가 눈앞에 나타났다.

"감독님이 어디가 아프신 거야?"

원재가 눈을 동그랗게 뜨고 물었다.

"아빠 주머니에서 전화를 꺼내서 119로 전화해."

흉부 압박을 멈추지 않은 채 원재에게 얘기했다. 원재도 어떤 상황인지는 모르지만 급박한 상황이라고 생각했는지 별다른 질문 없이 내 주머니에서 휴대폰을 꺼냈다.

"밑에 '긴급상황'이라는 거 누르면 되는 거지?"

원재는 내 대답을 기다리지 않고 곧바로 전화를 걸었다.

"여기 남양주 시민 체육공원인데요. 저희 감독님이 쓰러졌어요. 네? 아빠, 어디가 아프시냐는데 뭐라고 대답해야 돼?"

원재가 통화를 하다가 나를 쳐다봤다.

"아빠가 심폐소생술 중이라고 해."

원재는 내 말을 전했고 이어서 현재 위치를 또박또박 말했다.

"또 할 것 없어?"

땀을 삐질삐질 흘리며 흉부 압박을 하는 나를 쳐다보면서 원재가 걱정스럽게 물었다. 심폐소생술을 시작했고 응급의료체계도 활성화시켰으니 이제 남은 일은 야구장 내에 있는 에이이디(AED)*를 빠른 시간 내에 찾는 것이었다. 갑작스러운 심정지 사고에 대처하기 위해서 공공장소에 에이이디가 많이 보급되었다는 기사를 언젠가 읽었던 기억이 났다. 그러니 이 야구장 어딘가에도 에이이디가 있을 것이다. 그것도 아주 잘 보이는 곳에! 원재를 어디로 보내야 할까?

---

* 자동심장충격기(Automated External Debrillator).

벤치 옆에 엎어져 있는 종이컵이 눈에 들어왔다. 황두환이 마신 커피였다. 거기다. 자판기. 사람들이 많이 드나들고 관리자가 항상 있는 곳. 체육공원 휴게실, 거기라면 여기서 멀지 않았다.

"체육공원 휴게실이 어딘지 알지? 아빠가 저번에 음료수 뽑아 줬던 곳."

원재가 음료수라는 말에 고개를 힘차게 끄덕였다.

"거기 가서 누구든 어른이 있으면 에이이디가 필요하다고 해."

자동심장충격기라는 명칭보다는 알파벳 '에이, 이, 디'를 알려 주는 게 더 빠르고 확실할 것 같았다.

"따라 해 봐. 에이, 이, 디."

원재는 잔뜩 긴장한 표정이었지만 침착하게 내 말을 따라 했다. 그러고는 그라운드를 가로질러서 휴게실 방향으로 서둘러 뛰어갔다.

이제 열 번째 사이클이었다. 삼백 번의 흉부 압박과 스무 번의 구조호흡. 보통 분당 백 회 정도의 속도로 흉부 압박을 하고 이러저러한 이유로 시간이 지연된 게 있으니까 아마도 오 분에서 칠 분 정도 흘렀을 것이다.

멀리서 원재가 보였다. 원재가 자신과 함께 오고 있는 어른에게 내가 있는 방향을 가리켰다.

"이걸 찾으셨다면서요."

원재와 함께 온 어른 중 한 명이 붉은색 가방을 내게 보여 줬다. 가방 앞부분에 새겨진 알파벳 'A.E.D'가 하얗게 빛나는 것 같았다.

"에이이디를 꺼내 주세요."

나는 어른 중의 한 명과 손을 바꿨고 감독님의 상의를 벗겼다. 에이이디 전원을 켰다. 두 개의 패드를 가슴에 부착했다. 기계 오른쪽 위쪽에서 불이 깜박깜박했다. 기계 음성이 또박또박 흘러나왔다.

- 커넥터를 점멸등 옆에 꽂으세요. 분석 진행 중입니다. 접촉금지.

"심폐소생술 그만! 환자에게서 손 떼세요."
심폐소생술을 하고 있는 사람에게 내가 말했다.

- 제세동 해야 합니다. 충전 중. 지금 제세동 실시하세요. 주황색 버튼을 누르세요.

에이이디 기계 표면 아래쪽에서 반짝이고 있는 오렌지색 번개 표시 버튼을 눌렀다.

- 제세동 실시했습니다. 중지됐습니다.

잠시 후 얼굴에 덮어 놓은 페이스 쉴드 안으로 뿌옇게 김이 서렸다. 드디어, 돌아왔다.
심폐소생술을 멈추게 하고 황두환의 맥박을 다시 확인했다. 약하고 느리게 만져지는 맥박이 마치 쿵쿵거리며 큰 소리로 울리는 것 같았다.
"감독님, 황두환 감독님."

내가 얼굴에 대고 크게 소리쳤다. 창백했던 얼굴색이 점점 돌아왔다. 멀리서 사이렌 소리가 들렸다.

나는 원재와 함께 병원에 따라갔다가 경기가 거의 끝날 즈음에 야구장으로 돌아왔다. 그날 우리 팀은 큰 점수 차로 패했다. 남양주 인페르노스는 대회 우승을 넘보는 강팀이었고 우리 팀은 감독도 선발 투수도 없는 상태였으니 패한 것에 조금도 아쉬울 건 없었다. 하지만 원재의 처음이자 마지막이었던 선발 기회를 놓친 것은 많이 아쉬웠다.

일주일 후에 열린 16강 경기에서 우리 팀은 에이스를 앞세워 승리했다. 그러나 아쉽게도, 거기까지였다. 우리 팀은 8강에서 탈락했다. 원재는 포니리그 협회로부터 특별 감사패를 받았다. 아마도 황두환이 협회에 얘기를 한 것 같았다.

"아빠, 심폐소생술이라는 거, 모든 사람이 배울 수 있는 거야?"

감사패를 받고 돌아오는 길에 원재가 뒷좌석에서 잔뜩 들뜬 목소리로 물었다. 내가 고개를 끄덕였다.

"어떻게?"

"교육용 인형으로."

잠시 조용해졌다. 휴대폰으로 뭔가를 검색하는 것 같았다.

"눈을 감고 있어. 그 인형 이름이 있네. 애니. 사람 이름 같다."

원재가 신기하다는 듯이 말했다.

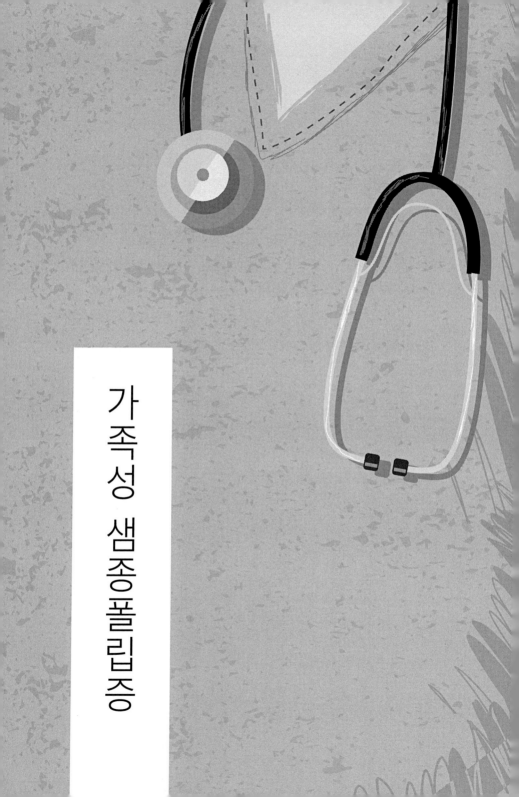

가족성 샘종폴립증

···

외과 파견이 시작됐다. 나는 대장직장항문을 수술하는 조남기 교수 파트에서 일하게 됐다. 운 좋게도 정수가 내 전임자였다. 외과 파견 기간 동안 정수는 여러모로 나를 챙겨 주었다. 원 핸드 타이와 투 핸드 타이를 연습하는 법에서 시작해서 수술기록지 쓰는 법, 수술방에서 드랩 하는 법, 수술 전 오더와 수술 후 오더 내는 법을 거쳐서, 3년 차 누구는 어떻고 4년 차 누구는 좀 이상하고 어느 병동 간호사들은 협조적이고 어느 병동 간호사들은 완전 최악인지까지 알려 주었다.

그래서 정수와 일하는 게 '너무' 좋았냐고? 당연히 '너무' 좋았다고 해야 할 것 같은데, 꼭 그렇지만도 않았다. 완곡하게 표현하면 좋은 점도 있었고 나쁜 점도 있었다. 우선 정수가 꼼꼼하게 인수인계를 해 주고 성실하게 도와주었기 때문에 외과에 빠르게 적응할 수 있어서 좋았다. 그리고 일을 끝내고 가끔 '설'에서 맥주 한두 잔 같이 할 수 있는 술친구가 있어서 좋았다.

그렇다면 나빴던 점은? 앞서 두 가지 좋은 점 모두가 고스란히 나쁜 점이기도 했다. 우선 내가 느끼기에 정수의 '열심'이나 '배려'는 조금씩 과했다. 꼭 집어서 하나를 말한다면, 인수인계를 꼼꼼히 해 준 것까지는 좋았지만 내게 아무 얘기도 없이 조남기 교수 환자들의 빠진 처방을 낸 건 조금 불쾌했다.

내가 후임자로 오기 전 정수 자신이 열심히 보던 환자였고, 본인이 나와는 막역한 사이라고 생각해서 그랬던 것이었겠지만, 나와 우리 파트 3년 차가 내지도 않은 지시 사항이 간호사에게 전달되는 것을 보는 것이 별로 유쾌하진 않았다. 솔직히 말하면, 많이 불쾌했다.

하지만 나는 정수에게 이 문제에 대해서 강하게 따지지 않았다. 아마도 그건, 그건…… 이제 와서 이런 걸 따지고 있는 나 자신이 좀 구차하지만, 난 정수에게 약간의 열등감이 있었던 것 같다. 아니, 확실히 있었다. 아무도 그렇게 생각하지 않았을 수도 있지만 난 두 달 내내 정수와 비교당하는 기분이었다. 병동 간호사들과 외과 위 연차들 사이에 둘이 절친한 친구 사이라는 소문이 퍼져서-물론 정수가 동네방네 떠들고 다녀서 그런 거지만- 더 그런 기분이었는지도 모른다.

"너 정수랑 친하다며?"

"선생님이랑 임정수 쌤이랑 연극반이었다면서요?"

내 열등감은 파견 나온 지 한 달이 지난 어느 날인가 조남기 교수가 수술 어시스트 서면서 졸고 있는 나를 보고 "야! 임정수, 정신 안 차릴래?"라고 소리칠 때 정점을 찍었다.

아주 희박한 가능성이지만 하녀의 이름을 외우기가 귀찮아서 모든 하녀를 아비게일이라고 불렀던 영국의 어떤 마나님처럼 조남기에게는 모든 1년 차가 정수였을 수도 있다. 조남기의 착각은 내 능력치와는 아무런 상관이 없는 문제였을 수도 있다는 얘기다.

내게 아무런 콤플렉스가 없었다면 아마 조남기 교수의 순간적인 착각이라고 생각하고 넘어갔을 것이다. 하지만 수술방에서 박상훈이 아닌 임정수로 불릴 때 내가 느낀 건 한 달이 지났음에도 '나'라는 인간의 존재감은 여전히 미미할 뿐이라는 냉정한 현실이었다. 난 그냥 저택에서 일하는 흔해 빠진 아비게일-아비게일이라는 이름을 가진 사람들에게는 죄송하지만- 수준의 1년 차였던 것이다. 인정한다. 이건 정수의 잘못이 아니다. 그냥 내가 그렇게 느꼈다는 것이다.

그러던 어느 날이었다. 같이 비번이었던 날 퇴근 후에 '설'에서 보기로 했다. 처방 문제에 대한 불쾌함을 얘기하기 위해서였다. 마음에 앙금을 남겨두기보다는 직접 얘기를 하고 푸는 게 나을 것 같았다. 약속 시간이 한 시간이 지났는데도 정수는 설에 나타나지 않았다. 잊어버렸나?

"정수는 언제 오니?"

주인 형이 신청곡 음반을 빼면서 말했다.

"삐삐를 한번 쳐 봐야겠네요."

바 테이블 위에 놓인 전화기로 연락을 하려는 순간, 등 뒤쪽에서 나무로 된 출입문이 끼익 하고 열리는 소리가 들렸다.

"오래 기다렸지? 팬들과 같이 오느라 늦었다."

정수는 오기 전에 병동 간호사들과 회식을 했다. 다른 간호사들은 회식이 끝나고 갔고, 간호사 두 명만 자의 반 타의 반으로 설에 왔다. 정수 말로는 자신을 따라온 것이라고 했다.

두 번째 나쁜 점. 임정수라는 술친구가 있는 건 좋았지만 퇴근해서 또다시 병원 사람들을 만나는 건 별로였다. 개인적인 얘기를 하긴 글렀군. 나는 바에서 일어나 정수와 같은 테이블에 앉았다. 두 간호사와 잘 아는 사이가 아니라서 딱히 할 말이 없었다. 자연스럽게 나는 음악을 듣거나 맥주를 마셨고, 대부분 정수 혼자서 신나게 떠들었다. 정수는 평소보다 훨씬 수다스러웠다. 전작으로 마신 술기운 때문이었을 것이다.

한 시간 정도 지났을까, 송자영이 집에 가겠다면서 일어났다. 자영은 구두를 신으면 정수보다 조금 작았다. 백육십오 센티미터 정도? 하얗고 동그란 얼굴에 광대 주변에 엷은 주근깨가 있었고 생머리가 어깨까지 길게 내려왔다. 어두운 조명 탓이었는지 사복 차림을 한 탓이었는지 병원에서와는 전혀 달라 보였다. 사춘기 소년의 마음을 설레게 하는 꽃집 누나 같은 인상이라고나 할까? 어디선가 많이 본 듯한 느낌이 들었다. 어디서 봤더라.

정수가 택시를 잡아 주겠다면서 같이 일어났다.

"웬일이래."

내가 둘이 나간 후에 혼자 중얼거렸다.

"네?"

"아, 아니에요."

정수는 연극반 뒤풀이에서도 여자 후배들을 바래다주거나 택시를 잡아 주는 일이 별로 없었다. 연극반 뒤풀이를 할 때도 선배들이 왜 여자 후배들을 안 챙기냐고 잔소리를 하면 굉장히 귀찮아하면서 사다리를 그리곤 했다. 의사가 되더니 바뀌었나. 정수는 자영이 택시 잡는 걸 보고 올 테니 기다리라고 했다. 정수가 나간 후에 박은미와 단둘이 남았다. 정수가 없으니 우리 둘은 더욱 할 얘기가 없었다. 한동안 아무 얘기 없이 맥주만 마셨다. 삼십 분이 지났지만 정수는 돌아오지 않았다.

"오래 걸리네요."

은미가 말했다.

"그러게요. 학교 다닐 때는 안 그러더니 여자라고 택시를 잡아 줄 때도 있네요. 혹시, 좋아하나?"

내가 실없는 소리를 하며 침묵을 깼다.

"그래 보여요?"

은미는 잔에 남아 있던 맥주를 한 번에 마셨다. 박은미가 두 병을 더 시켰다.

"임정수 선생님은 학교 다닐 때 여자 친구 없었어요?"

은미가 빈 맥주컵을 두 손으로 잡은 채 물끄러미 바라보면서 말했다.

"예과 때 있었는데 육 개월 정도 사귀다가 헤어졌어요. 처음에는 없으면 못 살 것 같이 울고불고 난리를 치더니 헤어질 때는 냉정하게 잘만 헤어지더라고요."

왠지 칭찬보다는 험담을 하는 게 분위기에 맞는 것 같아서 정수에 관한 험담을 미주알고주알 늘어놓았다. 박은미는 아무 대꾸 없이 맥주를 마셨다. 금세 이야깃거리가 떨어졌고 다시 침묵이 흘렀다.

은미와 얘기를 하는 동안 문득 두 가지를 깨달았다. 자영이 누구랑 닮았는지가 생각났다. 임정수의 첫사랑! 너무 닮았다. 어디선가 본 듯한 인상이었던 건 그 때문이었다. 첫 번째 사실을 은미에게 말하고 나서 얼마 후에 두 번째를 깨달았다. 그리고 후회했다. 은미에게 그 사실-자영이 정수의 첫사랑을 쏙 빼닮았다는 것-을 얘기하지 말았어야 했다.

왜냐고? 은미가 정수를 좋아했으니까.

왜 그렇게 생각했는지는 잘 모르겠다. 술기운 때문에? 아니다. 내가 아닌 누구라도 그 자리에 있었다면 쉽게 눈치챘을 것이다. 사랑이라는 감정은 마음 깊숙한 곳에 꼭꼭 숨어 있지 않다. 착각일 뿐이다. 온몸에 배어 있다.

맥주를 더 주문했다.

"미안해요. 저 때문에 너무 많이 마시는 거 아니에요?"

은미가 말했다.

"아니요. 전 괜찮아요."

금방 술잔이 비었다. 사실 은미가 술을 너무 빨리 마시는 것 같아서 걱정되긴 했지만 일어나자는 이야기를 차마 꺼낼 수는 없었다. 더군다나 내가 술을 마시도록 부추긴 꼴이 돼 버렸으니. 비퍼가 울렸다. 바 테이블에 놓여 있는 전화로 전화를 했다. 신호음이 두 번 가고 전화를 받았다. 수화기 너머가 음악 소리 때문에 시끄러웠다.

"상훈아! 난데. '볼트'에 있다. 여기로 와, 되도록이면 혼자. 혹시 오겠다고 하면 박은미랑 같이 오고. 최근에 박은미에게 얘기한 게 있어서 같이 있기가 좀 그래. 본인도 별로 오고 싶어 하지 않을 거야."

이런! 전화를 끊고 잠시 생각하고 있는 동안 박은미가 내 쪽을 쳐다보았다.

"저 때문이죠? 곤란해할 것 없어요. 자영이가 혼자만 가면 너무 어색할 것 같다고 해서 따라온 거예요. 저도 집에 가야죠."

너무 정곡을 찔러서 아니라고 둘러댈 타이밍을 놓쳐 버렸다. 은미가 자리에서 벌떡 일어섰다.

"제가 계산할게요."

내가 말했다.

"같이 내도 되는데. 감사합니다. 다음에 만나면 제가 살게요. 전안 데려다주셔도 돼요. 여기서 가까워요."

은미가 쓸쓸하게 웃었다. 정수가 뭘 얘기한 걸까. 은미는 뭔가를 알고 있는 듯한 눈치였다. 밖으로 나와서 짧게 인사를 하더니 잰걸음으로 걸어가 골목 끝에서 사라졌다. 그녀의 뒷모습을 보면서 무슨 위로의 말이라도 건네야 했나 하는 생각이 잠깐 들었다. 하지만 이미 엎질러진 물이었다.

지하 락카페로 들어가는 입구의 유리문에서 지하에서 틀어 놓은 음악의 쿵쿵거리는 진동이 느껴졌다. 문을 열고 계단으로 내려갔다. 바에는 남자 손님 두 사람이 앉아서 맥주를 마시고 있었고 정수는 왼쪽 구석 테이블에 앉아 있었다.

"잘 보냈어?"

정수에게 다가가서 말했다.

"누구?"

정수가 이마를 조금 찌푸리며 물었다.

"송자영."

"아니."

정수가 큰 소리로 대답했다.

"택시 태워 준다며?"

"송자영은 혼자 갔어. 아까 그 자리에서는 상황이 좀 그래서……."

"무슨 상황?"

"나, 박은미한테 관심 없어. 박은미는 송자영에게 억지로 끌려온 거야."

"그럼, 송자영 간호사랑은 잘돼 가냐?"

"누구랑 잘돼?"

정수가 손바닥을 귀에 갖다 대고 다시 물었다. 내가 몸을 기울여서 다시 말했다. 정수가 고개를 갸우뚱하며 애매한 표정을 짓더니 피식 웃었다.

"호감은 있지만 지금까지는 아무 관계도 아니야."

정수가 대답했다.

"진짜?"

의외의 대답이었다.

"진짜야, 아무 관계도 아니야."

정수가 '진짜'라는 단어를 굉장히 강조해서 대답한 다음에 맥주를 한 모금 마셨다. 헛다리 짚은 건가? 정수는 워낙에 마음속에 있는 걸 감추는 편이 아니기 때문에 마음에 없는 얘기를 할 가능성은 거의 없었다.

"박은미 간호사가 왜 맘에 안 들어? 병원에서 보면 일도 잘하고 성격도 싹싹한 것 같던데?"

"이유는 나도 몰라. 어쨌거나 직장 동료로서는 괜찮지만 여자 친구로서는 아니야."

"박은미에게 얘기한 적 있나?"

내가 물었다.

"최근에 했지. 너무 매정해 보이지만 그렇게 하는 게 가장 확실한 방법인 것 같아서. 내가 애매한 관계를 못 견디는 거, 너도 잘 알잖아. 병동에서 계속 마주칠 텐데 확실히 해 놓지 않으면 서로 불편해."

정수가 담배에 불을 붙였다. 우리 둘은 다시 아무 말 없이 음악을 들었다.

"다음 주에 외과 인턴 바뀐다."

정수가 말했다.

"또 오수연이다."

"다 지난 일인데 너무 예민하게 반응하는 거 아니야?"

정수는 아무 대꾸도 하지 않았다. 말은 그렇게 했지만 정수의 심정이 전혀 이해가 안 되는 것은 아니었다.

정수는 학생 때 '의학을 쉽게 푸는 모임(이후 의쉽모)'이라는 서클에도 가입했다. 학생용 학습매뉴얼을 만드는 서클이었다. 정수는 노는 것도 좋아했지만 공부하는 것도 좋아했다. 특히 누군가에게-나를 포함해서- 자신이 알고 있는 걸 쉽게 설명하는 재주가 있었다. 혼자만

들어가면 심심하다면서 기어코 나를 끌어들였다.

심장학 매뉴얼 개정판이 나온 즈음이었을 것이다. 뒤풀이가 끝나고 버스 정류장에 서 있는데 수연이 우리 방향으로 오고 있는 것을 보았다. 기숙사에 사는 애가 왜 버스를? 물론 여러 가지 가능성이 있었다. 서울에 사는 친척 집에 가는 길일 수도 있고, 다른 친구를 만나러 갈 수도 있었다. 하지만 나는, 아마도 정수도, 그 모든 가능성에도 불구하고 우리를 따라온 것 같은 느낌이 들었다. 그날 이상했던 점 한 가지 더, 원래 수연은 술을 거의 마시지 않는데 그날은 뒤풀이에서 꽤 많은 양의 술을 마셨다. 그것도 나의 직감에 한몫했다.

수연이 우리 쪽으로 천천히 다가왔다. 발그레한 얼굴을 한 수연이 우리 앞에 멈췄다. 가방을 열더니 손바닥만 한 분홍색 편지 봉투를 꺼냈다. 내가 신경이 쓰였는지 내 얼굴을 보고 잠깐 멈칫했다.

"자, 이거!"

수연은 편지를 건네고 기숙사 방향으로 서둘러 뛰어갔다. 정수는 편지를 받고 나서 한동안 얼떨떨한 채로 서 있었다. 정수는 기말고사를 보기 일주일 전 즈음에 수연에게 자신의 답변을 전달했다. 여기까지는 흔하게 일어날 수 있는 일이었다. 여학생이 남학생을 좋아하고 남학생은 여학생을 좋아하지 않고. 하지만 이후에 일어난 일들은 조금, 아니, 많이 이상했다.

기말고사를 사흘 앞두고 기숙사에 불이 났다. 중앙 현관은 연기가 자욱했고 5층 오른편 남자 기숙사 방에서 나온 시커먼 연기가 하늘로 무섭게 치솟았다. 5층 중앙 기숙사 창문을 통해서 학생 두 명이 매트가 깔린 바닥으로 뛰어내렸다. 그들 중 한 명이 다리를 절뚝거리며 오더니 소방관에게 건물 안에 아직도 누군가 있는 것 같다고 알려 줬다.

진화 작업이 시작된 지 삼십 분 정도가 지나서 기숙사 중앙 현관문으로 누군가 소방관과 함께 걸어 나왔다. 맨발이었다. 어깨까지 내려온 머리는 푹 젖었고, 얼굴부터 발까지 검은 재와 회색 먼지로 뒤범벅이 된 모습이었다. 그리고 목에 걸린 십자가 목걸이와 묘한 대조를 이루며 왼손 검지와 중지 사이에는 타다 만 담배꽁초가 끼워져 있었다. 수연이었다.

이건 많이, 아주 많이 이상했다. 정확하게 말하면, 이상한 것을 넘어서 기괴했다. 공식적으로는 전기 누전에 의한 화재였다. 낡은 전기 장판이 화재의 원인이라고 했다. 기숙사 화재 사건 후에 확인할 수 없는 소문들이 떠돌았다. 누군가가 일부러 경보 장치를 고장 냈다더라, 화재가 나던 날 새벽에 수연이 옥상에 있었다더라, 수연이 방화의 증거를 없애기 위해서 건물에 남아 있었다더라 등등.

수연은 그날 이후로 기숙사에 나타나지 않았다. 정확한 이유는 알 수 없었지만 그해는 휴학했고 다음 해에 복학했다. 정수는 기숙사 화재 이야기를 들으면서 자신이 수연에게 주었던 답장을 불길하게 떠올렸다. 정수가 거절했기 때문에 수연이가 방화를 했다? 편집증에 휩싸인 스토커가 등장하는 스릴러 영화 속에서나 있을 법한 일이었다. 더군다나 그런 대담한 일을 저지르기에는 수연이는 너무 소극적인 성격이었다.

락카페에서 만났던 날 이후로 병원에서 정수를 만나기 힘들어졌다. 시간이 지나면서 정수는 조남기 교수 환자들에게 점점 더 신경을 쓰지 않았다. 아니, 쓸 수 없었다. 너무 바빠졌기 때문이다. 여러 가지 이유가 있었지만 가장 큰 이유는 수연 때문이었다. 정수는 본인도 열심히 했지만 그에 못지않게 인턴에게도 많은 일을 시켰다. 하지만 수연이 정수네 파트 인턴이 되면서 그런 모든 일을 시킬 수 없게 됐다. 대부분의 일은 본인이 직접 했다. 휴가를 간 우리 파트 인턴의 비퍼를 수연이 받게 되면서 나도 정수와 같은 이유로 바빠졌다. 설상가상으로 조남기 교수 파트 레지던트의 일 중에서 가장 시간을 많이 잡아먹는 걸로 악명 높은 팹(FAP) 스터디 대상 환자가 입원했다. 팔십 쪽이 넘는 설문을 채우려면 적어도 두세 시간이 족히 걸렸다.

윤대권(35세, 남자)은 여수에서 올라왔다. 조남기 교수를 아침 방송에서 보았다고 했다. 그가 병원에 온 건 아버지의 유언 때문이었다. 물론 아버지가 조남기 교수를 찾아가라는 구체적인 사항까지 유언에 밝혔던 것은 아니었을 것이다. 아마도 대장항문을 보는 전문가를 찾아가 보라는 정도가 아니었을까.

대권의 아버지 윤백열은 대장암으로 사망했다. 향년 59세, 대장암 진단을 받은 지 육 개월 만이었다. 백열은 대장암을 진단받을 당시에 주치의로부터 특별한 이야기를 들었다. 그건 자신의 병이 유전되는 병이기 때문에 아들도 반드시 검사를 받아야 한다는 것이었다. 하지만 그는 그 말을 아들에게 전하는 것을 망설였다. 왜냐하면 아들이 결혼을 앞두고 있었기 때문이었다.

대장암이 집안의 내력이라는 사실을 숨기고 결혼을 시킬 것인가 아니면 모든 걸 솔직하게 털어놓고 약혼녀의 결정에 맡길 것인가. 쉽게 결정할 수 없는 문제였다. 하지만 아무리 생각하고 또 생각해 봐도 아들에게 알리지 않을 수는 없었다. 그건 아들의 '결혼'보다 훨씬 더 중요한 아들의 '목숨'이 걸린 문제이기 때문이었다. 만약 알리지 않는다면 아들은 자신처럼 죽을 것이다.

백열은 암증식을 억제하는 APC(Adenomatous Polyposis Coli) 유전자에 문제가 있는 가족성 샘종폴립증(Familial adenomatous polyposis) 환자였고, 이 병은 체세포 우성으로 유전되었다. 무엇보다 중요한 건 치료하지 않은 가족성 샘종폴립증 환자의 폴립은 마흔 살이 되기 전에 거의 백 퍼센트 대장암으로 바뀐다는 사실이었다. 백열은 주치의로부터 자신의 병에 대한 설명을 들으면서 자신의 아버지가 무엇 때문에 사망했는지 어렴풋하게 알 것 같았다.

백열과 그의 아버지는 운이 없었지만, 달리 말하면 대장암으로 죽을 수밖에 없는 운명이었지만 아들은 그렇지 않았다. 백열은 아들의 운명을 바꿀 수 있었다. 대권은 살 수 있었다. 하지만 그럼에도 여전히 죽을 수 있었다. 죽을 수 있다는 것, 그것이 약혼녀에게 더 중요한 문제라면 그때는 어떻게 할 것인가. 백열은 결국 아들 대권에게 가족성 샘종폴립증이라는 질병에 내포된 의학적 사실과 가능성과 운명을 모두 얘기해 주었다.

오동도의 상록(常綠) 활엽수림 사이로 난 산책 길이 동백꽃으로 붉게 물들어 있던 어느 날, 대권은 약혼녀 배승주에게 모든 걸 얘기했다. 결혼식을 한 달 앞둔 시점이었다. 대권은 가계(家系)에 대장암이 유전되고 있고 어쩌면 자신의 몸에 이미 대장암이 퍼졌을지도 모른다는 사실을 승주에게 고백했다.

청천벽력이었다. 혼란스러웠다. 승주는 모든 결혼식 준비를 멈추고 집 안에 틀어박혀서 약혼자와 자신의 운명에 대해서 생각했다. 그리고 기도했다. 사흘 후에 승주는 대권에게 연락했다. 그 모든 악조건에도 불구하고 대권과 결혼하기로 결정했다. 승주는 자신과 결혼하기 위해서 집안의 반대를 무릅쓰고 불교도에서 기독교도가 되기로 했던 대권의 헌신을 저버릴 수 없었다. 어차피 기독교인에게는 고난이나 불행도 은혜이거나 연단(鍊鍛)이었다. 그렇게 생각하면 이 모든 것이 주님의 뜻이었다. 승주의 표현을 따르자면, 이것이 주님이 주신 '응답'이었다.

결혼하기로 결정하면서 승주는 대권에게 두 가지를 약속해 줄 것을 요구했다. 결혼하고 나서 빠른 시일 내에 대장암과 관련된 모든 검사를 받고 성실하게 치료를 받을 것, 친정 부모님에게는 이 모든 사실을 비밀에 부칠 것. 둘은 석 달 전에 결혼했다. 신혼여행에서 돌아오자마자 대장 내시경을 포함한 모든 검사를 받았다. 다행히 간전이는 없었고 악성도 아니었다. 하지만 수술을 받을 일이 남아 있었다. 이른바 예방적 대장절제술. 대장을 모두 잘라 내야 했다.

"부모님들은 지금도 모르세요?"

내가 물었다.

"그라죠. 걱정하실 것 뻔해 갖고 여즉 얘기 못 했당게요. 그러잖아도 친정 부모님이 대권 씨가 기독교인이 아니라 탐탁지 않게 생각했는디 병을 속이고 결혼했다고 생각해블믄 어찌까 싶어서……."

승주가 말끝을 흐렸다. 에어컨 소리와 텔레비전 소리가 시끄러워서 승주의 말이 잘 들리지 않았다. 회진이 끝나자마자 환자들은 텔레비전을 켜고 볼륨을 올렸다. 그날은 1998년에 흔히 볼 수 있었던 날 중에 하루였다. 아침 회진이 끝나면 인턴과 레지던트들은 아침 루틴들을 서둘러 정리한 후에 인턴방이나 각 과의 의사실로 향했고, 환자들은 담당 교수의 회진이 끝나면 TV 앞으로 하나둘씩 모여들었다.

그날은 샌프란시스코 자이언츠를 상대로 박찬호가 선발 등판하는 날이었다. 현재 1대1로 동점이어서 승리를 확신할 수는 없었지만 박찬호의 구위는 아주 좋아 보였다. 시속 백오십 킬로미터가 넘는 강속구와 폭포수처럼 떨어지는 커브 볼에 상대 팀 타자들이 삼진과 범타로 물러났다. 그때마다 병원 여기저기서 탄성과 박수가 터져 나왔다. 인턴 때라면 인턴방에서, 아니면 한 달 전처럼 응급의학과 레지던트로서 일하는 중이라면 응급실 휴게실에서 경기를 보고 있었겠지만 나는 그 어디에서도 맘 편히 야구를 볼 수 없는 처지였다. 조남기 교수가 시킨 팹 스터디 설문의 빈칸을 빈틈없이 꼭꼭 채워야 했기 때문이다.

원래는 대권에게 물어봐야 했지만 대권은 다음 날이 수술이어서 여기저기 연락을 주고받느라 병실에 오래 붙어 있을 수가 없었다. 어쩔 수 없이 나는 보호자인 승주와 대부분의 이야기를 나누게 됐다. 장장 팔십 쪽에 달하는 설문 속에 있는 시시콜콜한 질문을 모두 하다 보니 자연스럽게 그들의 개인사도 덤으로 듣게 되었다.

"근디 수술이 가끔 취소될 수도 있담서요."

설문 작성을 마치고 병실 문을 나설 때 승주가 나를 배웅하듯 따라 나와서 물었다. 승주는 텔레비전 콘솔 아래 있는 냉장고에서 초록색 병에 든 알로에 주스를 내게 건넸다.

"먼저 줘볼 것 그랬는디."

승주는 네이비 블루와 베이지로 위아래가 불균등하게 나뉜, 몸매가 드러나지 않는 넉넉한 원피스를 입고 있었다. 얼굴이 갸름하고 웃는 모습이 선해 보였다. 어제 3년 차로부터 수술이 취소될 수도 있다는 얘길 들어서인지 눈꼬리가 처진 큰 눈 속에 근심이 가득 들어 있었다.

"너무 걱정하지 마세요. 할 수 있을 거예요."

내가 애써 위로하듯 얘기했다.

"말씀만 해도 고맙구만요."

하지만 내 목소리는 내가 듣기에도 자신감이 전혀 없었다. 조남기는 외과 교실에서 젊은 축에 속하는 교수였기 때문에 수술방 우선권이 있는 요일이 없었다. 당시에는 수술방이 모자랐기 때문에 주니어 스탭은 자신이 원하는 시간에 수술을 할 수 없었다. 첫 케이스로 들어가는 경우는 드물었고 앞의 수술이 끝나고 나서야 수술을 시작하니 아무래도 오전 늦게나 점심시간 이후에 수술을 시작하는 경우가 잦았다. 게다가 조남기 교수의 수술이 오래 걸린다는 사실을 알고 있는 마취과에서는 점심시간이 훌쩍 지나서 마취하는 것을 꺼렸다.

빈 수술방을 찾을 수 있을까? 당연한 얘기지만, 계획했던 수술이 취소되면 환자와 보호자들은 불만을 터뜨렸다. 그나마 금식만 하는 수술은 레지던트 1년 차 선에서 어떻게든 달래는 것이 가능했지만 금식과 함께 바울프렙*을 하는 장(腸) 수술이 취소되면 1년 차 선에서 감당할 수 없었다. 상상하기조차 싫겠지만. 대장내시경을 하느라 수시로 화장실을 들락날락하며 바울프렙을 했는데 방이 없어서 내시경을 못 한다는 얘기를 들었다고 생각해 보라. 대체 어떤 말이 위로가 될 수 있겠는가.

인수인계를 받으면서 정수에게 들었는데, 바울프렙을 했는데 다음 날 아침에 수술이 연기됐다고 말했다가 분노한 보호자에게 멱살을 잡힌 적도 몇 번 있었다고 했다. 수술 설명을 하면서 환자와 보호자들에게 수술이 취소될 가능성에 대해서 아무리 미리 설명해도 막상 수술이 연기됐을 때 하하 호호 웃으면서 넘어가는 환자나 보호자는 한 명도 없었다.

병실 문을 나오면서 '와아' 하는 소리가 들려서 돌아보니 텔레비전에서는 박찬호가 이닝을 마무리하고 내려오고 있었다. 승주는 두 눈을 감고 깍지 낀 두 손을 배 위에 올려놓은 채 보조 침대 발치에 앉아서 무언가를 나지막이 중얼거리고 있었다. 기도를 하는 건가.

---

* 장 수술 전에 약물을 먹고 장을 깨끗하게 만드는 과정. Bowel prep.

참, 교회를 다닌다고 했지. 마음 같아서는 인턴방 소파에 앉아서 맘 편하게 텔레비전을 보고 싶었지만 해결해야 할 일이 많았다. 우선 완성된 설문을 소아과 교실 비서에게 전달해 줘야 했다.

"박상훈 선생님!"

병실을 나와서 간호사 스테이션을 지날 때 자영이 나를 불렀다.

"예?"

내가 돌아봤다.

"오수연 선생님이 아침부터 연락이 전혀 안 돼요. 폴리*랑 레빈튜브 빼야 할 환자도 있고 드레싱해야 할 환자도 있는데……."

자영이 난감한 표정을 지었다.

수연은 변했다. 우선 외모가 변했다. 학생 때 보다 훨씬 살이 많이 쪘다. 그리고 성격도 완전히 달라졌다. 다른 인턴들은 수연이 게으르고 무책임하다고 했다. 그런 애는 아니었는데.

수연은 매일 늦게 일어났기 때문에 아침 회진을 거의 따라 돌지 못했다. 처음에는 황당해하고 화를 내던 레지던트들도 거의 만성적으로 아침 회진에 지각을 하자 아예 포기했다. 모든 과에서 마찬가지였을 것이다. 간호사들 사이에서도 악명이 높았다. 언젠가부터 병동 간호사들은 수연에게 연락하는 것을 꺼렸다. 열이 난다고 연락해도, 배가 아프다고 연락해도 아무런 오더를 주지 않기 때문이었다. 결국 시시콜콜한 병동 콜도 모두 레지던트 1년 차가 해결해야 했다.

---

* 요도를 따라 방광에 넣는 도관.

시간이 지나면서 폴리나 레빈튜브, 에이비지에이(ABGA)*와 같은 것들은 수연이가 대부분 하게 됐지만 예상치 못한 일에 대한 대처 능력은 전혀 좋아지지 않았다. 예를 들면, 수술하기로 입원한 환자가 검사 결과에 문제가 있는 경우가 그랬다. 심전도 검사나 단순 흉부방사선 촬영에서 이상 소견이 있을 때는 협진을 보고 수술에 문제가 없을 거라는 답변을 받아야 한다. 인턴이 해결할 수 없는 경우라면 위 연차에게라도 알려 줘야 했지만, 수연은 본인만 알고 아무 조치도 취하지 않았다.

이런 문제는 수술을 하는 모든 과에서 반복됐다. 그래서 정수는 그 모든 일을 본인이 직접 챙겼다. 수연에게 시켜 놓고 마음 졸이는 것보다는 자기 몸이 힘든 게 낫다고 생각했을 것이다. 그러니 엉덩이를 붙일 시간이 없을 정도로 바쁠 수밖에. 그나마 희망적인 소식은 다음 주부터는 수연이 휴가를 간다는 것이었다. 수요일이니까 앞으로 사흘만, 아니 목·금 이틀만 버티면 된다.

"저희 환자들은 제가 할게요. 임정수 파트는 정수에게 연락하세요."

"임정수 선생님은 이미 알고 계세요. 근데 박상훈 선생님, 뭐 좀 물어봐도 돼요?"

자영이 약간 밝아진 표정으로 내게 물었다.

"윤대권 환자 병이 유전되는 거예요?"

---

* 동맥혈 가스검사.

"그럴걸요? 윤대권 씨 아버지와 할아버지도 모두 같은 병으로 돌아가셨더라고요."

"그럼, 윤대권 씨 아들도 같은 병이 있겠네요."

자영이 약간 걱정스러운 목소리로 말했다.

"아들이 있다면 그렇겠죠. 근데 내일 수술도 어떻게 될지 모르는데 아직 생기지도 않은 아들을 걱정할 필요가 있을까요?"

내가 웃으면서 말했다.

"생기지 않다뇨. 부인이 지금 임신 중이잖아요."

"그래요?"

문득 승주가 입고 있던 넉넉한 품의 원피스가 임부복이었을 거라는 생각이 들었다. 퇴원 후에도 기도할 일이 많겠군. '오수연을 어디서 찾아야 하나?' 하는 생각이 잠깐 들었지만 그게 지금 당장 해결해야 하는, 정확하게 말하면, 해결할 수 있는 일은 아니었다. 우선 의과대학으로 가서 소아과 교실에 설문 결과를 전달하고, 다시 본관으로 넘어와서 대권이 내일 수술을 받을 수 있도록 마취과 이명호에게 아쉬운 소리를 해야 했다. 그 일이 모두 끝나면 병동을 돌아다니며 티피엔*할 환자들 중심정맥관을 넣고, 수연이 빼먹은 인턴 루틴을 해결해 주면 됐다.

4층에 있는 소아과 교실 문을 조심스럽게 열었다. 어? 안으로 들

---

* 정맥으로 영양을 공급하는 것.

어와 교수실 안쪽을 조심스럽게 둘러보았다. 이런! 비서가 없었다. 탁상용 달력에 붙어 있는 포스트잇에 '슬라이드 맡기러 도서관 가요'라는 문장이 굵고 큼지막한 글씨로 또박또박 적혀 있었다. 책상 위에 설문을 놓고 가도 될까? 내가 던진 질문에 나도 모르게 고개를 절레절레 저었다. 왠지 그러면 안 될 것 같았다. 왜냐하면 만에 하나 오늘 이 설문이 소아과 교수에게 전달되지 않는다면 조남기가 '생'난리를 칠 게 불을 보듯 훤했기 때문이다.

일단 책상 위에 설문을 올려놓고 도서관에 가서 비서를 찾기로 했다. 그것도 지금 당장. 점심시간이 얼마 남지 않았다. 책상 위에 있는 검정 네임펜으로 '오늘 중으로 꼭 전달해 주세요'라고 포스트잇에 써서 설문 표지 위에 붙였다. 점심시간 전에 비서를 찾아야 했다. 비서가 점심을 먹으러 나가기라도 하면 또 한 시간을 기다려야 했다. 그럴 순 없었다.

소아과 교실을 나와서 엘리베이터를 탔다. 엘리베이터 안에서 오늘 해야 할 일을 생각하다가 갑자기 등 뒤로 식은땀이 주욱 흘렀다. 대권의 검사 결과가 모두 괜찮았던가? 빌어먹을 팹 스터디 때문에 오늘 확인해야 할 가장 중요한 일을 까맣게 잊고 있었던 것이다. 대권이 삼십대라서 별다른 이상 소견은 없을 것 같다는 생각이 들면서도 여전히 불안했다. 만약 문제가 있으면, 아, 생각하기도 싫지만, 그러면 오후에 할 일이 너무 많은데. 엘리베이터에서 내리니 의과대학 강당 쪽에서 한 무리의 사람들이 웅성거리면서 우르르 나왔다. 통로 벽면에 붙어 있는 '암 센터 기금 마련 교직원 찬양 채플' 안내문이 눈에 띄었다.

예배를 보고 나오는 사람들을 통과해서 연결 통로로 빠져나가려는 순간, 무리 중에서 수연을 보았다. 예배를? 좀 황당하기도 하고 괘씸하기도 했지만 만나서 얘길 시작하면 비서를 만날 타이밍을 놓칠 것 같았다. 내가 어떻게 해야 할지 우물쭈물하고 있는 사이에 수연은 의대 강당 옆에 있는 매점으로 들어갔다. 아마도 점심을 해결하기 위해서일 것이다. 시간이 얼마 없었다. 우선, 도서관부터 가야 했다.

"안녕하세요?"

흰 와이셔츠 차림에 분홍색 넥타이를 맨 사람이 내게 인사를 꾸벅했다. 누구더라? 아, 극회장. 소강의실 입구에 붙여 놓은 '연극반 연습 12시부터 의대 강당'이라는 메모가 보였다.

"형, 점심 안 드세요?"

극회장이 웃으면서 내게 물었다. 식권 좀 달라는 얘기였다.

"더운데 수고한다. 바빠서 나는 같이 못 먹는다. 자!"

지갑에 남아 있는 빳빳한 식권 열 장을 건넸다. 극회장은 절을 꾸벅하더니 '감사합니다'라는 인사말을 몇 번 반복하고는 휴게실로 총총히 사라졌다.

도서관에도 비서는 없었다. 이러면 동선이 꼬이는데. 시청각실 직원 말로는 내가 오기 바로 직전에 슬라이드를 맡기고 갔다고 했다. 연결 통로의 어둡고 긴 복도를 지나면서 한 달 전에 민서와 같이 보았던 〈여고괴담〉 속의 점프 컷 장면이 떠올랐다. 응급의학과 1년 차나 소아과 1년 차나 바쁘고 피곤하기는 마찬가지였지만 오랜만에 만나서 밥만 먹고 헤어질 수는 없었다. 고민 끝에 가장 졸릴 것 같지 않은 영화를 보기로 했다. 여름이어서 공포 영화를 골랐다. 재미가 없더라도 무섭기는 하겠지. 하지만 그날 민서의 반응은 조금 이상했다. 민서는 영화 초반에 윤재이가 학교 앞에서 임지오를 기다리는 첫 장면부터 코를 훌쩍거렸다. 에어컨 바람을 너무 많이 쐬서 그런가? 민서의 훌쩍임은 자신의 손을 잡아 줄 사람을 구 년 동안이나 기다렸다는 대사가 나오는 후반부 장면에서 흐느낌으로 바뀌었다. 옆 좌석에 앉아 있던 남자가 울고 있는 민서와 나를 번갈아 흘끗흘끗 쳐다보았다. 마치 내가 여자 친구를 울리기라도 한 사람인 양. 그게 그렇게 슬픈 장면인가? 민서는 졸업하지 않은 채 학교를 계속해서 다니는 귀신 이야기가 대체 왜 그토록 슬펐을까?

강당을 지날 때 매점에서 나오는 누군가와 부딪힐 뻔했다. '죄송합니다'라는 말을 하면서 보니 소아과 비서였다. 드디어, 드디어, 만났다. 아침 회진 때부터 설문지 때문에 조남기 교수에게 욕을 먹고, 설문지를 채우느라 박찬호 경기를 제대로 보지 못했지만, 또 내일 수술할 대권의 수술 전 검사도 제대로 못 챙겼지만, 결국, 드디어, 만난 것이다. 나는 비서에게 팹 스터디 설문을 소아과 교수님께 꼭 전달해 달라고 부탁했다. 비서는 고개를 갸웃거렸다.

"어제 조남기 교수님께도 제가 전화로 말씀드렸는데요. 교수님이 오늘부터 휴가여서 2주 동안은 안 계실 거예요. 어쨌든 제가 보관하고 있다가 오시면 전달할게요."

엘리베이터 방향으로 가는 소아과 비서의 뒷모습을 보면서 불행

중 다행이라는 생각과 함께 조남기의 치사한 꼼수에 넌더리가 났다. 소아과 교수가 없다는 걸 알고 있었으면서도 혹시 알려 주면 설문을 마무리하지 않을까 봐 그 사실을 알려 주지 않았던 것이다. 그것도 오늘 아침까지.

외과 파견 초반에 정수가 물었다.

"조남기 교수와 정자(精子)의 세 가지 공통점이 뭔지 아냐?"

"글쎄?"

나는 오더를 내면서 건성으로 대답했다.

"잘 생각해 봐."

정수가 실실 웃으며 말했다. 간호사 스테이션에 앉아 있던 은미가 우리 쪽을 쳐다보았다. 당시의 나는 재치 있는 답을 생각해 낼 만한 마음의 여유가 없었다. 정수가 친근하게 어깨동무를 했다.

"네가 머릿속이 복잡한 것 같으니까 내가 그냥 알려 줄게. 첫 번째는 머리가 크고 다리가 짧다. 두 번째는 아직 인간이 아니다."

옆에서 듣고 있던 은미가 너무 큰 소리로 웃는 바람에 정수가 말을 잠깐 멈췄다.

"세 번째는?"

정수가 나를 한 번 쳐다봤다.

"인간이 될 확률이 일억 분의 일이다."*

---

* 1억 마리의 정자 중 한 마리만 난자와 수정된다.

분하지만 설문을 완성하느라 보낸 시간을 되돌릴 수는 없었다. 그리고 굳이 좋은 쪽으로 생각하자면 어차피 해야 할 일이었으니 너무 억울해만 할 일도 아니었다. 분노를 가라앉히자. 아직, 오늘 해결해야 할 가장 중요한 일이 남아 있었다. 대권의 수술 전 검사를 확인해야 했다. 수연이 결과를 알고 있을 텐데……. 혹시나 하는 마음에 매점 안을 둘러보았지만 수연은 없었다. 예배가 끝났으니까 이제는 연락을 받으려나.

"누구 찾으세요?"

입구 맞은편 창가에 앉아서 국수를 먹고 있던 극회장이 나와 눈이 마주쳤다.

"강당에서 연습하는 거 보고 가세요. 2주 후면 공연이에요."

극회장이 말했다. 연극 연습? 처음에는 레지던트 1년 차가 무슨 호사냐 하는 생각이 잠깐 들었지만 어차피 점심시간이 끝나기 전까지는 아무것도 할 수 없었다. 점심시간이 끝나려면 이십 분 정도 남았으니 연습하는 거나 구경하면서 점심을 먹는 것도 그리 나쁘지 않을 것 같았다.

매점에서 토스트를 사서 강당 안으로 들어갔다. 무대 위에서는 연출이 여배우 두 명을 데리고 동선을 긋고 있었고 여기저기 객석에 흩어져 있던 후배들이 일어나서 내게 인사를 했다. 나는 객석 앞쪽 중앙에 앉았다. 공연이 2주일밖에 안 남았는데 무대 장치가 아무것도 없네. 극회장에게 물어보니 손턴 와일더의 〈우리 읍내〉를 공연할 거라고 했다. 무대 위에 있는 연출은 표정이 굳어 있고 에밀리를 맡은 여배우는 잔뜩 주눅이 든 표정이었다.

"다시 해 봐."

연출이 객석으로 내려와서 말했다. 큐 사인이 나자 에밀리가 대사를 시작했다.

"컷."

대사를 채 한두 마디 끝내기도 전에 연출이 다시 끊었다.

"아니, 그게 아니라고. 에밀리야! 그렇게 차분한 상태에서 어떻게 그런 대사를 할 수가 있겠냐? 2주밖에 안 남았는데 가짜 감정으로 대충대충 연기할래?"

에밀리는 연출의 지적에 맘이 상했는지 얼굴이 벌게져서 금방이라도 울 것 같은 표정이 됐다. 에밀리의 시어머니인 깁스 부인이 에밀리에게 무언가를 얘기했다. 달래는 것 같았다. 에밀리가 다시 무대 중앙으로 나왔다. 에밀리는 대사를 마치고 눈물을 흘렸는데 그게 배역에 몰입을 했기 때문인지 연출한테 혼났기 때문인지는 좀 애매했다. 에밀리가 울음을 그치고 잠시 감정을 가다듬었다.

"살면서 자기 삶을 제대로 깨닫는 인간이 있을까요? 매 순간마다요?"

연출은 불만스러운 표정으로 같은 장면을 두세 번 더 돌렸다. 점심시간이 얼마 남았지? 강당 뒤의 시계를 보기 위해 뒤로 고개를 돌렸다. 강당 객석 뒤편 구석에 앉아 있는 수연이 보였다. 무표정한 얼굴로 식빵을 오물오물 천천히 씹고 있었다. 좌석 오른쪽에는 매점에서 가져온 빈 플라스틱 접시 세 개와 반쯤 남은 식빵 한 줄이 놓여 있었다.

마취과 명호를 만나서 대권의 수술방 배정을 부탁하고 나니 세 시가 훌쩍 넘었다. 명호는 신입생 수련회 때 같은 조여서 친해졌는데 내가 연극반을 하겠다고 하니까 아무 생각 없이 나를 따라 들어왔다. 여름 공연 오디션 때 너무 쪽팔려서 맨정신으로 도저히 못 하겠다면서 소주를 한 병 마시고 무대에 올라갔다가 혀가 꼬인 게 들통나서 선배들에게 된통 혼난 적이 있었다. 단역으로 한 번 무대에 섰고 주로 조명과 무대 장치를 만들며 연극반 생활을 하다가 결국 극회장이 됐다. 명호의 취미는 생김새와는 달리-정수는 명호가 전자오락실 죽돌이 같은 인상이라고 놀리곤 했다- 호그*를 폼나게 모는 것이었다.

명호는 마취과 1년 차가 되었을 때, 부모님들의 엄청난 반대에도 불구하고, 모아 둔 돈을 탈탈 털어서 할리데이비슨을 구입했다. 동호회에도 가입해서 열심히 정모 투어에도 참석했다. 내가 마취과 의국에 들렀을 때 명호는 동호회 게시판에 올린 가을 투어 관련 점검 사항을 확인하느라 정신이 없었다. 나는 아침부터 병원 여기저기를 뛰어다니며 일하고 있는데 앞으로 두 달도 넘게 남은 가을 계획을 짜고 있는 명호가 부럽기도 하고 조금은 얄밉기도 했다.

그래서 급기야는 "조심해라. 할리데이비슨이 아무리 비싸도 결국 오토바이야. 컨퍼런스 때 들었는데 대한민국 이십대 사망률 1위가 교통사고라더라."라고 거의 말할 뻔했지만 다행히도 내뱉지는 않았

---

* 커다란 할리데이비슨 오토바이의 별명.

6657, 응급의학과입니다

다. 어쨌든 나는 부탁하는 입장이었고 오늘만큼은 명호의 도움이 절실하게 필요했다. 그리고 사실 뭐, 마취과 1년 차가 외과 1년 차보다 시간이 많은 게 명호의 잘못은 아니었으니까.

1층으로 내려오니 본관 로비에 있는 대기 의자에 빈자리가 많았다. 야구가 끝났나? 환자 명단에 깨알같이 써 놓은 오늘 할 일 중에 겨우 두 개를 끝냈다. 이제 슬슬 나머지 일들을 처리해야 할 시점이었다. 삐삐. 삐삐. 비퍼가 울렸다. 외과 외래였다.

"여기 외과 외랜데요. 교수님이 외래로 오시래요."

조남기 교수 외래에 오십대 남자 환자가 방문했다. 고혈압과 당뇨가 있는 환자인데 서혜부 탈장이 있어서 외래를 방문한 것이었다. 수술을 받기 위해서는 전신 마취가 필요했고 그렇게 하려면 수술 전 검사를 하고 당뇨와 고혈압에 대한 협진을 받아야 했다. 이 모든 것을 해결하려면 적어도 이틀은 걸릴 것이었다. 그나마 모든 게 일사천리로 진행될 경우나 가능한, 아니 가능했을 얘기다.

하지만 남아 있는 병실은 1, 2인실뿐이었고 환자는 1, 2인실에는 입원할 형편이 못 된다고 했다. 다행인지 불행인지 만약 병실이 있어서 입원했다면 그 모든 일을 해결해야 하는 사람은 바로 나였다. 대개 이런 상황이면 다인실이 날 때까지 기다렸다가 입원하라고 설명을 하는 것이 일반적이다. 특별한 경우가 아니라면 서혜부 탈장을 굳이 응급으로 수술해야 할 이유가 없기 때문이다. 하지만 환자와 보호자는 오늘 수술을 받을 수 없겠냐며 조남기 교수에게 통사정을 했다. 집이 너무 멀고 휴가를 내고 왔기 때문에 조만간에 다시 휴가를 내기가 어렵다는 것이었다. 이런 경우 여느 교수였다면, 병원의 입원 시스템을 설명해 주고 집으로 돌려보냈을 것이다. 하지만 조남기는 '여느' 교수가 아니었고 그런 식으로 처리하지 않았다. 조남기 교수의 (환자에게) 장점이자 (레지던트에게) 단점은 환자의 부탁을 잘 거절하지 못하는 것이다. 레지던트에게는 얄미운 '적'이지만 환자에게는 헌신적인 '아군'인 조남기 교수가 생각해 낸 아이디어는 외래 처치실에서 국소마취로 수술하고 일일 병동에 자리를 알아봐서 하루 입원시키는 것이었다.

허나 계획은 계획일 뿐. 조남기 교수의 계획은 국소마취가 잘 되지 않으면서 시작부터 삐걱댔고, 시간이 지날수록 외래 처치실은 환자의 신음소리와 끊임없이 울려 대는 내 비퍼 소리와 조남기 교수의 호통 소리로 점점 더 엉망진창이 됐다. 나는 아미*로 절개 부위를 벌리면서 조남기 교수에게 욕을 바가지로 먹고 있었고, 조남기 교수는 식은땀을 뻘뻘 흘리면서 아프다고 하는 환자를 어르고 달래며 15번 블레이드로 절개를 하고 색(sac)을 찾느라 헤맸다. 무려, 무려, 무려, 세 시간 동안!

수술에 걸린 시간으로만 보면 조금 느린 속도로 끝낸 우측 대장절제술이나 조금 빨리 끝낸 로우안테리어 리섹션**과 거의 맞먹었다. 오후 회진 준비를 포함한 내 모든 일과는 펑크가 났고, 3년 차는 내가 연락도 받지 않고 어딘가에서 퍼져 자고 있다고 생각해서 저주와

---

* 견인기 절개 부위를 벌리는 수술 기구. 리차드슨 견인기보다 작은 부위에 사용한다.

** 직장암을 수술하는 방법 중 하나.

분노를 내게 퍼부으며 게거품을 물었다고 한다. 결국 모든 사실을 알게 된 후에는 그 모든 것(저주, 분노, 게거품)을 '그분'께 돌렸다고 했다. 그 와중에 잔뜩 눈치를 보면서 실습 강의를 들었던 학생들 말에 따르면 말이다.

수술은 오후 일곱 시가 조금 안 되어서 끝났다. 조남기 교수는 뜬금없이 오후 회진을 돌겠다고 했다. 회진을 돌면서 회진 준비가 개판이라고 3년 차와 내게 엄청 짜증을 냈다. 3년 차는 학생 강의를 하느라 회진 준비를 할 수 없었고, 모두가 알다시피 나는 외래 처치실에 처박혀서 세 시간 동안이나 어시스트(사실 거의 '욕받이'에 가까웠지만)를 하느라 회진 준비를 할 수 없었다.

조남기 교수는 회진 준비가 안 될 수밖에 없었던 '진짜' 원인을 '진짜' 모르는 사람처럼 나와 3년 차를 '진짜' 심하게 혼냈다. 이 정도쯤 되면 치매라고 해야 하나 아니면 적반하장이라고 해야 하나. '조남기'가 수술을 늦게 끝내니 학생 강의를 늦게 시작했고, 학생 강의를 빼먹으면 '조남기'가 불호령을 내리니 회진 준비 대신 학생 강의를 할 수밖에 없었고, '조남기'가 회진 준비를 해야 하는 1년 차를 뜬금없이 어시스트를 시켜 버리니 1년 차는 무용지물이 되어 버렸다. 다시 말해서 이 사태의 원인은 그 누구도 아닌 조남기 교수 본인이었다. 그걸 '진짜' 모르고 화를 내는 걸까.

오후 회진은 아홉 시 즈음에 끝났다. 하지만 나와 3년 차에게는 아직 해야 할 일이 산더미처럼 남아 있었다. 3년 차는 병동에서 의뢰한 협진 환자들을 보러 다녀야 했고-참고로, 조남기 교수는 협진을 늦게 보는 것도 극도로 싫어했다— 나는 병동을 돌아다니면서 아침에 미처 하지 못한 병동 환자 루틴을 마무리해야 했다. 삐삐. 삐삐. 심혈관센터로 가는 중에 비퍼가 울렸다.

"32병동인데요. 윤대권 씨 프리메드(premed)가 안 났어요. 마취과에서 심전도가 앱노말(abnormal)이니까 심장내과를 보든지 심전도를 다시 찍든지 해야 한 대요."

자영이었다. 전화를 끊고 어떻게 해야 할지를 고민했다. 정석대로라면 인턴에게 심전도를 다시 찍게 해야 한다. 하지만 우리 인턴은 휴가 중이었다. 수연이도 심전도 정도는 찍을 수 있을 텐데. 그럼, 수연에게 시켜야 하나? 여전히 망설여졌다. 아마도 점심시간에 본 수연의 모습 때문일 것이다. 극회장 말에 따르면 거의 매주 수요일마다 강당에 온다고 했다. 강당에 와서 하는 일도 매번 비슷한데 토스트두 개와 식빵 한 줄을 강당 뒤편 객석에서 다 먹은 후에 점심시간이 끝날 때 즈음이면 사라진다고 했다. 강당에서 본 수연의 모습은 어딘가 모르게 불안하고 불길했다. 전혀 다른 모습임에도 담배꽁초를 손가락에 낀 채 맨발로 걸어 나오던 기숙사 화재 장면처럼 근원을 알 수 없는 막연한 불길함이 느껴졌다.

그렇다면 내가 직접? 하지만 오늘은 해야 할 일이 너무 많았다. 병동 환자 중에서 중심정맥관 삽입과 드레싱을 해야 하는 환자들이 각각 두 명씩 있었고, 의국장이 수술기록지 미비가 있을 때는 벌당*을

---

* 벌로 주는 당직.

주겠다고 엄포를 놨으니 오늘 내로 밀린 수술기록지를 메꿔야만 했다.

정수가 수술기록지 쓰는 걸 도와주겠다고 했다. 아홉 시부터 분국에서 쓰고 있겠다고 했으니 적어도 삼십 분 안에는 일을 마쳐야 했다. 설마 심전도 찍는데 별일 있겠어. 일단은 수연에게 시키고 문제가 있으면, 그때 내가 해결해야지.

젊고 특별한 병력이 없는 환자가 수술 전 심전도가 비정상(앱노말)이면 '정상을 만들기 위해서'-표현이 조금 이상하지만- 한두 차례 심전도를 더 찍어 보는 게 인턴들 사이에선 흔한 일이었다. 하지만 수연에게 그 정도까지 바랄 수는 없었다. 너무 많은 걸 요구하면 오히려 탈이 날 가능성이 크니까. 다시 찍어서 정상이 안 나오면 3년 차에게 얘기해서 심장내과 응급 협진을 보는 수밖에. 3년 차가 노발대발할 게 불을 보듯 훤했지만 어쩔 수 없었다. 병동에 전화해서 인턴인 수연에게 연락해 심전도를 다시 찍게 해 달라고 말했다. 제발 별일이 없기를, 그리고 심전도가 정상이기를 마음속으로 간절히 바라며.

"온통 점투성이네. 상훈아, 수술기록을 쓸 때 마침표는 왜 이렇게 매번 찍어 대는 거냐?"

정수가 내가 쓴 수술기록지를 보면서 물었다.

"그냥 버릇이야. 마침표를 찍어야지 뭔가 마무리가 되는 것 같아서."

"오, 대단한데. 수술기록지 꼴랑 서너 장 쓰면서 벌써 습관씩이나 생기셨어?"

정수가 놀리듯이 말했다. 내가 쓴 수술기록지를 유심히 보더니 고개를 갸웃거렸다.

"충수돌기 위치가 빠졌다. 이 환자는 안테 시칼이었냐? 레트로 시칼*이었냐? 확실하지 않으면 3년 차한테 확인해 보고."

나는 여전히 잘 모르겠다는 표정을 지었다. 충수돌기의 위치뿐 아니라 삼출액이 고여 있었는지 없었는지, 배액관을 넣었는지 안 넣었는지, 모든 것이 가물가물했다. 정수는 절대로 대충 쓰면 안 된다고 했지만, 내 생각엔 어차피 충수돌기는 제거해서 없는데 그게 앞에 있었건 뒤에 있었건 무슨 의미가 있나 하는 생각이 들었다. 더군다나 무엇보다 어차피 내가 아무리 머리를 쥐어짜도 기억이 나지 않는다면 설마 3년 차라고 기억이 날까? 물어본다 한들 마찬가지일 것이다. '모른다'는 결론에 도달하는 과정이 조금 다를 뿐. 가물가물한 기억을 붙잡고 엉터리 영어로 세 번째 수술기록지를 쓰고 있을 즈음에 비퍼가 울렸다. 은미였다.

"윤대권 환자와 보호자가 박상훈 선생님을 꼭 만나고 싶대요."

"왜요?"

"심전도 검사에 대해서 여쭤볼 게 있나 봐요. 보호자 얘길 들었는데 저는 무슨 애긴지 잘 모르겠어요. 직접 들어 보셔야 할 것 같아요."

내가 전화를 받고 병동에 가 봐야겠다고 하자 정수도 32병동에 드레싱할 환자가 있다면서 나를 따라왔다.

병실로 들어가 보니 대권과 승주가 서로 손을 꼭 잡은 채 어두운

---

* 충수돌기가 맹장의 앞쪽(ante cecal)에 있었는지, 뒤쪽(retro cecal)에 있었는지를 묻는 말이다.

병실에 앉아 있었다.

"긍께 심전도 검사가 이상 소견이 있으믄 내일 수술을 못 한다는 거제라?"

대권이 물었다.

"아니요. 꼭 그런 건 아닙니다. 내과 협진을 보면 됩니다. 내과에서 괜찮다고 하면 수술하는 데는 별문제 없습니다."

"그라믄 왜 사흘 전에 검사했던 거슬 또 하는디요?"

승주가 따지듯이 물었다.

"승주야, 수술 못 하는 게 아니랑게 됐어야. 이 선생님이 그란 것도 아닌디 이분께 머단디 화를 내야."

"뭐 때문에 그러시는데요?"

내가 조심스럽게 물었다.

"심전도 찍으러 온 여자 선생님이 쪼까 요상헌 얘기를 해붕게요."

대권이 말했다.

"오메메 뭐시 조금 이상해야. 겁나게 이상하제. 난 처음에는 농담을 쪼까 심하게 하는 거라고 생각이 들어서 화가 날라다가 난중엔 무서워 가꼬 뒤져븐 줄 알았고만."

승주가 말했다.

"그 선생님이 뭐라고 했는데요?"

내가 물었다.

"대권 씨가 가진 병이 죄의 결과라고 함서 집안 사람들헌티 병이 유전되는 이유는 죗값을 충분히 치르지 않았기 때문이라는디. 아따 그래도 거까지는 괜찮았제. 기독교인들이 흔하게 하는 생각이기도 하고 표현이 거칠어서 글제 완전히 틀린 얘기는 아닌게. 기양 잠자코 듣고만 있었는디. 오살라게 엄숙하게 얘기를 해붕게 거따 대고 화를 낼 수도 없드만요. 근디 점점 더 진지하고 엄숙하게 얘기해붕게 그때부터는 소름이 끼쳐블드만요.

기도를 잠깐 하더니만 심전도 검사를 하더라고요. 저랑 대권 씨는 그저 심전도 검사가 끝나기만을 기다렸지라. 근디 그거시 끝이 아니라 심전도 검사가 다 끝난게 제 배 위에 손을 올려 가꼬 기도를 한디 뭔 방언 같은 걸 중얼거리는디. 그때 아조 화가 날라 한디 요상하게 겁나게 무서워블드만요. 그래 가꼬 아무 소리도 못 내부렀죠. 움직이거나 소리라도 내블문 나나 뱃속 아헌티 뭔 끔찍한 일이 생길까 봐서."

승주는 아직도 놀란 감정이 가라앉지 않은 듯 안절부절못했다.

"그짝 선생님이 심전도 종이에다가 뭐를 사정없이 써 갖고 저한테 주드만요."

대권이 심전도 검사 용지를 내게 건넸다. 'Normal sinus rhythm. Within normal limit*'라는 판독 결과가 눈에 띄었다. 심전도 왼쪽 귀퉁이에 부드럽고 동글동글한 모양의 글씨체로 성경 구절이 쓰여 있었다.

---

* 정상 심전도라는 의미.

누구든지 자기 목숨을 구원하고자 하면 잃을 것이요 누구든지 나와 복음을 위하여 자기 목숨을 잃으면 구원하리라.[*]

병실을 나와서 대권의 차트에 심전도를 끼워 넣었다. 스테이션 앞에 서 있던 정수가 내가 심전도를 끼우는 것을 유심히 보더니 물었다.

"왜 이렇게 표정이 심각해? 심전도가 꽝이냐?"

정수는 심전도를 확인했다.

"정상이잖아. 그럼 잘된 거네. 협진도 안 봐도 되고. 근데 이건 누가 쓴 거냐?"

정수가 심전도 귀퉁이에 적힌 글귀를 무신경하게 들여다보면서 내게 물었다.

"오수연."

결국 나는 오늘 강당에서 보았던 수연의 모습부터 좀 전에 승주에게 들었던 것을 모두 정수에게 얘기해 주었다. 정수는 처음에는 장난스러운 표정이었다가 점점 심각해져서 나중에는 나보다도 표정이 더 굳어졌다.

"문제가 있는 것 같은데."

정수가 혼자서 중얼거렸다.

"당연히 문제가 있지."

"그냥 있는 정도가 아니야. 심각해. 이번에는 그냥 넘어갈 수 없

---

[*] 마가복음 8장 35절.

어. 확인을 해 봐야겠어."

"어떻게?"

내가 물었다. '이번에는'이라는 말이 생선 가시처럼 목에 걸렸다.

"교육수련부에 얘기해야지."

"조금 더 기다려 보는 게 낫지 않을까? 어차피 다음 주면 휴가를 갈 텐데 그 이후에 해도 되잖아."

"뭘 기다려야 하는데?"

정수가 물었다. 시비조인 정수의 말투가 귀에 거슬렸다. 정수는 일단 자신이 옳다고 생각하면 다른 사람과 타협을 하지 않았다.

"환자와 보호자 얘기만 듣고 판단할 수는 없잖아. 오수연 얘기도 들어 봐야지."

내가 자신 없게 말했다. 정수는 결과가 어떻게 됐건 간에 지금 당장 조치를 취해야 한다고 주장했지만 나는 수연이 궁지에 몰릴 수도 있다는 게 맘에 걸렸다. 어쩌면 의사 경력이 완전히 끝장날 수도 있었다.

"환자의 생명이 걸린 일이야. 징계위원회를 열어서 병원을 그만두게 해야 할 수도 있어. 우리가 봐주고 어쩌고 할 수 있는 문제가 아니라니까. 무조건 교육수련부에 얘기해야 돼. 우리가 오수연을 직접 만나본들 뭘 알 수 있겠냐? 그리고 말이 나왔으니 하는 말인데, 넌 수연이한테 물어보면 걔가 제대로 대답을 해 줄 거라고 생각하냐?"

정수는 내 표정을 잠시 살피다가 말을 이어 갔다.

"네 말대로 누군가 수연이를 만나 봐야 하겠지만 적어도 그게 우린 아니야. 절대로."

정수가 고개를 절레절레 흔들었다.

"괜한 설레발일 수도 있어. 사람들은 모두 문제가 있잖아. 너나 나도 아무 문제가 없는 건 아니야."

내가 왜 그따위 헛소리를 했는지는 모르겠지만 그 말은 상황에 완전히 부적절했다.

"이상한 논리로 초점을 흐리지 마. 수연이가 갖고 있는 문제는 너나 나 같은 사람이 갖고 있는 문제와는 차원이 달라. 너도 알잖아. 우린 근무 시간에 예배를 보러 가지도 않고 환자들의 병이 죄 때문이라고 생각하지도 않아. 설령 그렇게 생각한다 해도 그걸 환자와 보호자에게 얘기하지는 않을 거야. 더 얘기해 볼까? 심전도 검사를 하기 전에 방언을 읊어 대거나 기도를 하지도 않고, 성경 구절을 쓰지도 않지."

정수가 나보고 보라는 듯이 차트에 꽂아 놓은 심전도 검사지를 손가락으로 신경질적으로 두드리면서 말했다.

"무슨 말을 하는지는 알겠는데, 그래도 수연이가 휴가 갈 때까지는 기다리는 게 좋겠다."

내가 말했다.

"도대체 자꾸 뭘 기다린다는 거야. 사고는 언제든 터질 수 있어. 수연이는 외과 인턴을 시작했을 때보다 훨씬 더 이상해졌어. 환자와 접촉하는 걸 당장 막아야 돼."

수연의 기행(奇行)에 대해서 대권에게 들었던 그 순간부터 나는 간절하게 32병동에서 벗어나고 싶었다. 그게 어디든 간에! 그러면 좀 더 이성적으로 생각해 볼 수 있을 것 같았다. 더 이상 여기서 정수와 실랑이를 벌이고 싶지 않았다. 하지만 정수는 집요했고, 대화가 길어지면서 내 마음 밑바닥에 가라앉아 있던 묵은 감정의 앙금들이 조금씩 수면 위로 떠올랐다.

정수가 틀린 말을 한 건 아니었다. 수연은 이상했다. 어쩌면 그냥 이상한 정도가 아니라 위험한 수준일지도 몰랐다. 정수의 말마따나 대체 뭘 기다린단 말인가. 교육수련부를 통해서 해결하는 것이 최선이었다. 아마 그곳을 벗어나서 생각했다면 나 역시도 정수와 비슷한 결정을 내렸을 것이다.

"오수연이 그렇게 싫어?"

내가 물었다. 왜 이따위 질문을 했을까.

"무슨 소리야?"

정수의 목소리가 조금 떨렸다.

"물어본 그대로야. 수연이가 그렇게 싫냐고?"

"내가 오수연을 좋아하고 싫어하고가 이 일이랑 무슨 상관인데?"

목소리에서 긴장감이 느껴졌다.

"넌 어차피 오수연을 못 믿기 때문에 여태껏 아무 일도 안 시켰고 앞으로도 아무 일도 안 시킬 거잖아. 그런데 굳이 이제 와서 오수연을 신고해야겠다는 이유가 뭐냐? 네가 솔직히 오수연과 좋은 감정이라면 당사자랑 한마디 얘기도 안 해 보고 교육수련부에 신고부터 하자고 하겠어?"

나는 말을 잠시 멈췄다.

"다시 그만두길 바라는 거야?"

내 말은 나 자신도 믿지 않는 근거 없는 헛소리였다. 나는 단지 정수 마음속의 막연한 죄책감-자신이 수연을 거절했기 때문에 수연이 휴학했을지도 모른다는-을 건드리고 싶었다. 스테이션에 앉아 있던 은미가 나와 정수를 불안하고 조심스럽게 쳐다보았다. 정수는 대권의 차트 위에 손을 가지런히 올려놓은 채 잠시 동안 아무 대꾸도 하지 않았다.

"갈게."

정수가 차트를 보면서 혼잣말하듯 말하더니 천천히 엘리베이터 방향으로 걸어갔다. 그게 외과 파견 기간 동안 정수와 나눈 마지막 대화였다.

그날 모든 일을 마치고 자정 즈음에 민서에게 전화했다. 내가 말하는 동안 내내 아무 말 없이 듣고만 있던 민서는 내 이야기가 끝나자 자신의 이야기를 시작했다.

"작년에 소아과 인턴을 돌 때 이성준이라는 남자아이가 입원했어. 그냥 흔한 증상이었지. 열나고 배 아프고 뭐 그런 거. 근데 혈액 검사에서 백혈구 수치가 너무 낮은 거야. 입원해서 골수 검사를 했지. 에이엘엘*이었어. 약물치료하면서 중환자실에 입원도 하고 죽을 고비를 몇 번 넘겼지만 완전 관해**가 됐어. 올해 초에 성준이 엄마를

---

* 급성 림프구성 백혈병.

** 골수 검사에서 비정상 소견이 보이지 않는 상태.

병원에서 만났어. 잘 지낸다고 했어. 다른 아이들처럼 학교도 다니고 친구들도 사귀고."

잠시 민서의 숨소리가 들렸다.

"오늘 오후에 3년 차 선생님이랑 회진 돌다가 성준이 엄마를 또 만났어. 반가워서 인사를 했지. 3년 차 선생님도 성준이를 아시거든. 어쩐 일이냐고 물으니까……."

느리게 말을 이어 가던 민서가 말을 멈췄다. 수화기 너머가 고요해졌다.

"성준이가 일주일 전에 다시 입원했대. 배가 아파서 응급실로 와서 복막염을 진단받았고 소아외과에서 수술을 받았는데…… 받았는데……."

다시 한번 고요해졌다.

"어제…… 죽었대."

민서가 내뱉은 다섯 글자가 모스 부호처럼 띄엄띄엄 수화기 속에서 흩어졌다.

민서는 오늘 오후에 성준이의 빈소에 다녀왔다. 작년에 퇴원 기념으로 찍었다는, 환하게 웃고 있는 영정 사진을 보면서 학교 가서 공부도 하고 친구도 만날 수 있게 돼서 너무 신난다고 하던 그날의 성준이가 떠올랐다고 했다.

"성준이는, 그토록 평범한 일들이 왜 그토록 신났을까? 그래서, 더 슬펐어."

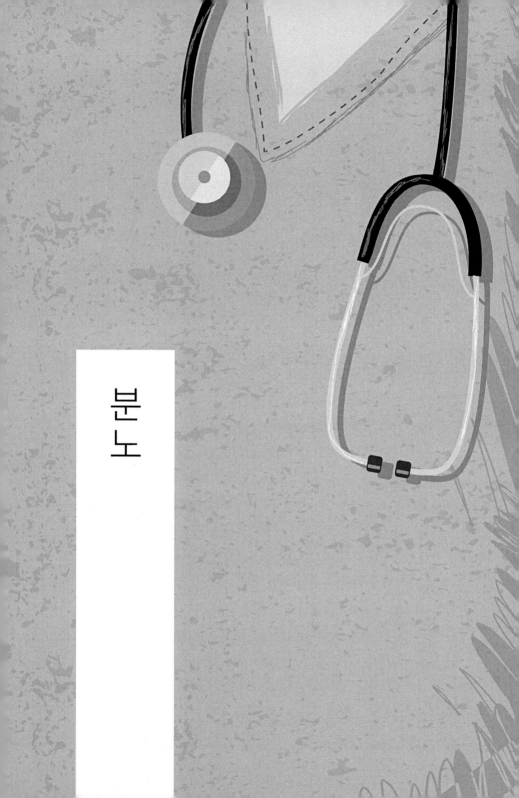

분노

・・・

페트병의 물을 한 모금 마셨다. 교실 뒤쪽 벽의 게시판에는 '2016년 멘토와 함께하는 진로여행'이라고 쓰인 포스터가 붙어 있다. 이제 삼십 분 정도가 남았다.

"피터 사파는 1958년 노르웨이 고스달에서 새로운 구조 호흡법에 대한 발표를 해요. 구강 대 구강법과 양쪽 팔을 들어 올리는 기존의 호흡법을 비교한 연구였죠. 그 자리에 비욘 린드라는 의사가 있었어요. 이분도 구조 호흡법 때문에 고민이 많았죠. 기존의 호흡법이 아무 효과가 없었지만 마땅히 대체할 만한 방법이 없었거든요. 그런데 사파가 짜잔 하면서 명쾌한 해결책을 가지고 나타난 거죠. 더군다나 일반인이 할 수 있다니, 금상첨화였죠.

학회가 끝나고 둘은 같이 저녁을 먹었어요. 사파는 자신의 고민을 얘기했죠. 새로운 호흡법을 일반인에게 교육할 방법이 없었거든요. 얼마 뒤에 린드는 노르웨이 적십자에 의료용품을 공급하던 아스문드 래달을 소개시켜 줘요. 장난감 회사를 경영하던 래달이 당시에 가지고 있던 독보적인 기술은 사람 피부와 비슷한 부드러운 플라스틱을 만드는 거였어요. 래달만 가진 기술은 아니었죠. 마텔사에서 바비 인형이 나왔던 때가 1959년이었으니까 이미 다른 회사들도 그런 기술을 가지고 있었을 거예요. 하지만 아무도 의료용으로 사용할 생각을 하진 못했죠. 결과적으로 보면 픽사의 로렌이 재발견한 프랙털 수준의 기술이 된 셈이죠."

프랙털이란 단어가 나오자 몇 명이 하품을 했다. 잠시 말을 멈추고 분위기를 살폈다. 아무 표정이 없다. 프랙털 얘기는 괜히 했나. 마음이 조금 급해졌다. 다음 슬라이드는…… 애니 인형. 다행이다. 마지막 슬라이드다.

"사파, 린드, 래달이 만난 건 1958년 11월이었어요. 이후 이 년 동안 이들이 만나서 만든 게 바로 여러분 앞에 놓여 있는 애니 인형이에요. 1960년에 미국 적십자에 소개된 후로 계속해서 모델을 수정했기 때문에 초기 모델과 완전히 똑같지는 않지만 얼굴 생김새와 기본적인 구조는 거의 비슷해요. 자, 강의 끝. 별다른 질문 없으면 실습을 시작하죠."

"선생님!"

맨 앞줄에 앉은 여학생이 손을 들었다.

"인형 이름이 왜 애니예요?"

"래달 회사의 히트 상품이었던 인형 이름이 애니였거든. 그 이름을 딴 거야."

"근데 왜 눈을 감고 있어요?"

"어, 그건, 이름은 그 인형에서 따왔지만 얼굴 모습은 다른 데서 가져왔어. 애니의 얼굴은, 음…… 센강에서 자살한 소녀의 데드마스크를 사용한 거야."

"데드마스크? 그게 뭐예요?"

"죽은 사람 얼굴을 석고로 본을 떠서 만든 마스크."

"으잉, 그럼 우리가 뽀뽀하는 인형이 사실은 자살한 사람?"

왼편 뒷줄에 앉아 있던 여드름투성이 남학생이 약간 과장된 손짓을 하며 소리쳤다. 동시에 여기저기서 아이들이 꺅 소리를 질렀다. 죽은 사람이래. 으으, 센강 익사녀. 그럼 우리가 시체랑 뽀뽀하는 거네. 우웩. 분위기가 소란스러워지자 수업을 참관하던 선생님이 아이들을 조용히 시켰다.

두 개 반에서 스무 명 남짓한 학생들을 대상으로 오십 분짜리 강의를 했다. 오십 분 중에서 이십 분은 기본 인명구조술에 관한 슬라이드 강의를 했고 나머지 삼십 분은 시뮬레이션 센터에서 받은 리틀애니 인형으로 심폐소생술 실습을 시켰다.

다행히도 학생들의 반응이 예상했던 것보다는 좋았다. 비록 소동이 잠시 있긴 했지만 강의 시간 중에는 초콜릿과 캔디가 오가면서 분위기가 좋아졌고, 강의가 끝나고 나서는 학생 몇 명이 나를 쫓아와서 질문을 하기도 했다. 가정통신문에는 중학생들은 남들에 대한 배려가 부족하고 집중할 수 있는 시간이 성인보다 짧기 때문에 분위기가 산만할 수 있다는 '경고'가 쓰여 있었다. 이어서 산만하고 냉담한 강의 분위기를 강의자의 탓이라고 자책하지 말라는 '위로'가 함께 적혀 있었다. 병 주고 약 주는 건가?

통신문에는 좋은 수업 분위기를 위한 몇 가지 팁이 적혀 있었는데, 강의 중간중간에 퀴즈를 내서 사탕이나 초콜릿 같은 가벼운 경품을 주는 것이 도움이 된다고 쓰여 있었다. 통신문을 읽을 때는 진짜 그럴까 하고 의심을 품었지만 막상 그대로 해 보니 효과가 좋았다. 츄파춥스와 엠앤엠즈가 이토록 효과적일 줄이야! 퀴즈를 맞힌 다섯 명의 학생들에게는 리틀 애니(또는 '셴강 익사녀')를 경품으로 주었다. 수업 중에는 죽은 사람이라고 요란을 떨었지만 모두 경품을 좋아하는 것 같았다. 하여간, 애들이란.

집에 오니 네 시가 넘었다. 약속 시간은 여섯 시, 가는 데 한 시간 정도 걸린다고 해도 아직 여유가 있었다. 책을 만들겠다고 한 지가 두 달 가까이 됐지만 여전히 속도가 나지 않았다. 이전에 민 교수가 모은 자료와 쓴 글이 있긴 했지만 그것만으로 책을 내는 것은 너무 무성의해 보였다. 그렇게 되지 않으려면 추모집 콘셉트도 정하고, 제자들이 쓴 글이랑 사진도 같이 싣는 것이 좋을 것 같았다. 그러다 보니 일이 커졌다. 도와줄 사람이 필요했다.

윤호가 흔쾌히 돕겠다고 했다. 윤호는 세연대학교에 있기 때문에 민 교수나 응급의학과 교실과 관련된 자료에 접근하기가 쉬웠고, 선후배들을 잘 파악하고 있어서 연락하고 글을 부탁하는 일을 도와줄 수 있었다. 그다음은 인승이었다. 의학 드라마를 쓰는 게 꿈이었던 인승은 의과대학을 다닐 때 신문사에서도 일을 한 경험이 있어서 글을 다듬고 편집하는 일에 경험이 많았다. 윤호에게 밥 한번 사기로 한 것도 이래저래 미뤄졌으니 셋이서 한번 보기로 했다.

"어디서 볼까?"

사흘 전에 인승에게 연락했다.

"아주 적당한 곳이 있지."

인승이 의미심장한 목소리로 말했다.

"아는 집 있나 봐?"

"일식집, 괜찮지?"

"좋지."

"내가 예약할게. 오면 깜짝 놀랄걸?"

"왜?"

"오면 알게 돼."

인승은 알쏭달쏭한 대답으로 설명을 얼버무렸다. 인승이 추천한 일식집 '하나노쿠모(花の雲)'는 지하철역에서 마을버스로 세 정거장 떨어진 곳에 있었다. 큰길을 빠져나와서 양쪽으로 들어선 아파트 단지 사이를 가르는 도로로 삼백 미터쯤 가다 보면, 야트막한 산으로 막힌 막다른 곳에 두 개의 5층짜리 건물이 나타났다.

하나노쿠모는 주차장 왼편에 있는 건물 2층이었다. 자동문을 통과하니 허리 높이의 검은색 테이블 위에 금색과 흰색 마네키네코 두 마리가 까딱까딱 앞뒤로 다리를 흔들고 있었다. 테이블 뒤 흰 벽 배경에는 일본어로 '어서 오십시오'라고 적힌 나무 판과 일본풍의 풍경화가 걸려 있었다. 안내를 받아서 오른쪽 방으로 들어갔다.

"오랜만이다."

내가 말했다.

"형, 오랜만이야. 이 집 어때?"

인승이 물었다.

"음식도 안 먹어 보고 어떻게 알아. 뭘 좀 먹은 다음에 물어봐."

옆에 앉아 있던 윤호가 웃으면서 나무라듯 말했다.

"강경준 선생님은 잘 계시고?"

인승이 말했다.

"요즘 바쁘지."

내가 대답했다.

"캐나다 가셨나?"

윤호가 물었다.

"다음 주야. 보름 정도 있다가 올 거야. 넌 어떻게 아냐?"

"저번에 아들 예방접종 서류 떼러 들렀다면서 교실에 왔어."

"그래? 멀리까지도 갔네."

내가 맞은편 의자에 앉으면서 말했다. 메뉴판을 한 번 쓱 훑어봤다.

"우선 아무거나 맛있는 거 시켜 봐. 근데 이 집은 어떻게 알았냐? 아는 분이 하시는 거니?"

"응. 아주 잘 아는 분이지. 아주아주 잘 아는 분."

인승이 '아주'를 무척이나 강조하면서 대답했다.

"그래? 누군데?"

테이블에 놓인 물수건으로 손을 닦았다.

"맞춰 봐."

"친구? 아버님? 어머님? 부인? 설마…… 애인?"

"다 틀렸어."

"그럼 누군데?"

내가 물었다.

"그만 뜸 들이고 얘기해 봐. 누구야?"

옆에 있던 윤호가 답답하다는 듯 끼어들었다.

"그건, 바로…… 나!"

인승이 양쪽 엄지손가락으로 자신을 가리키며 말했다.

재작년에 인승은 샤워 중에 생긴 갑작스러운 오른쪽 팔 통증으로 검사를 받았다. 파열성 경추추간판 탈출증으로 진단받고 그날 응급 수술을 받았다. 수술이 끝난 후 혈압이 떨어지고 일시적으로 부정맥이 있어서 중환자실로 옮겨져 이틀 동안 입원했다. 모니터 소리가 삑삑 울리는 중환자실 침대에서 인승은 생각했다.

'만약 내가 불치의 병에 걸리거나 갑작스러운 사고로 죽는다면 가족은 어떻게 될까?'

퇴원해서 한 달 정도 지났을 무렵, 매형이 운영하고 있던 두 개의 식당 중에서 한 곳을 갑작스럽게 닫게 됐다. 매형은 여의도 방송국 근처와 강남의 대형 백화점에서 식당을 운영하고 있었는데 백화점 쪽에서 문제가 생겼다. 백화점 측에서 일방적으로 보증금을 두 배로 올리고 월세를 150퍼센트 인상했다. 백화점 내에 있는 다른 식당들에게 제시한 조건보다도 훨씬 나빴다. 나가 달라는 거였다. 인승은 추석 때 부모님 댁에서 잔뜩 취한 매형으로부터 자세한 내용을 들었다. 집으로 돌아와서 며칠 동안 생각해 본 뒤 인승은 매형이 운영하는 식당에 투자하기로 했다.

"이 집 분위기 어때?"

인승이 물었다.

"조명이 너무 밝지 않니? 술 마시는 사람들은 밝은 조명 아래서 마시는 거 별로 안 좋아해."

윤호가 말했다.

"우리 식당의 타깃은 점심 먹으러 오는 직장인들이야. 너라면 어두컴컴한 데서 점심 먹고 싶겠냐?"

"식당 콘셉트는 너랑 매형이랑 정한 거냐?"

내가 물었다.

"아니, 셰프 의견도 중요하지. 사실 제일 중요해. 셰프들은 자신이 하고 싶은 음식 스타일이나 식당 콘셉트가 있기 때문에 매니저의 생각을 일방적으로 강요할 수는 없어. 우리 셰프도 여기 입지 조건을 고려했을 때 점심 세트 메뉴에 주력하는 게 좋겠다고 했어. 점심은 알찬 세트 메뉴, 저녁은 양질의 이자카야 안주와 가성비 좋은 일식 코스를 제공하는 걸 목표로 세웠지. 지금까지는 그럭저럭 순항 중이야."

"그럼, 우린 뭘 먹는 거냐?

내가 물었다.

"저녁에는 쿠모 코스와 하나 코스가 나가는데, 형이 온다니까 셰프가 오늘만 특별히 쿠모 코스 같은 하나 코스로 주겠대."

인승이 말했다.

"쿠모 코스는 칠만 원이고 하나 코스는 오만 원이네."

윤호가 메뉴판을 확인하며 중얼거렸다.

"셰프가 나를 알아?"

"안다고 하던데?"

인승이 뭐가 즐거운지 실실 웃었다.

"아는 사람 중에 셰프는 없는데. 진짜 나를 안다고 했어?"

"확실해. 안다고 했어."

"이름이 뭔데?"

"좀 있으면 들어올 거야. 직접 물어봐."

인승이 나가서 주문을 하고 들어왔다. 전복죽, 샐러드, 차완무시가 차례대로 나왔다. 누군가 문을 두드렸다. 문이 열리면서 셰프가 회가 담긴 접시를 들고 안으로 들어왔다. 나는 출입문을 등지고 앉아 있었기 때문에 얼굴을 볼 수 없었다. 셰프가 테이블 위에 회 접시를 올려놓고 맞은편에 앉아 있는 인승 쪽에 섰다. 낯이 익은데. 누구지?

"형, 저예요. 종훈이요."

셰프가 웃으면서 절을 꾸벅했다. 누구? 종훈이? 설마, 인턴방 이종훈?

"인턴방 종훈이."

셰프가, 아니 종훈이 어리둥절해하는 나를 보고 다시 말했다.

"정신이 번쩍 들지? 야심 차게 준비한 깜짝 이벤트야."

인승이 말했다. 종훈은 내가 인턴이 되던 해에 입사했다. 인턴이 된 나와는 다른 일을 했지만 같은 곳에서 생활하는 입사 동기였던 셈이다. 그래서 더 친하게 지냈던 것 같다. 체격이 큰 데다가 스포츠 머리를 하고 다녀서 평소에는 뚱한 표정의 고등학교 씨름 선수 같은 인상이었지만 웃을 때는 영락없는 막둥이 동생 같았다.

인턴 때 이런저런 얘기를 나누다가 병원에 들어오기 전에 일식집 주방 보조로 육 개월 동안 일한 적이 있다는 얘기를 들었다. 안경점을 하시던 종훈의 아버지는 아들이 일식집을 그만두고 안경사 자격증을 따기를 바랐다. 주방 보조 일이 미래가 없어 보였기 때문에 종훈도 그럴 마음이 어느 정도 있었다. 하지만 아버지가 봐 둔 목 좋은 곳을 가 본 후에 생각이 완전히 바뀌었다. 작은, 너무나도 작은 가게였던 것이다. 그 좁은 방에서 평생을 보낼 생각을 하니 숨이 턱 막히는 것 같았다. 씨름 선수 같은 덩치의 종훈이 조그마한 안경을? 상상하기 어렵다.

여섯 시는 저녁 손님이 오기에는 조금 이른 시간이었다. 밖은 아직 환했고 식당 안에 손님은 우리 말고는 아직 아무도 없었다. 우리 셋은 종훈이 병원에 들어오기 전에 일했던 백화점 일식집 주방 보조 생활과 일본 유학 경비를 벌기 위해서 회 센터에서 아르바이트를 하던 이야기를 들었다. 회 센터에서는 일식집 주방 보조를 하면서 배웠던 꼼수 때문에 보너스를 좀 더 받았었다고 했다.

"어떤 꼼수?"

내가 물었다.

"제가 병원 들어가기 전에 일했던 곳도 서울 근교에 있는 백화점 일식집이었는데요. 그 집도 백화점에서 월세를 갑자기 올려서 가게를 유지하기가 진짜 힘들었어요. 별 뾰족한 대책이 없었죠. 갑자기 매출을 그만큼 올릴 수 있는 게 아니니까요. 제일 쉬운 방법은 재료비를 아끼는 거예요. 정확히 말하면 생선을 속이는 거죠. 월세가 올라가면서 제일 먼저 손을 댄 게 도미였어요. 그 당시에 제가 정식 세프는 아니었지만 서당 개 삼 년이잖아요. 도미회가 진짜인지 가짜인지 정도는 금방 알죠. 가짜 광어보다 가짜 도미를 많이 만들었어요. 도미가 광어보다 서너 배 비싸거든요."

"어떤 생선으로 만드는데?"

윤호가 물었다.

"점성어라고도 부르는 홍민어로도 만드는데, 거기서는 냉동 역돔으로 만들었어요. 텔레비전에서도 몇 번 방송했을걸요? 역돔은 대만에서 대량으로 양식하는 민물고기예요. 회를 뜨면 어느 정도 구분되지만 초밥을 만들거나 양념을 해 버리면 도미랑 거의 구분 안 돼요. 3급수나 4급수에서도 잘 살아요. 그래서 양식하기 쉽죠. 지저분한 물에서도 잘 사니까."

"지저분한 물에서 사는 민물고기를 회로 먹어?"

윤호가 인상을 찌푸렸다.

"원래는 안 되죠. 그래서 회 센터 일을 관뒀어요. 양심에 너무 찔려서요. 그렇게 더러운 물에 사는 건 나중에 텔레비전 보고 알았거든요."

"이게 도민가?"

내가 한쪽 단면이 붉은 회를 젓가락으로 집으며 물었다.

"설마 역돔이라고 생각하는 건 아니겠지?"

인승이 웃으면서 말했다.

"요즘 역돔도 구하기 어려워요."

종훈이가 말했다.

"왜?"

내가 물었다.

"작년 여름부터 수입이 전면 중단됐거든요. 친구한테 들었는데, 작년 유월에 대만에서 대규모 폭발 사고가 난 이후로 정부 차원에서 역돔 수출을 전면 금지시켰대요."

"폭발 사고랑 역돔이랑 무슨 상관이지?"

윤호가 물었다.

"글쎄요."

매니저가 종훈에게 손님이 왔다고 전했다.

"만나서 반가웠어요. 형님들 맛있게 드시고 가세요."

종훈이 다시 한번 꾸벅 절을 했다.

"둘이 어떻게 만났어?"

종훈이 나간 뒤 윤호가 물었다.

"원래 매형이랑 같이 일했던 셰프는 오마카세를 고집해서 같이 할 수가 없었어. 그래서 새로운 셰프를 알아보려고 종훈이에게 연락을 했지. 아는 분이 있으면 소개를 받으려고. 종훈이가 인턴방 직원을 그만두고 다시 일식집에서 일한다는 얘기를 들었거든. 근데 마침 종훈이도 자리를 알아보고 있더라고."

우린 추모집과 관련해서 몇 가지 이야기를 더 했고 일을 나눴다. 윤호는 요즘 레지던트들이 너무 편하게 트레이닝받는다고 툴툴거렸고, 인승은 자신이 투자하고 있는 식당과 주식 투자에 대한 이야기를 했다.

"요즘 형네 병원은 어때? 최근에 비엔디에서 신제품 개발하지 않았어?"

"나는 화상 수술이나 하지 회사 일은 잘 몰라. 몇 년 전에 코스닥 상장을 준비한다는 얘기는 들은 적이 있지만 아직 상장이 안 된 걸로 아는데."

"형은 주식에 관심이 없어서 모르나 본데, 비엔디는 삼 년인가 사년 전에 코스닥에 상장됐어. 작년부터 회사 주식이 계속 오르고 있는 것도 전혀 모르겠구나. 그래서 물어본 거야. 원래 신제품이 개발되고 반응이 좋으면 주가가 올라가거든. 새로 개발한 제품이 진짜 없어?"

"아마 없을걸. 왜냐하면 신제품 출시하기 전에 의사들 의견을 듣는 자리를 만드는데, 최근에는 그런 자리가 없었으니까."

"그래? 형이 모르는 신제품이 있는 거 아냐?"

"그럴 수도 있지."

내가 고개를 끄덕였다.

쿠모 같은 하나 코스에 포함된 음식들이 모두 나온 후에도 셰프는 사장님의 허락하에 마끼와 튀김을 더 내왔다. 편집 회의는 열 시가 조금 안 돼서 끝났다. 인승은 식당에 조금 더 있다가 가겠다고 했고 나와 윤호는 집으로 가기 위해서 지하철역으로 향했다.

윤호는 지하철 좌석에 앉자마자 피곤하다며 자려고 폼을 잡았다. 차가 출발할 때부터 하품을 쩍쩍 하던 윤호는 얼마 안 있어 잠들어 버렸다. 무심코 휴대폰을 꺼내서 보다가 종훈이 말했던 대만의 사고 가 떠올랐다. '2015년 대만 폭발 사고'로 검색해서 보니, '축제에서 악 몽으로, 대만 워터파크서 역대 최악의 폭발 사고'라는 기사 제목이 눈에 띄었다.

2015년 6월 27일, 대만 뉴타이페이 발리에 있는 포모사 펀 코스트 워터파크에서 폭발 사고가 발생했다. 목격자들에 따르면 저녁 8시 30분에 엄청난 폭발음과 함께 시커먼 연기가 발생했다고 한다. 주최 측에서 무대 주변과 공중에 뿌린 가루에 불이 붙은 것이 원인이었다.

현지 매체에 따르면 그날 약 사천 장의 표가 팔렸고 참가자들은 입장하면서 컬러 가루를 세 봉지씩 받았다. 파티가 진행되는 동안 참가자들이 뿌린 컬러 가루에 더해서 주최 측에서는 고속 분사 장치 를 이용해서 삼 톤 정도의 컬러 가루를 무대와 워터파크에 추가로 뿌렸다. 참가자들의 발목이 컬러 가루에 잠길 정도였다고 한다. 화재 조사단은 고밀도의 옥수수 전분 가루가 참가자들의 담뱃불이나 무 대 조명에서 발생하는 열 또는 스파크에 의해서 불이 붙으면서 연쇄 적으로 폭발했을 거라고 추측했다.

화재 현장에서 많은 담배꽁초가 발견됐다. 이날 참가자와 진행 요 원들은 어디에서나 흡연이 가능했다. 피해자들은 주로 다리와 몸통 에 화상을 입었고, 일부는 불이 붙은 녹말 입자를 들이마시면서 호흡 기에 화상을 입었다. 대부분이 '컬러 플레이 아시아' 축제를 즐기러 온

십대이거나 이십대였다. 가장 어린 참가자의 나이가 열두 살이었다.

당시 일반인이 촬영한 동영상에는 거대한 불덩이가 순식간에 무대를 집어삼키는 장면이 찍혔다. 뉴스에 자료 화면으로 나온 동영상에서는 어둠 속에서 갑자기 무대가 붉은 화염에 휩싸이자 군중들이 사방으로 비명을 지르며 우왕좌왕 빠져나가는 모습이 보였다.

70대 이상의 구급차가 출동했다. 사고 후 4시간 동안 중증도 분류를 통해서 499명의 환자들이 50곳 이상의 병원으로 후송되었다. 이들 중 221명의 환자가 중증화상 환자였다. 2005년 한국의 청주 화학 공장 화재 때 발생한 환자가 11명이었으니 화상 환자로 보면 오십 배 정도 되는 규모였고 중증화상 환자로만 따져도 스무 배가 넘었다. 11명의 화상 환자라면 한 병원에서 감당할 수 있는 수준이냐 아니냐를 따져야겠지만 499명이라면 한 나라에서 감당할 수 있는지를 따져야 하는 어마어마한 규모였다.

병원으로 환자를 후송하긴 했지만 여전히 해결해야 할 문제가 많았다. 가장 시급한 문제는 누가 수술을 하고 어떻게 엄청난 양의 수술 재료를 조달할 것이냐는 것이었다. 사고 이후 2주가 지난 시점인 7월 13일, 대만 식약청은 중증화상 환자들을 치료할 수 있는 전문적인 의료진과 수술 재료가 턱없이 부족한 현황을 파악했고 다른 나라의 원조를 받아서 이 부분을 해결하기로 했다.

우선 독자적인 피부세포 배양술을 가지고 있는 일본 제이텍(JTEC, Japan Tissue Engineering Company)의 배양피부 동종이식술을 사용하기로 했다. 일부 중증화상 환자들에게서 피부 조직을 채취해서 배양하고 증식시켜서 피부 대체재를 만들었다. 하지만 배양하는 데 2주에서 3주 정도의 시간이 걸렸고 그동안에는 상처가 완전히 개방된 상태라는 게 문제였다. 감염에 취약했다. 한시적으로 상처를 덮어 줄 피부대체재가 필요했다. 사체피부가 최선이었지만 대만 전국에 있는 모든 사체피부를 동원한다 해도 턱없이 부족했다.

이를 해결하기 위해서 대만 식약청은 한국 정부에 지원을 요청했다. 복지부는 인체조직기증원에 협조를 요청했지만 사체피부는 한국에서도 95퍼센트 이상을 수입에 의존하고 있기 때문에 사체피부를 원조해 주는 것은 불가능했다. 결국 사체피부 대신에 다른 동물에서 얻은 원료를 합성해서 만든 이종합성(xenosynthetic) 제품을 원조하기로 결정했다. 일본은 배양피부 동종이식술에 대한 기술적인 조언을 해 줄 의사 두 명을, 한국은 제품 생산과 수술법에 대해서 조언해 줄 의사 한 명과 연구원 한 명을 대만에 파견했다.

집에 도착하니 열한 시가 넘었다.

"당신 수두에 걸려 본 적 있어?"

옷을 갈아입고 거실로 나오자 식탁에 앉아 있던 민서가 물었다.

"어렸을 때 걸렸지. 가려워서 칼라민 로션도 바르고 그랬던 것 같은데?"

"그러곤 다시 안 걸렸지?"

내가 고개를 끄덕였다.

"혹시 수두 파티나 수두 캔디가 뭔지 알아?"

"들어 본 적은 없지만 왠지 굉장히 비위생적일 것 같은 느낌이네."

"맞아. 원래는 미국에서 유행했던 거야. 당신은 좀 황당할지 몰라도 한국에서도 강남 학부모들 사이에서 한때 크게 유행한 적이 있었어. 미국 사람들은, 물론 일부겠지만, 여러 가지 이유로 백신을 불신해. 크게 보면 이유는 두 가지야. 하나는 백신이 자폐아를 유발한다고 생각해. 그 사람들은 자폐아 말고도 백신을 맞으면 여러 가지 불치병이 생긴다고 철석같이 믿고 있어."

"그런 믿음은 어떤 과학을 들이대도 사라지지 않지. 두 번째는?"

"백신이 '가짜' 경험이기 때문에 신뢰할 수 없다는 거야."

"진짜 경험은 너무 위험하잖아."

"그 사람들은 진짜 경험을 해야지 '진짜' 면역력을 갖는다고 생각해. 수두 파티라는 게 그거야. 수두에 걸린 아이와 같이 놀게 해서 자신의 아이를 수두에 걸리도록 하는 거야. 그렇게 하면 애가 고생은 좀 하지만 진짜 면역력이 생기잖아. 수두 캔디는 한술 더 떠서 수두에 걸린 아이가 먹던 막대 사탕을 먹게 하는 거야. 미국에서는 이걸 오십 달러 정도에 팔았대. 불과 오륙 년밖에 안 된 이야기야. 놀랍지?"

"백신 주사 한 방 맞히면 될 걸. 미련하긴."

커피포트의 물이 끓기 시작했다. 민서가 일어나서 카모마일 티백이 있는 머그컵에 뜨거운 물을 부었다.

"오늘 병원에서 일이 좀 있었어. 초등학생의 엄마였는데 아이의 접종력을 확인하고 싶다고 했어. 설명을 하려고 보니까 불만이 가득한 표정이더라고. 다른 병원에서 접종했던 것도 있어서 엔아이피(NIP, 국가예방접종사업) 사이트에 접속을 하느라 시간이 좀 걸렸거든. 처음에는 그게 불만인 줄 알았지."

"그럼 뭐가 문제였는데?"

"애가 수두에 걸렸대. 백신을 맞았는데도 수두에 걸릴 거면 대체 왜 백신을 맞아야 하냐는 거야. 당신은 어떻게 생각해?"

"그런 경우가 흔하지는 않을 것 같은데…… 그래도 백신을 맞은 애들이 수두에 걸릴 확률도 낮고 걸려도 약하게 않잖아."

"문제가 하나 더 있어. 겨울이 시작될 때 아이가 독감에 걸렸는데 두 달 후에 독감에 또 걸렸어."

"그것도 흔하지 않은 일인데. 두 번이나 그런 일이 있었으니 화가 날 만도 하네."

"그 아이는 왜 백신이 효과가 없었을까? 그것도 두 번씩이나."

"한 번 아냐?"

"독감도 첫 번째 걸린 다음에 면역력을 얻은 거라고 친다면. 그거야말로 완전히 '진짜' 백신인 거잖아."

적당한 답이 생각나지 않았다.

"다시 수두 파티로 돌아가서 생각해 보면, 수두 파티를 하는 사람들의 심정이 전혀 이해가 안 되는 건 아니야. 이 사람들은 백신 자체에 대한 불신도 불신이지만 무엇보다 백신으로 얻게 되는 면역력을 신뢰하지 않는 거잖아. 직접 경험한 게 아니니까 진짜 면역이 아니라고 생각하는 거지. 완전히 틀린 말은 아니야. 당신은 '진짜' 수두에 걸렸기 때문에 수두 백신만 맞은 원재보다는 걸릴 가능성이 훨씬 적은 게 사실이잖아."

"다시 독감에 걸린 건?"

내가 물었다.

"이건 그냥 내 추측인데, 아이가 독감에 다시 걸린 건 내가 너무 열심히 치료해 줬기 때문일 거야."

"열심히 치료해야지 낫는 거 아냐?"

"물론 독감에 걸렸을 당시에는 그렇지. 하지만 너무 적극적으로 치료했기 때문에 완전한 면역을 얻을 만한 직접 '경험'을 제대로 하지 못한 게 아닐까 싶어. 그랬으니까 독감에 다시 걸렸겠지, 겨우 두 달 만에."

"의외로 까다로운 문제네. 홍역이나 소아마비 바이러스를 직접 경험하는 건 위험한 일이지만 가벼운 독감쯤이라면 직접 경험하는 게 꼭 나쁘다고만 할 수는 없는데. 우리가 모든 병에 대한 백신을 맞을 수는 없잖아."

"무엇보다 그렇게 해서는 절대로 건강해지지 않는다는 거지."

민서가 차를 한 모금 더 마셨다.

"사는 거랑 비슷하네."

내가 말했다.

"어떤 점이?"

"사람들은, 특히 의사들은, 많은 것을 경험해 봐야 한다고 얘기하잖아. 직접 경험해야지 자기 것이 된다고. 하지만 인생에서 어떤 경험들은 절대로 경험하고 싶지 않은 것도 있어. 백신으로 대체하고 싶을 만큼."

민서는 차를 한 모금 마셨다.

"내 생각은 조금 달라. 우리는 경험을 선택할 수 없어. 그냥 그 순간에 최선을 다할 뿐이야. 아무것도 시도해 보지 않은 채 반복되는 경험은 일시적이고 얄팍할 뿐이야. 불완전한 면역처럼."

민서가 말했다. 나는 민서가 말한 경험이 내 머릿속에 떠오른 것과 같을지도 모른다는 생각이 들었다. 우린 잠시 조용해졌다. 각자 다른 곳을 보고 있었지만 같은 생각을 하고 있는 것 같았다.

경준이 캐나다에서 돌아왔다. 저녁에 병원 근처에서 만나기로 했다. 한 달 전 하나노쿠모에서 만났을 때 윤호가 경준이 세연대학병원을 그만두고 K병원에 가게 된 이유를 물었다. 경준이 K병원에서 일하게 된 건 좀 의외였다. 나뿐 아니라 후배들은 그가 교수가 될 거라고 생각했기 때문이다. 물론 그에게도, 아주 잠깐이었지만, 펠로우* 시절이 있었다. 나는 한일 월드컵으로 온 나라가 축제 분위기였던 2002년에 병원을 떠나 군의관이 됐고, 경준은 군의관을 마치고 펠로우가 됐다. 당시에 4년 차였던 인승과 윤호가 묘사하는 경준의 모습은 내가 처음 보았을 때와 크게 다르지 않았다. 여전히 아무도 믿지 말라는 얘기와 사고 치라는 말을 늘 입버릇처럼 달고 다녔다고 한다.

---

* 전문의가 된 이후에 정식 교원이 되기 전까지 밟는 과정.

경준은 펠로우를 석 달 정도 하다가 그만뒀다. 이후에 여기저기서 들었던 이야기들을 종합해 보면, 대학병원 펠로우가 새로운 걸 '도전' 하기에는 적당한 곳이 아니라고 판단했던 것 같다. 지금은 많이 나아졌지만 2002년의 응급의학과는 병원 내에서 별로 존재감이 없었고, 다른 과 의사들은 응급의학과를 바쁜 자신들을 귀찮게 하는 성가신 존재로만 생각했다. 그해 유월에 아버지가 뇌졸중으로 쓰러지시면서 경제적으로 어려워졌던 것도 원인이었을 것이다.

경준은 펠로우를 그만두고 서대문구에 있는 청록병원 응급실장으로 취직했다. 청록병원에서 일할 때 K병원에서도 일주일에 한 번씩 당직을 섰는데, 이사장(당시는 병원장)이 경준에게 K병원으로 오라는 제안을 여러 차례 했다. 하지만 경준은 특별한 이유 없이 병원을 여기저기 옮겨 다니는 게 싫어서 매번 거절하곤 했다.

그러던 어느 날, 이사장이 경준에게 저녁을 먹자고 했다고 한다.

"화상 환자들 수술을 해야 하는데 손이 모자라서 말이야."

이사장이 근심 가득한 목소리로 말했다.

"어시스트요? 한두 번 정도면 가능하죠."

"한두 번이 아니라 몇 달 동안. 직접 험비(Humby)*질도 하고."

이사장이 뭔가 할 말이 더 있는 것처럼 말끝을 흐렸다.

"그건, 안 될 것 같은데요."

경준이 고개를 가로저었다.

---

* Humby knife. 가피절제술을 할 때 사용하는 수술 도구. 감자 깎는 칼과 원리가 비슷하다.

"나 지난주에 위암 진단받았다. 두 달 후로 수술이 잡혔어. 경준 선생이 못 하면 우리 환자들 다른 병원으로 다 보내야 돼."

이사장이 엄숙한 표정으로 말했다. 지금 생각하면 속이 빤히 보이는 거짓말인데, 그 당시에 경준은 그 말을 믿을 수밖에 없었다. 병원장이 비장한 표정으로 두 달 후에 자신이 위암 수술을 받는다는데 어떻게 거기다 대고 거짓말이냐고 물어볼 수가 있겠는가! 결국 얼마 안 있어 경준은 K병원으로 옮겼고 응급실장이 아닌 화상외과 의사로 일하기 시작했다. 그때나 지금이나 이사장은 원하는 걸 얻는 방법을 알았다. 그게 좋은 방법이든 나쁜 방법이든.

덧붙여 원치 않는 사람을 처리하는 방법도 잘 알았다. 예전에 K병원은 서울과 수원 두 곳에 있었다. 서울 병원에 집중하기로 맘을 먹은 이사장은 수원 병원을 정리하기로 했다. 하지만 수원 병원은 의료 법인이었기 때문에 보건소의 허락을 받아야 했고 그러기 위해서는 법인을 포기하는 이유가 반드시 있어야만 했다.

만성적인 재정 적자. 물론 실제로는 전혀 그렇지 않지만 서류상으로 만드는 것은 얼마든지 가능했다. 그런데 문제가 있었다. 수원 병원의 원무과장이 이사장에게 반기를 든 것이다. 수원 병원에서 십 년 넘게 근무한 그는 서울로 직장을 옮기고 싶지 않았다. 그리고 법적으로 책임져야 할 일을 하고 싶지도 않았다. 만약 계속 재무보고서를 조작하도록 강요하면 보건소에 고발해 버리겠다고 으름장을 놨다. 하지만 결국 수원 병원은 없어졌고 원무과장은 쫓겨나듯이 나갔다. 부하 직원이 원무과장이 거래처에서 뒷돈을 받고 있다는 사실을 고발한 것이다.

이후에 두 가지 변화가 생겼다. 서울 병원의 병원장과 행정 부원장이 바뀐 것이다. 경준은 병원장이 됐고 시간차를 두고 원무과 직원은 행정 부원장이 됐다. 병원 직원들 사이에서는 이 일에 대해서 이러쿵저러쿵 말이 많았다. 이전에도 비슷한 방식으로 쫓겨난 직원들이 몇 명 더 있었기 때문이었다. 이사장은 이런 일을 전면에 나서서 해결하지 않았다. 항상 다른 누군가를 이용했다. 이번에는 누가 원무과 직원을 부추겼을까. 사람들은 경준일 거라고 생각했다. 왜냐하면 둘이 군 병원에서 군의관과 의정장교로 근무했던 적이 있었기 때문이다.

진짜 그랬을까? 나는 별로 가능성이 없다고 생각했다. 왜냐하면 내가 알고 있는 경준은 정면 돌파 스타일인 데다가 그런 방면으로 머리 회전이 빠른 사람이 아니기 때문이었다. 사람은 잘 변하지 않는다. 비록 내가 파악한 경준이 오래전의 강경준이긴 하지만.

병원장이 된 경준은 꾸준하게 두 마리 토끼를 쫓았다. 매년 의사를 뽑아서 의료진을 보강했고, 연구소를 중심으로 논문을 쓰고 새로운 치료 재료를 개발했다.

2013년 《크리티칼 케어 메디슨(Critical Care Medicine)》이라는 잡지에 두 개의 논문이 실렸다. 논문 게재를 축하하는 회식 자리에서 경준이 몇 달 전 개봉했던 영화에 대한 이야기를 꺼냈다. 영화가 너무 감동적이라고 했다.

어느 날 케이블 채널에서 우연히 이 영화를 보게 됐다. 평범한 남자가 있다. 어느 날 그는 아버지로부터 가문의 비밀을 듣게 된다.

'우리 가문 남자들은 시간 여행을 할 수 있다.'

시간 여행을 할 수 있는 어마어마한 능력을 지녔다면 최소한 경마에 배팅을 하거나 스포츠 토토라도 해서 돈을 벌어야 하는 거 아닌가. 그런데 주인공은 고작 한 여자를 만나 결혼을 하고 아빠가 됐을 뿐이다. 겨우 '아빠'라니. 대체 이 영화가 왜? 하지만 시간이 지날수록 경준이 감동한 이유를 짐작할 수 있을 것 같았다. 시간 여행, 가역성, 번복 가능한 선택. 그리고 무엇보다 좋은 남편이자 아빠로 수렴하는 해피 엔딩. 후회라는 걸 단 한 번도 해 본 적이 없을 것 같은 경준에게도 영화 속의 주인공처럼 되돌리고 싶은, 인생의 어떤 순간이 있었던 것이다.

경준은 훌륭한 원장이 될수록 점점 더 소홀한 남편이자 부족한 아빠가 되고 있었다. 에너지 보존의 법칙처럼 원장이 넘칠수록 남편과 아빠는 부족해졌다. 왜냐하면 모든 인간의 몸은 하나고 모든 인간에게 주어진 시간과 체력은 한계가 있기 때문이다. 총량은 일정하고 결과는 비가역적이었다. 영화는 결국, 별수 없이 그냥 영화일 뿐.

경준의 부인과 아들은 오 년 전에 캐나다로 떠났다. 소문에 의하면 캐나다로 떠나기 전에 부인 쪽에서 이혼을 요구했다고 한다. 언젠가 술자리에서 기러기 아빠가 되는 것이 이혼을 피하기 위해서 자신이 선택할 수 있는 유일한 방법이었다고 했다. 가정을 버릴 수도, 일을 포기할 수도 없었기 때문이다. 한국에 홀로 남겨진 경준은 예전보다 더 열심히 일했다. 이사장은 경준을 절대적으로 신뢰했고, 시간이 지나면서 둘은 오랫동안 호흡을 맞춘 배드민턴 복식조처럼 점점 더 손발이 척척 잘 맞아 갔다.

"끝나 가나요?"

수술방에 들어온 경희가 물었다.

"예. 몇 군데 지혈하고 나면 드레싱할 거예요."

전기소작기로 지혈을 하면서 내가 대답했다.

"다음 주 화요일에 수술할 환자 많아요?"

경희가 물었다.

"아직까지는 별로 없는 것 같은데요. 왜요?"

마취과의가 말했다.

"그날 감염관리자 보수교육이 있어서요."

"차 가지고 가요?"

마취과의가 물었다.

"아뇨. 장소가 우리 병원 근처라서 두고 가려고요."

"끝나면 아는 사람이랑 술 한잔할 거 아니에요?"

내가 물었다.

"웬 술. 그냥 와야죠. 몇 달 전에 음주 운전 벌금 나왔을 때 남편이 한 번만 더 걸리면 직장 못 나가게 한다고 엄포를 놨어요."

경희가 손사래를 치며 대답했다.

"유혹이 장난 아닐 텐데."

내가 말했다.

"다른 때는 몰라도 이번엔 절대 안 돼요."

경희가 말했다.

"왜요?"

마취과의가 물었다.

"걔가 입이 얼마나 싼데요. 운전대 잡겠다고 말만 해도 이사장님 귀로 곧장 들어갈걸요?"

경희가 가슴에 손을 얹더니 고개를 가로저었다.

"걔가 누군데요?"

마취과의가 물었다.

"외래 수간호사요."

"드레싱 시작할까요?"

어시스트 간호사가 말했다.

"제발, 신승지가 수술방에 다시 들어오는 일이 없도록 해 주세요."

경희가 승지의 허리 아래쪽으로 육 인치 압박붕대를 힘겹게 넣으면서 말했다.

신승지(25세, 여자)는 키 백칠십이 센티미터에 몸무게가 백사십오 킬로그램인 환자였다. 책상에 엎드린 채 초를 켜 놓고 자다가 불이 붙어서 화상을 입었다. 등을 포함한 몸 뒷부분에 주로 화상 상처가 있었다. 승지는 체표면적 30퍼센트 정도의 화상을 입었는데 체표면적이 보통 사람의 두 배에서 두 배 반 정도는 될 것 같았다. 팔십 킬로그램 남자 몸통을 세 바퀴 반을 감을 수 있는 육 인치 압박붕대로 두 바퀴를 채 감지 못했다.

수술 중에는 자세를 바꾸는 게 불가능했기 때문에 등을 왼쪽 반, 오른쪽 반으로 두 번에 나눠서 수술했다. 세 시간이 넘게 엎드린 자세로 있는 게 불안해서 모로 누운 자세로 수술을 했다. 보호자 말로는 작년에 난소 수술을 받을 때만 해도 훨씬 날씬했었다고 한다. 물론 그때도 구십 킬로그램이 넘었으니 일반 사람들이 '날씬'하다고 하는 기준과는 조금 거리가 있지만.

"깨워도 되겠죠?"

　자세를 바꾸는 동안 기도삽관 튜브를 잡고 있던 마취과의가 물었다.

"드레싱이 오래 걸리니까 평소보다 천천히 깨워 주세요."

　내가 말했다.

"대전에 새 병원을 지을 계획이라는 소문 들었어요?"

　반대편에 서 있던 경희가 물었다.

"그래요? 처음 듣는데요?"

　마취과의가 대답했다.

"정부에서 대전 외곽에 연구복합단지를 조성하는데 그 땅을 헐값에 분양받았대요."

　내가 말했다.

"분양 조건이 뭔데요?"

　마취과의가 물었다.

"저도 자세히는 모르는데 아마도 연구소와 임상 시험센터를 운영해야 한다는 조건이었을 거예요. 연구소를 운영하는 병원은 대학병원 말고는 흔하지 않기 때문에 우리 병원이 선정된 것 같아요. 화상 환자를 치료한다는 사실도 유리하게 작용했겠죠."

내가 대답했다.

"병원을 지으려면 돈 많이 들 텐데. 화상 환자는 계속해서 줄어드는데 무슨 돈으로 병원을 지어요? 저희 병원 요즘 환자가 너무 없잖아요."

마취과의가 걱정스럽게 물었다. 경희가 그 말을 듣고 웃었다.

"왜 웃어요?"

"예전에 저희 할머니가 했던 얘기가 생각나서요. 저희 할머니가 아흔이 넘어서 돌아가셨는데요. 동네 장의사가 할머니가 근처를 지나가실 때마다 요즘 장사 안된다는 말을 매번 해서 그놈의 장의사 꼴도 보기 싫다고 하셨거든요. 당신 들으라고 하는 얘기 같았던 거죠. 그런데 저희도 그 장의사 아저씨랑 비슷한 거 같아요. 화상 환자가 생기길 은근히 바라고 있잖아요."

"바라는 것까진 아니지만 월급이 안 나올까 봐 그러는 거죠."

마취과의가 떨떠름하게 말했다.

"그래도 이사장님은 사업가니까 계획이 있겠죠. 오늘 원장님을 저녁에 만나기로 했으니까 새 병원에 대해서 한번 여쭤볼게요."

내가 대답했다.

환자를 서너 번 좌우로 굴려서 수술 부위 드레싱을 모두 끝냈다.

"공여부*는 저희가 드레싱하고 마무리할게요. 뭐로 할까요?"

---

* 피부이식을 할 때 피부를 제공하는 부위.

경희가 물었다.

"이 정도 면적의 공여부에 쓸 적당한 재료가 없을 텐데……."

경희가 수술방 캐비닛 안쪽을 뒤적이면서 말했다.

"일라덤, 괜찮죠?"

경희가 제품을 들어서 내게 보여 주었다.

"그게 요즘에도 병원에 들어와요?"

내가 물었다.

"과장님은 잘 안 쓰지만 다른 과장님들은 가끔 써요. 작년에는 재고가 없다고 주지도 않더니 요즘에는 잘 갖다주더라고요. 최근에 서버가 고장 나면서 전산이 불안정해서 물품 신청을 제대로 못 했어요. 남아 있는 제품 중에서 써야 돼요."

양쪽 다리의 공여부 드레싱이 끝날 무렵 수술방을 나왔다. 의사실로 돌아와서 수술기록지를 쓰고 시계를 보니 약속 시간까지는 아직도 삼십 분 정도가 남았다.

휴대폰이 울렸다. 민서였다.

"원재가 이번 여름 방학 때 제주도로 자전거 여행을 간대. 선생님이 비상약이랑 드레싱 재료를 챙겨 오라고 하셨나 봐. 뭘 주면 돼?"

민서가 물었다.

"하늘색 파우치 안에 병원에서 쓰던 약이랑 드레싱 재료가 들어 있을 거야. 거기 있는 것 중에서 적당한 걸 골라서 주면 돼. 근데 걔들이 쓸 일이 있을까?"

"당연히 쓸 일이 있지. 남자애들 여섯 명이서 여행 가는데 걔들이 얌전히 선생님 말씀 잘 듣고 책만 읽다 오진 않을 거 아냐. 수영도 하고 축구도 할 거래. 놀다 보면 다칠 수도 있으니까 챙겨 오라는 거겠지."

"언제 가?"

"내일. 일주일 일정으로 간다고 했어."

 저녁 여덟 시가 됐지만 조금만 걸어도 땀으로 등이 흠뻑 젖을 정도로 후덥지근했다. 경준은 연구소에서 여섯 시 반쯤 출발했는데 차가 많이 막힌다고 했다. 아마도 오늘 만나자고 한 건 눈병 환자 때문일 것이다. 하지만 그동안 알아낸 건 별로 없었다. 열다섯 명 환자들의 의무기록을 확인해 보려고 했지만 불가능했다. 병원에서 사용하는 전자의무기록 프로그램에 문제가 생겼기 때문이다. 레드아이 파일 환자들의 의무기록을 확인할 수 없었다. 서버가 있는 방 에어컨이 고장 나면서 지나치게 과열된 게 원인인 것 같다고 했다. 임시변통으로 현재 사용하는 전산 프로그램은 고쳤지만 이전 기록을 찾으려고 환자를 띄우면 다시 먹통이 됐다. 행정 부원장 말로는 무슨 이유에서인지 비엔디에서 직접 해결하겠다면서 서버를 가져갔다고 했다. 당분간 의무기록 확인은 불가능했다.

 약속 장소는 병원에서 걸어서 오 분 정도 거리에 있는 단골 식당이었다. 오른편에서 수육을 썰고 있는 이모님에게 인사를 하고 나서 들어가니 경준이 등 뒤에서 부는 선풍기 바람을 쐬면서 오른쪽 구석에 앉아 있었다.

"빨리 도착했네요."

내가 의자에 앉으면서 말했다.

"인터체인지에서 빠져나온 다음에는 별로 안 밀렸어."

경준은 식당 구석에 있는 냉장고에서 막걸리와 소주를 한 병씩 꺼내 왔다.

"회의가 있었어요?"

내가 물었다.

"응. 새 병원 때문에."

"병원 직원들 사이에서 도는 소문이 진짜였네요."

"돈 때문에 걱정이다. 병원 짓는 자금도 확보해야 하고 연구비도 마련해야 하는데 별로 좋은 소식이 없어. 내원 환자는 줄어드는데 인건비를 포함해서 병원 유지하는 데 들어가는 비용은 점점 더 늘어나고."

"그럼 무슨 돈으로 지어요?"

"자세하게는 나도 잘 몰라. 서울 병원 담보로 대출받는 거랑 비엔디에서 생기는 수익이 가장 큰 재원이지. 보건복지부에서 중증화상센터로 지정을 받으면 매년 오억 정도 지원을 받을 수 있어. 병원 매출을 오십억 올려야 오억 정도의 순이익을 낼 수 있으니까 우리에겐 진짜 큰돈이지. 문제는 막강한 경쟁자가 있다는 거지."

"한경대?"

"사실 인력이랑 병원 시설은 안 밀려. 조감도 봤는데 수술방이랑 중환자실은 갈베스톤* 화상센터에도 안 뒤진다. 사실, 우리가 나아.

---

* 화상센터가 있는 미국 텍사스주의 도시.

헬기 착륙장도 지어서 헬기 수송 환자도 받을 거야. 전국에서 발생한 환자 다 받을 수 있어."

"그럼 게임 끝이네요."

내가 말했다.

"아냐, 아직 몰라. 우리가 연구 실적에서는 좀 밀리거든."

경준이 잠시 뭔가를 생각하는 것처럼 미간을 조금 찌푸렸다.

"너는 혹시 새 병원에서 일할 생각 없냐? 오늘 경영 회의에서 이사장님이 네가 병원 세팅을 도와주면 좋겠다고 하던데."

"언제부터요?"

"빠르면 올해 11월이나 12월?"

"글쎄요. 집사람이랑 상의해 봐야겠네요."

"그래, 생각해 봐. 되도록이면 같이 가자."

내가 수육을 한 점 집었다.

"참, 저번에 신청한 연구비는 어떻게 됐어요?"

"또 떨어졌다. 벌써 세 번째다. 아무래도 대학병원이 아니라서 그런 가봐."

"그럼 다시 신청해도 마찬가지인 거 아니에요?"

"꼭 그렇진 않아. 우리 연구소에서 좋은 잡지에 논문을 실으면 가능성이 있지."

"전에 크리티칼 케어 메디슨에 몇 편 실었잖아요?"

"우리가 신청한 연구비는 몇 억이 아니라 몇십억 규모인데 그 정도면 대학이랑 경쟁해야 돼. 그런데 그 정도 잡지에 내는 거로는 어림도 없다. 대학에 있는 친구들한테 물어보니까 그렇더라고. 사이언스나 네이처 정도에 내야 하나?"

경준이 한숨을 쉬었다.

"낼 만한 게 있어요?"

"있으면 이러고 있겠냐? 그 얘긴 됐고, 병원에는 별일 없니?"

경준이 내 잔에 막걸리를 가득 따랐다.

"눈병 환자들은 별로 못 알아봤어요."

"눈병? 아! 그래, 수술한 거랑 관련이 있는 것 같냐?"

"그렇지 않을까요? 마취와 관련된 요인을 모두 제외하면 수술하는 방법이나 재료와 관련되었다고 볼 수밖에 없잖아요."

"의심되는 게 있니?"

"대부분 자가피부이식을 받은 환자더라고요."

"우리 병원에서 하는 수술이 대부분 자가피부이식이니까 그런 거겠지."

"뭐, 그렇겠죠. 좀 더 자세히 알아보려고 했는데 전산 시스템이 고장 나서 이전 기록을 확인할 수가 없어요. 금방 해결될 거라고 했는데 돼 봐야 알죠."

경준이 자신의 잔을 비우고 내 잔과 자신의 잔에 술을 따랐다. 나는 그동안 경희가 조사했던 내용에 대해서 얘기했다.

"짧은 시간에 조사 많이 했네. 수고했다. 이제 그만해도 돼. 이사장님이 본인이 알아서 한다고 했으니까 더 이상 네가 직접 조사할 필요 없어. 나중에 자문 변호사가 요구하는 게 있으면 그때나 도와줘."

병원 측의 무죄를 증명하는 일이나 잘못을 인정하는 일이나 둘 모두 조심스럽고 성가신 일이었지만 이왕 시작한 일을 중간에 그만두는 건 조금 망설여졌다. 어쨌든 나와 내 환자가 관련된 일이었다.

"윤경희가 너무 열심히 해서 제가 한 건 별로 없어요. 서버가 고쳐지면 의무기록만 한번 확인해 보죠. 윤경희가 다음 주에 몇 가지를 추가해서 최종 파일을 주겠다고 했어요."

"이번 주는 어렵대?"

경준이 물었다.

"다음 주에 할 발표 때문에 시간이 없나 봐요."

"올 때 윤경희도 데리고 오지 그랬냐. 발표 준비하나?"

"그런 건 아닌데. 요즘 몸을 사리잖아요. 남편이 한 번만 더 걸리면 병원 때려치우라고 했대요. 이사장님한테도 쫌 찍혔잖아요."

경준이 고개를 가볍게 끄덕였다.

"음주 운전도 결국 습관이야. 쉽게 안 고쳐질걸?"

"캐나다에서는 어땠어요?"

"어떻긴 뭐가 어때? 기러기 아빠가 간만에 가족 만난 거지. 내년에 아들이 대학 입시란다. 한국이라면 고3 수험생을 둔 집의 팽팽하고 살벌한 분위기도 좀 느끼고 그랬을 텐데…… 캐나다는 그런 거 전혀 없잖아. 애한테야 좋은 일이지. 근데, 난 잘 모르겠어. 처음에 기러기 아빠를 시작했을 때는 애가 대학만 가면 불행 끝 행복 시작인 줄 알았는데 시간이 지날수록 그게 아니더라고. 완전 김칫국 먹고 있었던 거지.

최근에 깨달았는데 기러기의 끝은 '가짜' 이별을 끝내고 합치는 게 아니라 '진짜' 이별을 받아들이는 거더라고. 실은 가짜 이별이 아니라 '예비' 이별이었던 거지. 전에는 오랜만에 만나서 낯설어하던 아들이 이젠 한국말을 거의 잊어버려서 아예 의사소통도 안 돼. 예스나 노라고 대답하는 것도 내 말을 제대로 알아듣고 대답하는 건지 잘 모르겠어. 다음에 만날 때 아들과 의사소통이 된다면 오히려 놀랄지도 몰라. 얼굴도 낯설고 만나서 간단한 의사소통조차도 안 된다면 그건 정말 완전히 남인 거 아니냐?"

경준이 자조적으로 웃었다.

우린 열 시가 조금 넘어서 헤어졌다. 집으로 와서 확인해 보니 병원에서 온 두 개의 부재중 통화가 있었다. 확인해 볼까 하는 생각이 잠깐 들었지만 샤워를 하면서 까맣게 잊어버렸다.

다음 날 아침 병원에 출근해서 환자 명단을 띄워 보고 곧바로 중환자실로 전화했다.

"신승지가 왜 중환자실로 갔어요?"

어제 수술했던 승지가 오늘 아침에 보니 중환자실에 있었다. 어제 오후에 목이 따끔거린다고 했고, 저녁부터는 갑자기 얼굴과 눈 주변이 붓기 시작했다. 시간이 지나면서 숨쉬기가 힘들다고 해서 저녁 열한 시 즈음에 중환자실로 옮겼다. 그때 측정한 혈압이 80/50이었다. 에피네프린, 항히스타민제, 스테로이드를 투여한 후에 상태가 조금 좋아졌다. 혈압과 맥박은 모두 정상이 되었고 산소 포화도도 95퍼센트에서 유지되었다. 회진 돌면서 보니 어제보다는 좋아졌지만 눈이 충혈된 상태였고 얼굴이 아직도 많이 부어 있었다.

중환자실 앞에서 보호자를 만났다.

"어제보다 많이 좋아졌어요. 하지만 며칠 더 중환자실에서 관찰하는 게 좋겠어요."

내가 말했다.

"왜 그런 거죠? 저번에 수술했을 때는 아무 일도 없었는데. 혹시 수술을 너무 많이 해서 그런 건 아닌가요?"

승지의 엄마가 걱정스러운 목소리로 물었다.

"수술 때문은 아닐 거예요. 전엔 괜찮았잖아요."

"다음에 또 수술을 할 땐 어떡해요?"

보호자가 걱정스럽게 물었다.

"앞으로 수술할 일은 없어요. 너무 걱정 마세요."

아침 회진을 돌고 지하 1층 의사실로 내려왔다. 어제 당직을 섰던 외과의가 방에 있었다.

"신승지 봤어요?"

외과의가 말했다.

"네. 아나필락시스 같은데 원인을 모르겠네요."

내가 말했다.

"약 때문에 그런 거겠죠. 항생제도 그렇고 엔스에이드(NSAIDS)*도

---

* 진통제 성분 중의 하나.

그렇고 모두 아나필락시스를 일으킬 수 있잖아요."

외과의가 말했다.

"2주 전에 썼던 약이랑 똑같기 때문에 그게 원인일 것 같지는 않은데……."

빨갛게 충혈된 승지의 눈이 맘에 걸렸다. 눈병이 다시 도는 건가?

점심시간이 끝나고 중환자실에서 승지의 상처를 드레싱하는 걸 보았다. 이식 부위 드레싱을 마치고 공여부를 싸고 있는 붕대를 풀었다. 푸른색 젤리 형태의 제품이 붙어 있었다.

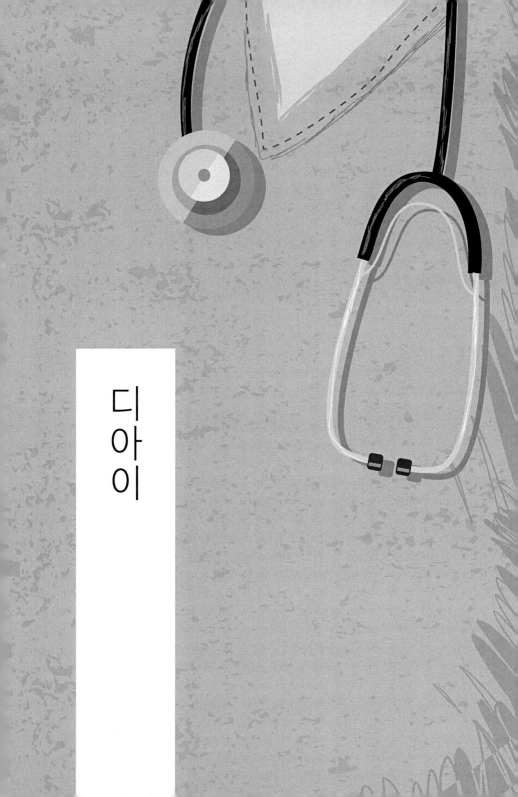

디아이

...

성혁이 의국에서 스티치 아웃*을 해 줬다. 열흘 전에 다쳤던 오른쪽 손등의 상처가 거의 아물었다.

"다 나았네. 이야, 누군 솜씬지 완전 훌륭하다."

성혁이 자화자찬을 했다. 내가 아무 반응이 없자 머쓱해진 성혁이 내 표정을 살폈다.

"괜찮냐?"

"아, 예."

내가 무심하게 대답했다.

그날, 종훈이 6657로 전화했다. 다급한 목소리였다. 인턴방이 응급실 바로 옆 건물 6층이었기 때문에 내가 가장 빨리 올 수 있을 거라고 생각했던 것 같다. 6층에서 엘리베이터 문이 열렸다. 인턴방 주변에서 웅성거리는 소리가 들렸다. 대부분 오후 회진을 준비하러 나가서 인턴방 안에는 사람이 별로 없었다. 출입문 근처에 인턴 서너 명이 서 있었다. 가까이 가 보니 수연이 여자 의사실 문 앞에서 기도를 하듯 손을 모으고 불안하게 서성거리고 있었다. 알아들을 수 없을 정도로 작은 소리로 무언가를 계속 중얼거렸다.

---

* 실밥을 뽑는 것.

"인턴 선생님."

"오수연 선생님."

"괜찮으세요?"

주위에 있는 사람들이 한마디씩 건넸으나 전혀 듣고 있는 것 같지 않았다. 종훈 말로는 꽤 오랫동안 비슷한 상황이라고 했다.

"십자가를 내가 지이고 주를 따라갑니다아. 이제부우터 예수로오만 나의 보오배에 삼겠네."

수연의 찬송가 소리가 복도를 따라서 낮게 울려 퍼졌다. 종훈에게 교육수련부와 청원 경찰에게 연락하도록 시켰다. 수연 쪽으로 천천히 다가갔다. 나와 눈이 마주치자 찬송가 부르는 걸 멈추고 반가운 표정을 지었다.

"정수가 나를 얼마나 좋아했는지 알지?"

무슨 얘기인지 몰라서 잠깐 어리둥절했다.

"나랑 함께하기 위해서 동아리도 따라 들어오고……."

수연이 허밍으로 찬송가를 다시 부르기 시작했다.

"괜찮니?"

내가 조심스럽게 말했다.

"나 알아. 그때 왜 그랬는지. 편지 받고 기도 많이 했어. 난 선택받은 사람이야. 그래서 평범한 사랑을 할 수 없는 거야."

수연이 말을 멈추고 잠시 뭔가를 생각하는 것 같았다.

"누구든지 자기 목숨을 구원하고자 하면 잃을 것이요 누구든지 나와 복음을 위하여 자기 목숨을 잃으면 구원하리라."

수연이 책을 읽듯이 또박또박 천천히 말했다. 말을 마치고 산책하듯 천천히 주위를 걷기 시작했다. 얼마 되지 않아서 갑자기 멈춰 섰다.

"그래! 불로 나타나셨지. 나를 만나기 위해서. 불, 불, 불이야. 불에 집중해야 돼. 그걸 절대 잊으면 안 돼."

수연이 갑자기 땅바닥에 엎드리더니 볼펜을 꺼내서 수첩에 뭔가를 빠른 속도로 끄적거렸다. 수첩 네댓 장을 연속해서 크고 거친 동작으로 찢더니 조심스럽게 바닥에 내려놓았다.

"네가 선 곳은 거룩한 땅이니 신을 벗으라."*

수연이 말을 마치고 크게 한숨을 쉬더니 신발을 벗어서 종이 위에 얹어 놓고 천천히 일어섰다.

"내가 여기 있나이다."**

"주님이 말씀하셨어. 내가 모두를 구원해야 돼. 아빠도, 엄마도, 동생도, 정수도, 그리고 상훈이 너도."

말을 마친 수연이 눈을 감았다. 기도를 하는 걸까. 문득 기숙사 화재 당시에 수연이 맨발이었다는 게 생각났다.

병원 직원들과 청원 경찰 네댓 명이 도착했다. 사람 소리가 들리자 수연이 눈을 떴다. 뒷걸음질을 쳤다. 뒷걸음질을 치다가 의사실 문에 등이 닿자 순간 멈칫했다.

"수연아!"

내가 말했다.

---

* 출애굽기 3장 5절.
** 출애굽기 3장 4절.

"썅, 너희들 뭐야. 꺼져!"

수연이 소리를 지르더니 휙 돌아 들어가서 문을 잠가 버렸다. 종훈이 사무실에서 마스터키를 가지고 나왔다. 긴장해서 손을 부들부들 떨었다. 내가 대신 마스터키를 받아서 문을 열었다. 철커덕. 문이 열리자 수연이 내 쪽으로 고개를 휙 돌렸다. 발밑에는 커터 칼이 떨어져 있었고 왼쪽 손목의 벌어진 상처 틈으로 하얀 인대가 보였다. 계속 무언가를 중얼거렸다. 웅얼거리는 소리가 점점 더 분명해졌다.

"누구든지 자기 목숨을 구원하고자 하면 잃을 것이요 누구든지 나와 복음을 위하여 자기 목숨을 잃으면 구원하리라. 누구든지 자기 목숨을 구원하고자 하면 잃을 것이요 누구든지 나와 복음을 위하여 자기 목숨을 잃으면 구원하리라."

수연이가 주문을 외우듯 성경 구절을 끊임없이 중얼거렸다. 말소리가 느려졌다 빨라지기를 몇 번 반복했다. 그러더니 뚝 끊겼다. 가위로 왼쪽 손목을 천천히 다시 한번 그었다. 통증 때문인지 왼쪽 눈 주위가 경련하듯 씰룩거렸다. 악! 누군가 비명을 질렀다.

손목의 상처가 벌어지고 피가 뚝뚝 떨어졌다. 살점이 너덜너덜했다. 한동안 아무도 움직이지 않았다.

"수연아! 그만해, 제발."

민서가 대치하고 있던 병원 직원들 뒤쪽에서 나오며 소리쳤다.

"나쁜 년, 네가 다 끌고 왔냐?"

수연이 민서를 노려보았다. 가위를 높이 처들었다. 가위의 뾰족한 부분이 수연이 쪽을 향했다. 나와 민서가 거의 동시에 수연에게 달려들었다. 수연이 침대 위로 넘어졌고 다른 직원들이 달려들었다. 처음에는 심하게 몸부림쳤지만 이내 제압되었다. 수연이의 가위를 뺏다가 오른쪽 손등을 살짝 베였다. 수연이 피를 흘리며 밖으로 끌려나갔다. 바닥에 떨어진 피가 수연이의 발에 뭉개지면서 여러 개의 핏자국이 아무렇게나 그은 선처럼 복도 바닥에 그어졌다.

만약 좀 더 온전한 정신이었다면 더 확실한 방법으로 자살을 시도했을 것이다. 그랬다면 훨씬 더 끔찍한 결과로 끝났을지도 모른다. 다행히도 온전한 정신이 아니었기 때문에……. 이 순간에 떠오른 '다행히도'라는 단어는 왜 끔찍한 저주처럼 들리는 걸까.

오수연(28세, 여자)은 경기도에 있는 정신 병원에 입원했다. 거기서 얼마 동안 입원했는지 상태는 어땠는지에 대해서는 잘 모른다. 한때 동료였던 사람의 비극에 대해서 나는 끝까지 너무 무지했다. 부적절한 망설임, 소모적인 감정싸움, 뒤늦은 결정. 이 모든 미숙함이 가져온 비극을 직시할 만한 용기가 없었던 것인지도 모른다. 이상했다면 충분히 살폈어야 했고, 미숙하더라도 결정을 내렸어야 했다. 미숙한 시도라도 하는 것이 안 하는 것보다는 낫다는 것을 끊임없이 경험하지 않았던가! 하지만 이 단순한 진실을 실제 삶에서는 까맣게 잊어버렸다.

나중에 알게 된 사실들로부터 몇 가지 추측을 해 보면 수연은 기숙사 화재가 있었던 그해에 조현병이 발병했던 것 같다. 정신 질환이 있는 아버지를 둔 가족력으로 봤을 때 수연이 속한 가계(家系)는 정신 질환에 취약했다. 의과대학을 들어올 때까지만 해도 수연은 집안의 유일한 희망이었을 것이다. 하지만 시간이 지날수록 의사가 되는 건 점점 더 아슬아슬하고 위태로워졌다. 기숙사 화재가 있었던 이듬 해에 복학했을 때도 수연은 이전과 비슷했다. 조용하고 늘 혼자이 고. 아마도 당시에는 약을 먹고 있었기 때문에 더 조용했을 것이다. 학생 때는 혼자 지내는 게 크게 문제가 되지 않았다. 어차피 발병하 기 전에도 비슷한 생활이었으니까.

문제는 인턴이 되면서부터였다. 인턴이 되면 혼자서 지낼 수만은 없었다. 환자를 만나야 하고, 간호사들의 연락을 받아야 하고, 레지 던트가 시킨 일을 처리해야 했다. 수연은 약을 먹으면 멍한 상태가 된다는 걸 알고 있었다. 늦잠을 자서 회진을 돌지 못한 것도 약 때문 이었을 것이다. 수연은 휴가 때 약을 먹지 않기로, 또는 용량을 줄여 서 먹어 보기로 결심을 했던 것 같다. 어쩌면 가족 중에 누군가가 약을 한번 끊어 보라고 권했을 수도 있다. 알다시피 결과는 나빴다. 그 시점에는 약을 유지하거나 끊는 것이 수연에게 더 이상 중요한 문 제가 아니었을 것이다. 약을 먹어도 먹지 않아도 의사 생활을 유지 하는 건 어차피 불가능했다.

정수의 신고가 아니더라도 결국 수연의 의사 생활은 파국을 맞았 을 것이다. 어두운 강당 객석에 앉아 있던 수연을 보았을 때 어느 정 도 그걸 짐작할 수 있었다. 정수와 내가 어떤 선택을 했더라도, 또는 수연이 어떤 선택을 했더라도 결국 수연은 조현병 환자로 살 수밖에 없는 운명이었다. 어느 누구도 그걸 막을 수는 없었다.

정수는 일단 옳다고 생각한 일은 무조건 끝을 보고 싶어 했다. 처

음에는 옳고 그름을 떠나서 수연을 벼랑으로 몰고 간 정수의 독선에
분노했다. 하지만 시간이 지나면서 분노는 서서히 사라졌다. 어차피
정수가 신고하지 않았으면 결국 내가 했을 거라는 생각이 들었기 때
문이다. 그리곤 서글퍼졌다. 정수와 나는 뭔가를 선택할 수 있었지
만 수연은 아무런 선택도 할 수 없었으니까. 수연은 어느 순간부터
하나의 선택만이 가능한 우주 속에서 지냈다. 선택도 서글픔도 수연
에게는 사치였다. 정신 병원에 들러서 수연을 면회하고 온 민서는 수
연이 자신을 전혀 알아보지 못했다고 덤덤하게 말했다.

"아무 표정이 없었어. 반가움도, 기쁨도, 슬픔도, 아무 감정도 없는
텅 빈 얼굴이었어."

민서는 그 후로도 수연을 몇 번 더 만나러 갔지만 내게는 아무 얘
기도 하지 않았다.

가운을 입고 나가려고 할 때 6657이 울렸다. 인턴이었다.

"디아이* 환자 왔는데요."

"뭘 먹었는데?"

내가 물었다.

"먹은 건 아닌 것 같은데……."

인턴이 말끝을 흐렸다.

"약 먹은 게 아니데 왜 디아이야?"

---

* 약물중독. Drug Intoxication.

"아, 그게요, 2주 전에 농약인 줄 모르고 먹었다가 뱉었대요. 근처 가정의학과에서 검사한 크레아티닌이 조금 높아요."

"얼마나 높은데?"

"정상치보다 0.5 정도요."

"무슨 농약인데?"

"박카스 병에 덜어 놓은 걸 드셨기 때문에 약 이름은 모르신대요."

입에 넣자마자 뱉었다? 그렇게 짧은 순간에 심각한 문제를 일으킬 만한 약이 있을까? 응급실 정문에 있는 분류소로 나갔다. **이광준(32세, 남자)**은 겉보기에는 멀쩡했다. 약을 먹었다 뱉었다는 사실 말고는 별다른 문제가 없어 보였다. 환자가 자신이 먹었다는 약병을 내게 보여 줬다.

얼핏 보기에도 박카스 병이 너무 새것처럼 보여서 모르고 먹을 수도 있겠다는 생각이 들었다. 환자의 말로는 제사상 근처에 놓여 있던 박카스를 한 모금 머금었다가 맛이 너무 역해서 넘기지 않고 그대로 뱉었다고 했다. 환자가 가지고 온 박카스 병마개를 열어 보니 지나치게 자극적이고 인위적인 솔잎 향 비슷한 냄새가 났다. 전에 언젠가 맡았던 냄새인 것 같았지만 이름이 떠오르지 않았다.

"무슨 용도로 쓰는 건가요?"

내가 물었다.

"제초제일 거예요. 잡초 없앨 때 쓰신다고 했어요."

환자가 너털웃음을 웃으며 대답했다. 제초제라. 환자가 제초제라고 말하는 순간 박카스 병에서 맡았던 불길함의 정체가 뭔지 알게 됐다. 박카스 안의 내용물은 그라목손*이었다. 박카스 병을 인턴에게 건네주었다.

"어떻게 할까요?"

인턴이 물었다. 박카스 병을 잠시 바라보았다. 아무리 그라목손이 독성이 강하다고 하지만 먹자마자 뱉었는데 설마 무슨 문제가 생길까? 집으로 돌려보내고 외래로? 하지만 그냥 환자를 돌려보내는 게 왠지 망설여졌다. 이유는 크게 두 가지였다. 첫 번째는 컨퍼런스 때 그라목손을 발에 엎질러서 왔던 환자가 일주일 만에 사망했다는 증례를 들었던 게 떠올랐기 때문이었다. 그라목손은 피부에 묻는 것만으로도 사망할 수 있는 치명적인 약이었다. 두 번째는 크레아티닌 수치가 조금씩 꾸준하게 오르고 있다는 것. 다시 한번 결과지를 들여다보았다.

0.9, 1.2, 1.5 ······ 1.7(정상치 0.6~1.2)

독성학책이나 응급의학과 교과서에서는 그라목손 중독 환자가 폐 섬유화 때문에 사망하는 것으로 설명하고 있다. 하지만 실제 임상에서는 신장기능이 망가지면서 신부전으로 사망하는 것처럼 보였다. 책과 현실 속의 환자가 차이가 있는 이유는 아마도 신부전이 진행되는 것은 소변이 나오지 않고 크레아티닌 수치가 올라가는 것으로 쉽

---

* 파라쿼트(Paraquat) 성분 제초제의 상품명.

게 확인이 되지만 폐섬유화는 웬만큼 진행될 때까지는 흉부 방사선 촬영에 나오지 않기 때문일 것이다. 그러니 아무리 조금씩이지만 크레아티닌이 올라가는 것은 불길하고 기분 나쁜 징조였다.

"접수해서 기본적인 검사해. 약병은 담당 간호사한테 보관해 달라고 하고."

내가 말했다. 인턴이 잠시 머뭇거렸다. 너무 의외의 결정이라서 그런가? 형광펜과 삼색 볼펜이 꽂혀 있는 왼쪽 포켓에 새겨진 이름을 확인했다.

"정윤호 선생, 할 말 있어?"

"그라목손 중독은 치료 못 하는 거 아닌가요?"

짜식. 좀 아는데?

"그렇긴 하지. 하지만 살릴 수 있는 환자만 골라서 치료하려고? 벌써부터 그러면 안 되지."

은근슬쩍 윤호를 탓하면서 말을 돌렸다. 윤호는 이번 주에 처음으로 응급의학과를 도는 인턴이었다. 항상 너무 말쑥한 차림이어서 뷰박스 앞에 학생들과 함께 서 있으면 학생으로 착각할 정도였다. 왜냐하면 깨끗한 가운에 모든 진찰 도구와 매뉴얼을 갖추고 다니면 실습 나온 4학년 학생일 가능성이 많기 때문이었다. 원래 성격이 그런 건지 아니면 처음 도는 과라고 눈치를 보느라 그러는 건지 다양한 진료 장비들로 가운이 알록달록했다. 위쪽 포켓엔 파란색 맥나이트 펜라이트가 삼색 볼펜과 함께 꽂혀 있었고, 오른쪽 아래 주머니엔 B5 크기의 녹색 내과 핸드북을, 왼쪽 주머니엔 주홍색 고무 해머와

와인색 쓰리엠 카디올로지(3M Cardiology) 청진기를 넣고 다녔다.

"좀 전에 전원 문의가 왔어요."

"뭔데? 왜 6657로 안 하고?"

"6657이 통화 중이어서요. 허진우 선생님이 전화를 받았는데 그땐 자리가 없어서 못 받는다고 했습니다."

"어떤 환잔데?"

"조인승이 전화했는데 탈수와 의식변화가 있는 이십대 여자라고 했어요."

"허진우 선생님과 얘기가 끝난 거 아니야?"

윤호가 잠시 머뭇거렸다.

"좀 전에 다시 전화가 왔는데 제발 받아 달라고 해서요."

말을 끝내고 내 표정을 살폈다. 초진 구역은 꽉 찼지만 소생실이 비어 있었다. 하지만 금요일 오후부터는 환자들이 병실로 입원하면서 응급실 침대도 여유가 생길 것이다. 그리고 무엇보다도 레지던트가 없는 병원의 응급실에서 근무하는 인턴이 느끼는 답답함과 불안감-작년에 내가 파견 나갔을 때 경험했던-을 생각하면, 환자를 받아주는 게 좋겠다는 생각이 들었다.

"6657로 다시 전화하라고 해."

내가 말했다. 건강한 젊은 여자가 의식이 없다고? 가능성은 하나뿐이었다. 4월이었나. 중학생 여자아이가 깨워도 일어나지 않는다고 응급실에 내원했다. 환자는 어렸을 때 조그만 심실중격 결손*이 있

---

* 심장 심실 사이의 벽에 구멍이 있는 경우.

다는 얘기를 들었지만 특별한 치료를 받지 않았다. 다른 검사는 모두 정상이었고 심전도 검사에서만 이상 소견이 있었다. 특징적인 심전도였다.

"삼환계 항우울제 약물중독입니다."

내가 엄마에게 얘기했다.

"약물중독이요?"

엄마가 기가 막힌다는 듯 나를 빤히 쳐다봤다. 엄마는 그런 약이 집에 존재한다는 사실을 극구 부인했고, 자신의 딸이 자살을 시도할 이유가 전혀 없다고 오히려 내게 화를 냈다. 이런 경우가 좀 난감하다. 왜냐하면 삼환계 항우울제 중독에 의한 것으로 강력하게 의심되는데 보호자는 절대로 그럴 리가 없다고 주장하기 때문이다. 내설명에도 불구하고 보호자는 심장 문제 때문에 의식변화가 있는 거라고 굳게 믿었다. 그걸 진짜로 믿고 있는 건지 아니면 믿고 싶어서 그런 건지는 모르겠지만. 어찌 됐건 이런 경우에 응급의학과 입장에서는 약물중독으로 무작정 밀어붙일 수가 없다. 설득이 필요했다. 엄마의 얘기를 그냥 무시할 수는 없기 때문에 어쩔 수 없이 심장내과 협진을 보기로 했다. 그런데, 여기서부터 일이 조금씩 꼬이기 시작했다.

"심전도가 이상하긴 하네요. 하지만 심실결손 때문은 절대로 아닙니다."

"심전도를 치료하면 되지 않을까요?"

"의식은 그대론데 심전도만 정상으로 돌아오면 무슨 소용이 있겠습니까?"

"영원히 의식이 안 돌아오나요?"

"……."

덧붙여, 왜 그런 생각을 했는지는 모르겠지만, 심장내과의는 환자가 식물인간이 될 가능성이 있다고 설명했다. 그 말을 듣자마자 엄마가 대성통곡을 했다. 결국 심장 문제로 의식이 없다고 '엄마가 믿는, 식물인간이 될 가능성이 있다고 '심장내과의'가 예측하는 환자를, '응급의학과'가 입원시키기로 했다. 신기하게도 믿는 사람과 예측하는 사람과 입원시키는 사람이 모두 달랐다. 경준에게 어떻게 치료해야 하는지 물었다.

"어떻게 하고 싶은데?"

경준이 되물었다.

"저렇게 약을 안 먹었다고 빡빡 우기는데 그냥 약물중독으로 생각하고 치료해도 돼요?"

내가 말했다.

"첫날 말했지. 아무도 믿지 말라고. 보호자도 믿으면 안 돼. 네가 본 걸 믿어. 중학생 여자애가 의식이 없어서 왔는데 심전도가 이런 모양이야. 그럼 뭐냐?"

경준이 심전도를 내 눈앞에 들이밀었다.

"삼환계 항우울제 약물중독이요."

"답 나왔네. 안 어렵지? 결정하기 어려우면 환자 입장에서 생각해봐. 엄마의 믿음이 환자를 치료해 주는 건 아니잖아. 환자를 도와줄 사람은 이 병원에 너밖에 없어."

나는 정신과 근처에 간 적도 없고 우울증 약이라곤 본 적도 없다던 보호자의 말을 들은 후에, 아니 들었음에도 삼환계 항우울제 약물중독에 준해서 치료를 시작했다. 이상하게도, 사실은 당연하게도, 환자는 빠른 속도로 좋아졌고 치료를 시작한 지 나흘째에는 어느 정도 의식이 깨서 의사소통이 가능해졌다.

일주일째에 기계환기를 떼고 기도삽관을 제거했다. 중환자실에서 병력청취를 다시 했다. 환자는 병원에 오기 전날 엄마와 심하게 다퉜고 엄마가 집에 없는 틈을 타서 부엌 선반에 있던, 엄마가 전에 처방받은 삼환계 항우울제 엘라빌*을 잔뜩 먹었다고 했다.

환자는 이후에 일반 병실로 옮겨졌고 나는 엄마에게 정신과 협진이 필요하다고 설명했다. 자살 시도를 한 환자들은 재발 방지를 위해서 정신과 협진이 필요했기 때문이었다. 이 지점에서 조금 더 이상한 방향으로 꼬였다. 내 얘기를 듣던 엄마가 화를 버럭 냈다. 딸은 침대에서 고개를 푹 숙이고 있었다.

"왜 집에 있지도 않은 약을 자꾸 먹었다고 하세요? 그리고 왜 우리 애를 정신병자 취급하는 거예요?"

'엄마'가 복용하다가 '엄마'가 부엌 선반에 넣어 둔 약을 '엄마'와 싸운 딸이 먹었다는데 정작 '엄마'는 그런 약을 본 적이 없다고 뚝 잡아떼니 무척 당황스러웠다. 환자에게 중환자실에서 했던 것과 똑같은

---

* 삼환계 항우울제 아미트립틸린의 상품명.

질문을 다시 했다. 환자는 나와 엄마의 눈치를 번갈아 살피더니 전혀 예상치 못했던 대답을 했다. 약을 본 적도 먹은 적도 없다는 것이다.

다음 날 환자를 퇴원시키기로 했다. 하지만 아직 끝난 게 아니었다. 아침 회진 때 엄마는 말을 다시 바꿨다. 우리 딸은 약을 먹지도 자살을 시도하지도 않았지만-특히 이 부분을 강조했다- 아이의 정신적인 안정을 위해서 정신과 협진을 꼭 봐야겠다는 것이다. 이쯤 되면 정신과 협진이 정말 필요한 사람은 딸이 아니라 엄마가 아닐까?

그러나 아직도 끝나지 않았다.

협진을 본 정신과 레지던트에게서 연락이 왔다. 보호자가 정신과로 전과를 하고 싶다고 했고, 안 된다고 하니까 정신과 협진을 보지 않겠다고 했다는 것이다. 내 얘기를 들은 성혁은 고개를 절레절레 흔들었다. 아마도 외래에서 진료를 받으려는 것 같다고 말했다. 하긴, 응급의학과로 입원해서 정신과 협진을 보면 그 진료 기록을 우리가 보게 될 테니 그건 양심에 좀 찔렸을 것이다.

6657이 울렸다.

"박상훈 선생님이시죠?"

인승이었다.

"어쩐 일이냐?"

나는 상황을 전혀 모르는 것처럼 짐짓 물었다.

"환자가 너무 이상해서요."

손나현(20세, 여자)은 H대학 화학과 학생이었다. 의식변화 때문에 응급실에 왔다. 환자를 발견한 건 친구였다. 친구는 약속 장소에서 삼십 분이 넘게 기다려도 환자가 오지 않아서 자취방으로 직접 찾아갔다고 했다. 발견했을 당시에 의식은 있었지만 횡설수설했고, 방 안에는 플라스틱 약 포장지가 어질러져 있었다. 환자가 먹은 건 독실라민 계열의 수면제 스무 알 정도였다. 인승은 기본적인 검사를 보내고 응급실에서 지켜보기로 했다. 독실라민 스무 알이 큰 문제를 일으키지는 않을 거라고 생각했기 때문이다.

문제는 그 이후였다. 시간이 지날수록 환자는 식은땀을 너무 많이 흘렸고 끊임없이 눈물을 흘렸다. 그러면서 점점 더 의식 상태가 나빠졌다. 처음에는 약 때문에 그럴 것이라 생각했다. 하지만 자신이 응급실에서 봤던 독실라민 약물중독 환자들과는 너무 달랐다. 점점 더 불안해졌다. 그러다가 문득 환자가 한 가지 약만을 먹은 게 아닐 수도 있다는 생각이 들었다. 인승은 친구를 환자의 집으로 보내서 다른 약병이 있는지를 확인해 달라고 했고 그제야 차콜을 투여하기 위해서 레빈 튜브* 삽입을 시도했다. 하지만 협조가 되지 않아서 실패했다.

"선생님, 제발 환자 좀 받아 주세요. 그럼 뭐든지 다 할게요."

인승의 목소리가 간절했다. 잠시 뜸을 들였다.

"좋아. 환자 보내. 그리고, 음…… 너 응급의학과 지원해라."

나는 농담 반 진담 반으로 인승에게 제안을 했다. 잠시 동안 전화

---

* 코를 통하여 위(胃)로 넣는 고무나 플라스틱 재질의 관.

기 속에서 인승의 숨소리와 모니터의 규칙적인 기계음만 들렸다.

"네, 할게요."

전화가 갑자기 뚝 끊겼다. 밖이 시끄러웠다. 나가서 보니 구급차 천정에서 녹색 사이렌 불빛이 소리 없이 빙글빙글 돌고 있었다. 활짝 열린 응급실 입구 문을 통해서 이동식 들것과 함께 서늘한 가을 공기가 밀려 들어왔다. 인승이 절을 꾸벅했다.

"죄송합니다. 너무 급해서."

환자를 소생실로 넣었다. 인승의 말처럼 환자는 지나치게 땀을 많이 흘리고 있었고, 눈물과 콧물이 줄줄 흘러 얼굴에 범벅이 되었고, 턱 주변에도 침이 말라서 희끗희끗했다. 환자는 'Juliet'이라는 영문이 은색 필기체로 새겨진 헐렁한 분홍색 티셔츠와 회색 트레이닝복 바지를 입고 있었다.

"술이랑 같이 먹었는지 술 냄새가 많이 나요."

인승이 환자와 같이 소생실로 들어오면서 얘기했다. 환자의 얼굴 쪽에서 냄새를 맡았다. 술 냄새?

"술 냄새치고는 훨씬 강하고 자극적인데? 화학 약품 같다."

심전도 모니터를 붙이니 맥박이 55회이고 산소포화도가 93퍼센트였다.

"서맥*이 살짝 있네. 1년 차, 뭘 기다려?"

어느새 소생실로 들어온 진우가 내 머리를 꿀밤을 때리듯 툭 쳤

---

* 분당 맥박수가 60회 이하인 경우.

다. 허진우는 윤호의 가운에 있는 펜라이트를 꺼내 환자의 양쪽 눈 꺼풀을 벌려서 두세 번 비춰 보았다. 그러더니 환자 얼굴 쪽에서 킁 킁거리며 냄새를 맡았다. 인상을 약간 찌푸렸다.

"젊은 여자가 먹고 오는 경우가 흔하지는 않은데."

진우가 모니터를 보면서 혼잣말하듯 중얼거렸다.

"약 언제 먹었어?"

"대략 두 시간 전이요."

침대 발치에 우두커니 서 있던 인승이 대답했다.

"침, 눈물, 동공도 작아지고, 맥박 느리고., 거기다가 이렇게 석유 냄새 비슷하게 나면 '그거'잖아. 1년 차! 그게 뭐야?"

뭐였더라? 가물가물 생각이 날 듯 말 듯했지만 결국 생각이 나진 않았다.

"오르가노 포스페이트* 몰라? 이 약 먹고 온 환자 처음 보냐? 증상 이 심하고 치명적인 약이니까 우선 라비지(위세척)해라."

윤호는 환자 머리 쪽에서 낑낑거리면서 레빈 튜브를 넣기 위해서 노력 중이었지만 환자는 계속해서 웩웩거리며 구역질을 하고 있었 다. 맥박 46회, 산소포화도 90퍼센트.

"인턴 선생, 그만해. 상훈아, 인투베이션 준비해라."

허진우의 말이 끝나자마자 환자가 양쪽 팔다리에 힘을 잔뜩 주면 서 뻣뻣해지는가 싶더니 이어서 양쪽 팔다리를 심하게 떨었다. 간질

---

* 유기인제 농약. 살충제로 쓰인다.

발작이었다. 환자는 십 초 정도 경련성 발작을 하더니 이내 축 늘어졌다. 산소포화도가 85퍼센트로 떨어졌다.

"분비물이 너무 많고 기도유지가 안 된다. 약을 많이 먹었나? 석션해."

"청원 경찰 아저씨가 밖에 기다리는 환자들이 너무 많다고 정리를 좀 해 달라고 하시네요."

간호사가 소생실 문을 열고 들어와서 말했다.

"내가 정리할 테니까 기도삽관 잘 해 봐. 알에스아이*, 알지? 이제 그 정도는 해야지. 인턴 선생은 보호자와 다시 연락해서 집에 농약병 있는지 확인해."

진우가 소생실 밖으로 나갔다. 인승도 따라 나갔다. 나는 기도유지를 하고 백밸브 마스크로 산소를 주면서 산소포화도가 95퍼센트 이상이 될 때까지 기다렸다.

"산소포화도가 얼마예요?"

모니터 화면이 등 뒤에 있어서 보이지 않았다.

"97퍼센트요."

"석씨닐콜린 오십이랑 펜토탈 백오십 주세요."

환자 몸에 힘이 완전히 빠질 때까지 일 분 정도를 기다렸다. 철컥. 간호사가 후두경 자루에 블레이드를 연결한 뒤 불빛이 잘 나오는지를 확인하고 내게 건넸다. 후두경으로 혀를 왼손 방향으로 젖히면서

---

* 약물을 사용해서 시행하는 기도삽관법. Rapid Sequence Intubation.

안쪽으로 천천히 밀어 넣었다. 입안에는 침과 분비물이 가득 차 있어서 성대가 잘 보이지 않았다.

"석션 주세요."

내가 말했다. 간호사가 플라스틱 석션 팁을 오른손에 쥐어 줬다. 세 차례 석션을 했지만 여전히 시야가 좋지 않았다. 후두경을 위로 올려서 턱을 들어 올렸다.

"90퍼센트."

산소포화도가 점점 떨어졌다. 시간이 너무 오래 걸리면 위험한 상황으로 바뀔 수 있다.

"88퍼센트."

돌아보니 모니터 알람이 울리면서 빨간 불이 깜박거렸다. 몇 차례 더 석션을 하고 나니 후두개가 보였다. 후두경으로 턱을 들어 올려 봤지만 여전히 성대가 보이지 않았다.

"85퍼센트."

더 기다릴 수 없다.

"튜브!"

튜브를 오른손에 쥐어 줬다. 후두개의 뒤쪽 공간으로 밀어 넣는다는 느낌으로 튜브를 밀어 넣었다.

"83퍼센트."

배깅을 하고 나서 청진을 했다.

"81퍼센트."

"산소포화도가 점점 떨어져요."

모니터를 확인했다. 청진기를 명치와 가슴 부위에 번갈아 대고 여러 번 들었지만 확실하지 않았다. 주위가 너무 시끄러웠다. 청진으로 확인하기 어렵네.

"80퍼센트. 맥박이 42회로 떨어졌어요."

소생실 문이 열리면서 진우가 들어왔다.

"80퍼센트? 왜 이렇게 낮아?"

진우가 청진을 해 보더니 고개를 절레절레 흔들었다. 서둘러 삽관 튜브를 제거했다.

"배투베이션* 됐다. 얌마, 1년 차! 아직도 배투베이션 확인하는 방법 몰라?"

진우가 후두경을 받아서 목안을 들여다보면서 내게 물었다.

"내가 인투베이션 끝내기 전까지 생각해 봐. 매뉴얼을 찾아보든가."

옆에 서 있던 윤호가 주머니에 있던 핸드북을 꺼내서 찾아보더니 재빨리 해당 페이지를 내게 보여 줬다. 아! 엔드타이달 씨오투**.

"아는데 왜 안 해? 앞으로 무조건 엔드타이달 씨오투 확인해."

진우가 말했다. 진우는 기도삽관을 다시 한 후 엔드타이달 씨오투 측정기를 튜브 끝에 연결했다. 32밀리미터 머큐리.

"90퍼센트. 올라가네요."

간호사 모니터를 보며 말했다. 진우가 장갑을 벗었다.

---

* 삽관 튜브가 기도로 들어가지 않고 식도로 들어갔다는 의미.

** 호기말 이산화탄소 분압. 식도에는 이산화탄소가 없기 때문에 아주 낮거나 영(0)이다.

"라비지 하는 거 인턴 가르쳐 줘. 이 환자 앞으로 잘 봐. 유기인제 농약에 대해서 공부도 좀 하고. 오르가노 포스페이트 환자 잘 치료해서 퇴원시킬 수 있으면 응급의학과 의사가 반 이상은 된 거다."

92퍼센트, 96퍼센트. 산소포화도가 올라가는 것을 확인한 후에 환자 입에 마우스피스를 끼우고 라비지(위세척) 튜브를 넣었다. 튜브를 입으로 넣으면서 보니 오른쪽 콧구멍 근처가 빨갛게 부어 있었다. 코가 왜 부었을까? 물어보려고 주위를 살폈지만 인승이 안 보였다. 세척액을 넣고 배액을 시키니 우윳빛처럼 하얀 액체가 흘러나왔다. 내가 1리터를 세척했고 이후에 윤호가 4리터를 더 세척했다. 혼자서 5리터를 한다면 내일은 펜을 쥐기도 어려울 것이다. 마취과 의국에 전화를 했다. 명호였다.

"상훈인데, 디아이 환자 자리 좀 만들어 줘."

"오늘은 자리 많다. 병동으로 빠질 환자들도 좀 있고. 한번 알아봐 주지."

명호가 수화기를 놓고 어딘가로 갔다. 일 분도 채 안 돼서 명호가 노래를 흥얼거리면서 다시 돌아왔다.

"축하해. 자리 있다."

"준비되면 올릴게. 뭐 좋은 일 있냐?"

내가 물었다.

"궁금해? 다음 주에 할리데이비슨 정모 간다. 강릉으로!"

명호는 여전히 노래를 허밍으로 흥얼거렸다.

"마취과 1년 차 팔자 좋네. 할리데이비슨 타고 가을 경치도 구경하고."

"억울해? 그럼 너도 마취과 해. 내가 빡세게 굴려 줄게."

"됐고, 그놈의 오토바이 언제 구경이나 좀 하자."

"고건 절대 안 되지. 정 구경하고 싶으면…… 너도 하나 사. 짜샤."

명호 특유의 장난기 가득한 큭큭 거리는 웃음소리가 들렸다. 생각해 보니 외과 파견 때 명호가 가을에 할리데이비슨 정기 모임이 있다고 얘기했던 것이 생각났다. 어떤 이는 농약을 먹고 응급실로 실려 오고, 또 어떤 이는 기도삽관에 실패하고, 또 어떤 이는 소생실 바닥을 물바다로 만들며 팔이 빠져라 위세척을 하고 있는데, 수화기 너머 누군가는 할리데이비슨을 타고 떠나는 가을 여행에 대해서 이야기하고 있다. 명호가 말하는 모든 것이 다른 세계에서 벌어지는 이야기처럼 아득했다.

"거기서 뭐 해? 왜 멍 때리고 있냐. 중환자실 자리 만들었으면 오더 내."

진우가 내게 소리쳤다. 위세척이 끝난 후에 나현은 중환자실로 올라갔다. 중환자실로 올라갈 때까지도 인승은 돌아가지 않고 응급실에 있었다. 어차피 전원을 따라오면서 당직 근무를 바꿨기 때문에 서둘러 돌아갈 필요가 없다고 했다.

"친구가 오려면 시간이 좀 걸리겠죠?"

인승이 전화할 때와는 사뭇 다른 밝은 목소리로 내게 물었다.

"재밌는 얘기 하나 해 드릴까요?"

뭔가를 말하고 싶어서 근질근질한 표정이었다.

"얘기해 봐."

"손나현을 발견한 건 남자 친구예요. 약을 먹었는데 남자 친구가 발견했다. 뭐, 이런 경우 십중팔구는 남녀상열지사죠. 그다음은, 선생님도 이미 눈치챘죠?"

인승이 슬쩍 내 눈치를 살폈다. 나는 '뭘?' 하는 표정을 지었다. 신이 난 인승이 약물중독 환자를 수백 명 정도는 본 것 같은 전문가 말투로 자신이 알아낸 '재밌는' 얘기를 줄줄 얘기했다.

최근에 나현은 남자 친구 부모가 둘이 사귀는 것을 심하게 반대해서 괴로워했다. 그래서 고민 끝에 자살하기로 했다. 남자 친구를 사랑하지만 남자 집에서는 반대가 심하고 자신이 할 수 있는 건 아무것도 없으니 극단적인 선택을 하기로 결심한 것이다. 대략 이런 내용이었다.

"그게 다야?"

내가 시큰둥한 반응을 보였다.

인승은 약간 당황한 표정이었다.

"내가 하나 물어보자. 환자 보면서 이상한 점?"

"음, 여대생이 농약을 선택한 건 좀 특이하네요."

인승이 머뭇거리다 대답했다.

"그거 말고."

내가 고개를 가로저었다. 인승이 윤호를 쳐다보았지만 둘 다 아무 대답도 하지 못했다.

"Juliet이라는 영문이 쓰여 있던 분홍색 옷 말이야. 그 옷 어때? 여대생의 외출복처럼 보여? 남자 친구를 만나기로 한 여학생이 그런 후 줄근한 옷을 입고 약속 시간에 집에 있었다고? 이상하잖아. 과연 그 옷으로 남자 친구를 만나려고 했을까? 그리고, 남자 친구가 자취방을 찾아간 타이밍도 너무 빠르고. 삼십 분? 나라면 좀 더 기다리거나 집으로 전화를 했을 거야. 뭔가 숨기는 게 있는 거지. 확실해."

인승의 눈빛이 반짝거렸다.

"그게 뭔데요?"

옆에서 듣고 있던 윤호가 말했다.

"남자 친구와 약속을 했지만 나갈 생각이 없었거나 약속 자체가 없었겠지. 그리고 남자 친구는 손나현이 어떤 일이 벌어질지 미리 알고 있었어. 그러니까 그렇게 빨리 집으로 갔겠지."

"자살할 걸 알았나? 그럼, 처음부터 자취방에 가서 말렸을 것 같은데……."

윤호가 말했다.

"말릴 수가 없었겠지. 원래 계획은, 음…… 동반자살이었으니까. 남자 친구는 생각을 바꿨기 때문에 여자 친구 집에 시간 맞춰서 갈 수 없었던 거야. 남자 친구가 오지 않자 손나현은 약을 먹을 수밖에 없었겠지. 어차피 최악의 결말은 남자 친구와 헤어지는 거였으니까."

내가 말했다. 인승이 손바닥만 한 검은색 수첩을 꺼냈다.

"그건 뭐냐?"

내가 검은색 수첩을 가리키며 물었다.

"창작 노트요. 나중에 드라마 쓸 때 참고하려고요."

인승이 볼펜으로 노트에 뭔가를 열심히 끄적거렸다.

"와, 이 모든 걸 진짜 추리로 알아낸 거예요?"

윤호가 물었다.

"그럴 리가. 남자 친구랑 면담을 좀 했지. 동반자살을 계획했다는 건 직접 들었어. 겁을 좀 주니까 그냥 술술 얘기하던데."

내가 약간 거들먹거리며 말했다.

"동반자살이라, 훌륭해요. 나중에 박상훈을 주인공으로 하는 의학 미스터리 하나 써 드릴게요."

"명탐정 박상훈? 오, 좋은데."

내가 말했다.

"아뇨. 연쇄 살인마 박상훈이요."

인승이 낄낄거렸다.

"혼자서 농약을 먹는 건 플랜 비였던 거네요. 진짜 죽으려고 했나 봐요. 명색이 화학과 학생이니까 이러저러한 자료를 찾아봤을 거 아니에요? 죽는다는 것도 알았겠죠."

윤호가 말했다.

"그래도 오르가노 포스페이트를 선택한 건 독했어."

내가 말했다.

"그라목손을 먹은 것보다는 낫잖아요. 훌륭한 의사를 만나서 생명을 건질 수 있었으니까."

인승이 말했다.

"훌륭한 의사? 누구?"

내가 뭔가를 기대하는 눈빛을 보내며 물었다.

"누구긴요, 저죠. 제가 라비지 튜브로 위세척도 해 주고 큰 병원으로 제때 옮겨 줘서 살았잖아요."

인승이 전혀 주저하지 않고 말했다. 위세척? 레빈 튜브를 넣다가 실패했다고 하지 않았나. 나현의 코가 유난히 빨갛고 부어 있었던 게 생각났다.

"그렇게 훌륭한 의사 선생님이시라서 라비지 튜브를 코로 넣었나?"

내원 당시에 나현의 코 주변이 벌겋게 부어 있던 건 위세척용으로 사용하는 굵은 라비지 튜브를 코로 억지로 넣으려고 했기 때문이었다.

"그거, 입으로 넣는 거였어요? 어쩐지……."

인승이 깜짝 놀라며 말했다.

"내가 코로 라비지 튜브 한번 넣어 줘 볼까?"

내가 일어서서 다가가자 인승이 벌떡 일어났다. 팔을 주무르면서 나와 인승의 이야기를 듣고 있던 윤호가 웃음을 터트렸다.

나현은 나흘 정도 약물치료를 받고 나서 모든 증상이 좋아졌다. 닷새째에는 기도삽관을 제거하고 일반 병실로 갈 예정이었다. 하지만 기도삽관을 제거한 다음 날 갑자기 호흡곤란을 호소했다. 삽관을 다시 하고 기계환기 치료를 다시 시작했다. 유기인제 농약 중독 환자 중에서 일부는 증상이 좋아진 후에 다시 호흡근 마비와 같은 근위부 근육마비가 생기는데, 이를 중간형 증후군이라고 한다. 중간

형 증후군이 생긴 후 열흘 정도 더 중환자실에서 기계환기 치료를 했다. 이틀 전에 삽관 튜브를 다시 제거했으니 오늘 오전까지 괜찮으면 일반 병실로 보낼 계획이었다.

첫날 남자 친구는 나현이 중환자실로 올라간 후 삼십 분 정도가 지나서 약병을 가지고 응급실에 나타났다. 클로르피리포스(chlorpyrifos)가 주성분인 '강타자'라는 유기인제 농약이었다. 남자 친구는 그날 이후로 매일 같은 시각에 중환자실 입구에 망부석처럼 서 있었다.

나현의 부모는 제주도에 있었고 비행기를 타고 와야 했기 때문에 자주 면회 오는 것이 어려웠다. 생업을 매번 손 놓고 와야 했기 때문이었다. 결국 남자 친구가 보호자의 역할을 맡기로 했다. 환자 상태에 대해서 남자 친구에게 설명해 주는 것에도 동의했다. 동의보다는 부탁에 훨씬 가까웠지만.

"밖에 매일 서 있는 사람이 손나현 환자 남자 친구라면서요?"

은미가 물었다. 내가 고개를 끄덕였다.

"거의 매일 오던데. 남자 친구가 말 그대로 매일 '아이 씨 유' 하네요."

은미 옆에 앉아 있던 간호사가 말했다.

"그건 또 무슨 소리야?"

은미가 물었다.

"아, 선생님은 모르시는구나. 선생님이 중환자실로 오시기 전에 외과랑 회식하는 자리에서 정수 선생님이 '아이씨유(ICU)' 환자는 매일 '아이 씨 유'를 해야지 좋아진다고 했어요. '아이 씨 유'만 해도 좋아진다고 했던가?"

간호사가 고개를 갸웃거렸다.

"아이씨유 환자를 '아이 씨 유' 한다는 게 무슨 소리야?"

"뒤의 아이 씨 유는 인텐시브 케어 유닛의 약자가 아니라 내가 너를 본다는 의미예요. 중환자실 환자는 매일 봐야지 좋아진다는 뜻인 거죠 뭐. 근데, 말장난이지만 멋지죠? '아이씨유' 환자는 '아이 씨 유'를 해야 한다."

"그러게. 멋있는 말이네."

은미의 목소리에서 애써 무덤덤해지려는 노력이 느껴졌다. 은미는 한 달 전에 외과병동에서 중환자실로 옮겼다. 시시콜콜한 걸 물어볼 만큼 친한 사이는 아니었기 때문에 이유를 물어보지는 않았지만 어느 정도 짐작이 갔다. 정수는 한 번 마음을 정하면 이후에는 조금의 여지도 주지 않는 성격이었다. 마음에는 선이 없다. 확실하게 선을 그은 정수를 대하는 것이 쉽지 않았을 것이다.

"진짜 지극정성이네. 나라면 여자 친구가 너무 무서울 것 같은데."

간호사가 혼잣말하듯 중얼거렸다.

"왜?"

은미가 물었다.

"여자애가 얼마나 독하면 수면제도 아니고 농약을 사다가 마셔요? 제가 남자 친구라면 무조건 끝이에요. 저렇게 독한 여자애랑 사귀면 신세 망치기 딱 좋다니까요. 선생님은 어떻게 생각하세요?"

간호사가 말하는 중간에 몸서리를 치면서 말했다. 은미가 '쉿' 하는 입 모양을 하면서 손가락을 입술에 갖다 댔다.

"환자 듣겠어. 이제 기도삽관도 제거했고 의식도 깼으니까 조용히 말해."

"선생님은 어떻게 생각하시냐고요?"

간호사가 몸과 목소리를 잔뜩 낮춰서 다시 물었다. 은미의 대답 소리가 너무 작아서 들리지 않았다.

"손나현 환자는 오늘 일반 병실로 옮기나요?"

은미가 물었다.

"네."

나는 나현의 경과기록지를 마무리하고 있었다. 전화가 울렸다.

"무슨 환자야?"

전화를 끊자 은미가 물었다.

"이름은 이광준이고 2주 전에 약물중독으로 입원했다가 퇴원한 환자래요. 어, 응급의학과네요. 그럼 아시겠네. 혹시, 기억 안 나세요?"

이광준? 누구더라.

"어디가 안 좋은데요?"

내가 물었다.

"사흘 전에 호흡기 내과 외래로 와서 입원했는데 어제부터 숨이 심하게 차다고 그랬대요. CT 촬영을 했는데 폐가 엉망진창인가 봐요."

광준은 나현이 입원하던 날 내원했던 그라목손 중독 환자였다. 내원 당일에는 모두가 나현에게 매달려 있어서 아무도 그에게 신경을 쓸 수 없었다. 사실, 신경을 쓴다 한들 달리 할 수 있는 것도 없었지만.

광준이 입원한 다음 날 2년 차 성혁이 광준이 왜 입원했는지를 물었다. 환자가 내원한 경위를 간략하게 설명했다. 내 얘기를 다 듣고 나더니 고개를 갸웃거렸다.

"민 교수님이 아무 말씀 안 하셨니?"

성혁이 내게 물었다.

"별 얘기 안 하시던데요?"

"그래? 환자는 입원해서 뭘 하고 있는데?"

성혁이 다시 물었다. 대답을 하려고 보니 딱히 할 말이 없었다. 검사라고 해 봐야 첫날 다 했고 크레아티닌도 내원 당일만 하고 안 했으니 엄밀히 말하면 환자가 지금 하고 있는 거라곤 병원에서 밥 먹고 자는 것뿐이었다.

"지금 이 시점에서는 아무것도 하는 게 없을 것 같은데. 딱히 할 것도 없고. 일부 병원에서는 대용량 비타민과 스테로이드를 쓰기도 하는데 2주나 지난 환자에게 쓰는 건 좀 이상한 것 같고, 그렇다고 별다른 치료 계획이 있는 것도 아닌 것 같은데…… 다브다*를 확인하려고 입원시킨 건 아니잖아."

성혁이 말했다.

다음 날 아침에 환자파악을 하러 올라갔다.

"선생님! 뭐 좀 여쭤봐도 될까요?"

---

* 죽음을 앞둔 환자들이 겪게 되는 단계. DABDA. 부정(Denial), 분노(Anger), 거래(Bargaining), 우울(Depression), 수용(Acceptance).

병실을 나갈 때 광준이 나를 불렀다.

"저는 왜 병원에 있는 건가요?"

광준이 나를 빤히 쳐다보면서 물었다. 갑작스러운 질문에 말문이 막혔다. 표현만 조금 달랐지 성혁이 내게 물어본 질문과 똑같았기 때문이다. 왜 입원해 있는 걸까? 적당한 답이 생각나지 않았다. 의사들이 무슨 짓을 한다고 해도 환자는 결국 죽을 것이고 그걸 막기 위해서 병원에서 할 수 있는 건 아무것도 없다. 그럼, 대체 왜 병원에 있는 거지? 치명적인 약을 먹어서 죽을 가능성이 매우 높으니까? 아니면, 신장기능과 폐기능이 얼마나 망가지고 있는지를 확인하기 위해서? 아무리 생각해도 적절한 답변이 생각나지 않았다.

"솔직하게 대답해 주세요. 알고 계신 거 전부 다요."

광준은 정중하지만 단호했다. 나는 그라목손은 사망률이 70퍼센트가 넘는 치명적인 약이고, 폐섬유화와 신기능 장애를 일으키고, 현재 환자의 신장기능이 조금씩 나빠져 가고 있다는 설명을 두서없이 늘어놓았다. 말하고 있는 나 자신이 듣기에도 너무나도 절망적이고 무책임한 설명처럼 들렸다.

"그렇군요. 제가 먹었던 건 박카스가 아니라 치명적인 농약이었고, 저는 그걸 먹자마자 뱉었는데도 죽어 가고 있군요. 느리게, 너무 느려서 죽어 가는 나 자신도 모를 정도로 느리게. 게다가 나빠지는 걸 막기 위해서 이 병원에서 할 수 있는 건 아무것도 없고요."

광준이 감정을 억누르며 말했다.

"결론적으로, 어차피 뭘 해도 죽을 거라는 얘기네요. 씨발! 전 왜 이렇게 천천히 죽어 갈까요? 차라리 그 약을 벌컥벌컥 마실걸 그랬나 봐요. 어차피 죽을 거잖아요. 무슨 개지랄을 떨어도 어차피 죽을 거라고요. 어차피, 어차피, 어차피! 대체 이따위가……."

광준이 손목에 채운 이름 태그를 홱 뜯어서 바닥에 패대기쳤다. 씩씩대던 광준의 숨소리가 거칠어졌다가 천천히 잦아들었다. 베개에 얼굴을 묻고 조용히 흐느꼈다. 나는 모노드라마를 보러 온 소극장의 관객처럼 침대 앞에 우두커니 서서 지독하게 천천히 죽어 가는 '주인공'의 독백을 끝까지 들었다. 어떤 위로의 말이나 설명이 끼어들 여지가 없었다.

"솔직하게 얘기해 주셔서 감사합니다."

절을 꾸벅하더니 침대에 누웠다. 광준은 다음 날 아침에 퇴원했다. 공교롭게도 퇴원하는 날 아침, 회진을 돌 때 나현이 다시 호흡곤란을 호소해서 중환자실에서 기도삽관을 했고 나는 그 후로 광준을 까맣게 잊어버리고 있었다.

그게 벌써 2주나 됐구나. 오후 회진 준비를 위해서 일반 병실로 옮긴 나현을 보러 갔다. 병실에는 나현과 남자 친구가 다정하게 손을 잡고 무언가를 얘기하고 있었다. 둘의 다정한 모습을 보는 동안 마음 한구석이 이상하게 불편했다. 나현은 죽기 위해서 약을 먹었는데 멀쩡히 살아 있고, 그토록 살고자 했던 광준은 폐와 신장이 서서히 망가지면서 무기력하게 죽어 가고 있다. 살려고 찾아온 모든 환자에게 최선을 다해야 한다는 내 말은 한낱 공염불에 불과했다. 광준에게 할 수 있었던 최선은 뭐였을까. 환자를 위해서 할 수 있는 게 아무엇도 없을 때, 무얼 해야 할까?

그는 지금 어떤 상태일까 궁금했다. 어차피 한 층만 내려가면 중환
자실이다. 내려갈지를 잠깐 고민했다. 응급의학과로 입원했을 때는
아무 관심도 없다가 다른 과로 입원을 하니까 관심을 갖는 게 대체
무슨 심보냐고 하겠지만, 간호사가 광준에 대해서 물어봤을 때부터
그가 예전에 했던 질문이 귓가에서 계속 맴돌았다. 한 층을 내려갔
다. 중환자실 앞에 삼십대 정도로 보이는 여자 한 명과 이제 막 걸음
마를 시작한 것 같은 아기가 보였다.

"이광준 씨 보호자분!"

중환자실 간호사가 보호자 출입구 옆 쪽문을 열고 나와서 보호자
를 찾았다. 여자가 일어나서 중환자실 정문 쪽으로 걸어갔다. 벤치
주위를 아장아장 걸어 다니던 아이는 엄마가 들어서 안으려고 하니
까 버둥거리면서 저항하다가 '앙' 하고 울음을 터뜨렸다. 광준의 가
족이구나.

나는 중환자실로 들어가지 않고 그들 뒤에 우두커니 서 있었다.
가족이 있었구나. 광준은 환자이기 이전에 한 여자의 남편이었고 이
제 막 아장아장 걷기 시작한 아이의 아빠였던 것이다. 이상하게도
나는 광준이 크레아티닌 1.7인 그라목손 약물중독 환자라는 사실로
부터 단 한 발짝도 벗어나서 생각을 해 본 적이 없었다. 약물중독
'환자' 이광준에 대해서만 생각해봤을 뿐 남편이고 아빠인, 그리고
누군가의 아들인 '인간' 이광준에 대해서는 한 번도 생각해 본 적이
없었던 것이다.

처음으로 '인간' 이광준에 대해서 생각했다. 광준은 아무것도 선택할 수 없었던 무차별적인 운명의 희생자였다. 치명적인 독약을 어처구니없는 이유로 먹게 되었지만, 그 누구도 원망할 수 없는, 지독하게 느리게 죽어 가는 희생자. 여자는 간호사의 설명을 들은 후에 아이를 바닥에 내려놓고 한동안 그곳에 우두커니 서 있었다. 바닥으로 내려온 아이는 엄마에게 손을 잡힌 채 아프다는 단어와 비슷한 말을 웅얼거렸다. 처음에는 분명치 않은 웅얼거림처럼 들리던 아이의 말이 점점 더 또렷하게 들렸다. 아-프, 아푸, 아프다, 아프다, 아프다. '아프다'라는 단어 속에 세 사람의 아픔이 고스란히 담겨 있는 것만 같았다.

응급실이 어수선했다. 마취과 레지던트들이 여러 명 있었다. 성혁이 마취과 사람들과 무언가를 얘기하고 있었다. 무슨 일이지? 스테이션에 있던 간호사들이 나를 쳐다보았다.

"박상훈 선생님."

윤호가 머뭇거리면서 내 쪽으로 다가왔다. 혹시, 들으셨어요? 잠시 내 눈치를 잠깐 살폈다.

"이명호 선생님 어머님께서 응급실에 오셨어요."

"왜?"

내가 물었다. 윤호가 다시 내 눈치를 살폈다.

"이틀 전에 사고가 났대요. 자세한 사고 경위는 저도 못 들었어요. 할리데이비슨 동호회 회원끼리 드라이브를 하는 중에 사거리에서 신호 대기를 하고 있었는데, 뒤에서 오던 차가 이명호 선생님을 받았나 봐요. 그쪽 병원에 도착했을 때는 이미 디오에이*였대요. 시신이 오늘 오후에 도착했어요. 어머님이 장례식장에서 실신을 하셔서 응급실로 옮겼어요. 시신이 너무 많이 훼손됐다고 하더라고요."

"응급실은 내가 보고 있을 테니까 장례식장에 갔다 와라."

성혁이 내 등에 손을 얹었다. 명호 어머님이 누워 계신 곳을 한참 동안 멍하니 바라보았다. 어딘가에서 중환자실 앞에서 들었던 아이의 웅얼거림이 느리고 나지막하게 들렸다. 아-ㅍ, 아푸, 아프다.

---

* 도착 시 사망한 상태.

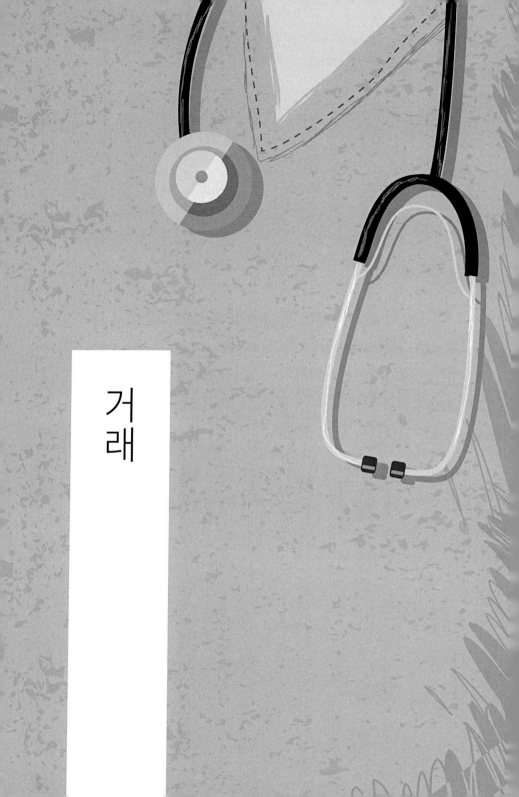

거래

...

"원재 방에 있는 우리 물건을 안방으로 옮겨 줘."

민서가 내게 말했다. 민서는 원재 책장에 있는 우리 짐을 안방으로 옮기고 싶어 했다. 우리 물건이 책장 여기저기에서 자리를 많이 차지하고 있어서 여유 공간이 별로 없었기 때문이다. 하지만 정리할 타이밍을 잡는 게 쉽지 않았다. 중학생이 된 원재가 부모가 자신의 방에 들어오는 것을 극도로 싫어했기 때문이다. 참, 무슨 비밀이 그렇게 많은 건지. 원재가 제주도 여행을 가서 없는 이때가 절호의 기회였다. 근데, 내일 정리하기로 하지 않았나? 추모집에 실을 설문 내용을 정리하고 있던 나는 일어나서 원재 방으로 갔다.

"다음 주에 할 거라고 하지 않았어?"

내가 물었다. 원재 방 컴퓨터 책상 위에는 필기구와 책, 음료수 캔이 어질러져 있었고 바닥에는 가방과 참고서가 내팽개쳐져 있었다.

"아까 낮에 인솔 선생님이 전화하셨는데 원재를 조금 일찍 집으로 보내도 되겠냐고 여쭤보셨어. 확실하게 결정되면 출발하기 전에 다시 연락 주신대."

민서가 상자 속 물건들을 확인하면서 말했다.

"왜?"

"어제부터 눈이 충혈돼서 시내에 있는 안과에 갔는데 전염성 눈병은 아니라고 그랬대. 선생님 입장에서는 전염성이 아니라고 했어도 불안하신가 봐. 그쪽 안과에서 심각하게 얘기한 거 아니니까 별거 아닐 거야. 그리고 무릎도 까져서 상처 소독도 해야 하나 봐."

"무릎은 어쩌다?"

"축구하다가 넘어졌나 봐. 집에서 가져간 걸로 드레싱했대."

"뭘 가져갔는데?"

"집에 있던 거. 저번에 당신한테 얘기했잖아."

대충 방 정리를 하고 나니 저녁 11시였다. 휴대폰이 울렸다. 경희였다.

"박상훈 씬가요?"

남자 목소리였다. 잔뜩 긴장한 목소리였다.

"예, 그런데요?"

내가 조심스럽게 대답했다.

"윤경희 씨가 다쳤습니다. 도움이 필요합니다."

남자의 목소리가 다급했다. 수화기 너머가 소란스러웠다. 잠시 사람들의 웅성거리는 소리와 사이렌 소리가 더 크게 들렸다.

"제가 얘기할게요."

곧이어 나이 든 여자의 목소리가 소음 사이로 끼어들었다.

"여보세요, 여보세요? 저기요, 잠깐만요. 이름이…… 연? 윤? 경희, 윤경희, 맞죠? 차에 치였어요. 많이 다쳤어요. 여기 구급차가 도착했는데 근처 응급실이 모두 찼대요. 멀리 떨어진 병원으로 가야 한대요. 맞죠?"

거래   217

아마도 구급대원에게 물어보는 듯했다.

"예, 그런 거죠? 감사합니다. K병원이라고요? 원하지 않는대요. 맞죠? 거기 안 가신다는 거죠? 밤늦게 죄송합니다. 선생님께 갈 만한 병원을 여쭤봐 달라는데요. 어떡할까요? 네?"

나이 든 여자가 말했다. 상황 파악이 잘 되지 않았다. 수화기 너머는 너무 시끄러웠고 자세한 것을 물어보기에는 상대방은 정신이 없는 것 같았다. 어쨌든 경희가 말을 할 수 있는 상황인 걸 보니 그나마 다행이라는 생각이 들었다. K병원에서 두 블럭 떨어진 곳에 인승이 일하는 병원이 있었다.

사고 다음 날 어느 정도 다쳤는지 걱정이 돼서 인승에게 전화했다. 내원 당일은 뇌출혈량이 많지 않고 의식도 비교적 명료했지만 다음 날 아침 의식이 떨어져서 브레인 CT를 다시 촬영했다고 했다. 전날보다 출혈량이 증가해서 중환자실로 옮겨졌고 현재는 기도삽관을 하고 기계환기 치료 중이었다. 신경외과에서는 경과를 보면서 수술 여부를 결정할 거라고 했다. 오른쪽 전완부와 대퇴부 골절도 있었다. 정형외과적인 문제만으로도 회복되려면 석 달 이상 걸릴 거라고 했다.

"음주운전? 아닐걸. 윤경희가 피해자야. 도로에 서 있다가 뒤에서 오던 승용차에 받혀서 다친 거라고 하던데?"

인승이 말했다. 경희가 피해자라고? 인승에게 가해자의 연락처를 알아봐 달라고 했다. 그다음 날 인승이 내게 연락처를 알려 줬다. 전화번호를 받고 나자 조금 망설여졌다. 만약 누군가가 경희를 죽이려고 한 거라면? 순간적으로 오싹한 느낌이 들었다. 하지만 병원에 자신의 번호를 알려 준 걸 보면 너무 경계할 필요는 없을 것 같았다. 망설이다가 연락을 해서 약속을 잡았다. 가해자가 입원하고 있는 병원 근처의 커피숍에서 만나기로 했다.

만나러 가는 길에 사고가 난 주차장을 들렀다. K병원은 병원 주차타워 안에는 여유가 없었기 때문에 직원들은 백 미터 정도 떨어진 공용 주차장에 주차를 했다. 공용 주차장 건물은 대형 마트와 길 하나를 사이에 두고 떨어져 있는 별도의 건물이었고 지상 3층과 지하 2층으로 이루어져 있었다. 지하에서 나오는 출구 쪽 도로에 은색 락카로 사고 지점이 표시되어 있었다. 주차장 주변에는 노상 주차를 한 차량들이 많아서 주차장에서 빠져나올 때 항상 주변을 잘 살펴야 했다. 대형 마트와 주차장 사이에 있는 도로에서는 신호 때문에 가끔 속도를 내는 차들이 있어서 사고가 나는 일이 종종 있었다. 주차관리소에 들러서 사고 당일 근무했던 직원을 만나려고 했지만 만날 수 없었다. 사고가 발생한 시간에는 주차장 직원은 모두 퇴근하고 없었다.

사고를 낸 사람은 칠십대 정도로 보이는 남자였다. 얼굴에 근심이 가득했다. 환자복을 입고 있어서인지 초췌한 모습이었다. 부인이 옆에 함께 있었다. 외상후 스트레스 장애로 정신과 병원에 입원 중이라고 했다. 잔뜩 상상하고 있던 살인 청부업자와 외상후 스트레스 장애라는 질병이 전혀 연결되지 않았다. 상상이 너무 과했나?

"그분 상태는 어떤가요?"

부인이 물었다. 인승에게 들은 게 있었지만 그대로 전할 수는 없었다. 환자의 동의 없이 환자 정보를 알려 주는 게 조심스럽다고 양해를 구했다. 두 노인이 지나치게 미안해했다. 어차피 내 상상은 헛다리였지만 이왕 만난 김에 그날 사고에 대해서 물었다.

남자는 그날을 떠올리는 것을 힘들어했기 때문에 거의 부인이 얘기했다. 사고는 단순했다. 남자가 주차장에서 빠져나오다가 출구 쪽에 경희가 서 있는 것을 보고 갑자기 브레이크를 밟는다는 게 실수로 액셀을 밟았다는 것이다. 경희는 차에 부딪힌 후에 반대쪽으로 꽤 멀리까지 날아갔다. 부인은 경찰서에서 블랙박스를 통해서 사고 장면을 확인했다.

"거기에 사람이 서 있을 줄은 꿈에도 몰랐죠."

남자가 힘없이 말했다. 남자가 물을 한 모금 마셨다.

"거기 입구에 있던 직원에게 부탁해서 여기저기에 연락했어요. 경찰서랑 119랑. 너무 정신도 없고 손도 떨리고 해서."

"윤경희 씨와 얘기를 하더니 선생님께 연락했어요. 그러고 나서 제게 전화를 바꿔 줬어요."

여자가 말했다.

며칠 후에 경희가 입원한 병원에 들렀지만 만날 수 없었다. 어차피 만난다 한들 기도삽관 상태여서 대화가 불가능했기 때문에 사고에 대한 이야기를 들을 수는 없었을 것이다. 중환자실 로비에서 남편을 만났다. 병문안을 왔던 사람들이 꽤 있었지만 모두 그냥 돌아갔다고 했다.

"근데 이상해요. 집사람은 도로에 서 있다가 사고가 났다는데 저희 차는 왜 찌그러졌을까요?"

남편이 말했다.

"이유를 물어봤나요?"

"의식이 있을 때 물어봤는데 기억 안 난대요. 주치의 말로는 사고 후에 기억 소실이 있을 수 있대요. 일부는 돌아오기도 하고 영원히 안 돌아오는 것도 있다고 하더라고요."

남편이 답답하다는 듯 한숨을 쉬었다.

"경희 씨가 직접 운전을 했나요?"

내가 조심스럽게 물었다.

"그랬겠죠. 그런데 정작 본인은 그것도 기억 안 난대요. 사고 자체를 떠올리는 걸 힘들어해서 더 못 물어봤어요. 사고에 대해서 다른 사람한테 절대로 얘기하지 말라고 신신당부했어요. 선생님이야 어차피 그날 연락을 받았으니 내용을 대충 아시겠지만."

경희가 다친 건 단순한 교통사고 같았고 누군가 개입한 흔적 따위는 전혀 없어 보였다. 하지만 두 가지가 이상했다. 경희는 왜 도로에 서 있었을까. 차는 왜 찌그러졌을까.

원재가 제주도에서 돌아왔다. 오른쪽 무릎에 파란색 젤리 모양의 드레싱 재료가 붙어 있었다. 승지에게 사용한 것과 비슷했다. 하늘색 파우치를 뒤져 보니 남아 있던 일라덤 샘플이 하나도 없었다. 원재도 레드아이 파일의 환자들처럼 상처에 일라덤을 붙인 후에 눈병이 생겼다. 이것도 우연일까?

일라덤 개발자를 만나기 위해서 비엔디에 연락했다. 하지만 일라덤을 개발한 연구소장은 몇 년 전에 불미스러운 일로 회사를 그만두었다. 대충 이유를 둘러대고 연락처를 알아냈다. 내 전화를 받은 전(前) 연구소장은 처음에는 거절했지만 계속 연락했더니 결국 만나 주겠다고 했다. 지금은 세종시에 있는 연구소에서 일하고 있는데, 주말마다 서울에 올라온다고 했다. 소장의 집 근처에 있는 커피숍에서 만났다. 얼굴에 주름이 자글자글한 오십대 초반 정도로 보이는 남자였다. 고지식하고 깐깐한 고등학교 과학 선생님 같은 인상이었다.

"처음에는 좋았지. 당시에 연봉 일억이면 꽤 괜찮은 대우였거든. 일억 중에서 팔천은 회사에서 받고 이천은 연구비에서 받는 거였소."

연구소장은 입사한 지 삼 년 만에 일라덤을 개발하는 데 성공했다. 비엔디라는 스타트업 회사를 코스닥 상장까지 시켰으니 사실상 연봉 이상의 가치를 한 것이었다.

"회사는 어떻게 그만두셨나요?"

내가 망설이다가 물었다.

"내가 순진했지. 내 연봉 중에서 이천을 연구비로 조달했다고 했잖소. 그게 문제였지. 비엔디 연구소에 입사하고 나서 국책 연구를 몇 가지 맡았소. 그 연구비에서 내 월급 이천을 충당했지. 연구비 항목 중에 검사 시약이나 재료비 항목으로 청구할 수 있는 부분이 있었거든. 그렇게 여기저기서 십시일반으로 조금씩 뺐지. 물론 불법이

지. 하지만 당시에는 그렇게 해도 된다고 생각했소. 관행이라고 생각
했으니까."

"어떻게 하는 건가요?"

"이런 걸 다시 얘기하다니 참……."

연구소장이 씁쓸하게 웃었다. 잠시 말을 끊고 커피를 한 모금 마
셨다.

"예를 들면 검사용 시약이 필요해서 구매한다고 칩시다. 원래는 판
매자에게 돈을 지불하고 직접 사야지. 그럼 아무 문제가 없소. 하지
만 그 대신 아무 돈도 안 생기지. 돈을 만들려면 그렇게 하면 안 돼.
중간 상인을 하나 만드는 거요. 직접 거래를 하면 백 원에 살 수 있
는 걸 중간 상인에게 백삼십 원에 사. 그럼 내게 삼십 원이 떨어지
지."

연구소장이 어리둥절해하는 내 표정을 금방 간파했다.

"중간 상인이 나거든."

"유령을 만드는 거군요."

내가 대답했다. 소장이 커피를 한 모금 마셨다.

"다 지난 일이고 나도 잘못한 일이라고 생각한다는 걸 알아 주쇼."

소장이 한숨을 쉬었다.

"이사장이 그만두라고 한 건가요?"

내가 물었다.

"이사장은 별 얘기 안 했소. 연구소 직원 중에 누군가가 투서를 넣
었지. 내가 연구비 횡령을 했다는 걸 찌르겠다고 했다더군. 아차 싶

었지."

"일라덤 포르테 개발에도 참여하셨나요?"

내가 물었다.

"일라덤이 반짝 잘나가다가 시들해지면서 연구소에서 내 입지도 완전히 좁아졌지. 이사장이 신제품을 개발해 보라고 하더라고. 연구비도 늘리고 연구원도 더 뽑았지. 연구원 중에 한 명이 일라덤에 키토산과 하이드로파이버를 추가하자고 했소. 난 반대했소. 전에 키토산으로 동물실험을 한 적이 있었는데 결과가 신통치 않았거든."

"그다음엔 어떻게 됐습니까?"

"이사장은 일단 계속해 보라고 하더군. 결과가 계속 안 좋으면 그때 중단하면 된다고. 근데, 실험이라는 게 객관적일 것 같지만 꼭 그렇지도 않소. 쉽게 설명하면 이런 거요. 내 월급은 이사장이 줘. 이사장은 좋은 결과를 원해. 게다가 내 월급은 남보다 많아. 이런 상황에서 내가 해야 할 일이 뭐겠소? 열심히 실험하는 거? 아니지. 그것만으론 부족해. 결과를 만들어 낼 줄 알아야 돼. 뭐, 방법이야 많지. 불리한 데이터는 이러저러한 이유로 폐기하고 좋은 결과만을 모아서 보고서를 쓰면 되니까."

소장이 잠시 말을 멈추고 손가락으로 턱을 만지작거렸다.

"그런데 나는 도저히 그렇게까지는 못하겠습디다. 이사장이 자신의 입으로 원하는 걸 말한 적은 없소. 영악한 사람이니까. 이러저러한 합병증이 나온 게 있다고 보고하면 대답이 항상 똑같았소. 다시한번 해 봐. 다시 보고해도 마찬가지였소. 알았으니까 다시 해 봐. 이

걸 몇 번 겪다 보면 이사장이 진짜 원하는 게 뭔지 알게 되지. 하지만 나는 나쁜 결과도 그냥 보고서에 썼소. 건수가 많지는 않았지만 어쨌든 기록으로 남겨야 한다고 생각했으니까. 그래서 찍혔겠지. 내가 비록 연구비 횡령을 하기는 했지만 과학자로서의 양심까지 버릴 수는 없다고 생각했소. 명색이 과학을 한다는 작자가 연구비는 삥땅치고 실험 결과마저 조작한다면…… 대체 나란 인간이 뭐요? 결국에는 나를 거치지 않고 직접 이사장에게 보고하더군."

"그러던 중에 누군가가 연구비 횡령을 고발한 거군요."

"그럴 거요. 신제품 개발을 시작하고 나서 몇 개월 있다가 쫓겨났지."

"강경준 원장은 실험에 어느 정도나 관여를 했나요?"

"글쎄. 강경준은 최종적인 결과만을 봤기 때문에 내가 올린 보고서를 보지는 못했을 거요. 연구원이 손을 본 결과만 봤겠지."

연구소장은 연봉은 적지만 지금 연구소 일에 만족한다고 했다. 해고된 초기에는 화가 많이 났지만 지금은 아무 감정도 없다고 했다. 자기도 잘못한 게 많았다고. 소장에게 뭔가를 얘기하고 싶었지만 관뒀다. 연구소장과 같은 방식으로 해고된 사람이 한 명 더 있었다. 수원병원 원무과장. 이사장이 직접 개입했다는 증거는 없었지만 과정은 비슷했다. 이사장의 의견에 반기를 들고, 부하 직원의 고발로 궁지에 몰리고, 불명예스럽게 직장에서 쫓겨나고. 문득 지금 연구소장이 누군지 궁금해졌다.

경희가 사고를 당한 지 두 달이 지났다. 경희는 중환자실에서 열흘 정도 치료하고 상태가 좋아져서 일반 병실로 옮겨졌다. 정형외과 수술을 받고 재활 중이었지만 여전히 다른 사람을 만나지 않았다. 승지는 일주일 동안 중환자실에 있다가 일반 병실로 옮겨졌다. 그 이후로는 특별한 문제가 없어서 곧 퇴원할 예정이었다. 원재의 눈병은 일주일이 채 못 돼서 완전히 좋아졌다. 가끔씩 경희가 내게 최종적으로 넘기고자 한 파일이 뭐였을까를 상상했다. 레드파일 속 환자들과 일라덤의 관계를 알려 주고 싶었던 것일까? 어쩌면 그것이 그녀가 당한 사고와 관련이 있을 수도 있었다. 열다섯 명의 의무기록을 모두 확인할 필요가 있었지만 불가능했다. 서버가 여전히 수리 중이었기 때문이다. 비엔디 전산팀은 여전히 병원 서버를 고치지 못했고 행정 부원장은 정확한 이유를 몰랐다. 참, 언제부턴가 피켓 시위를 하던 규현이 보이지 않았다.

아침에 출근해서 의사실에 들어가니 방문에 포스터가 붙어 있었다. 상단에 '새 병원 건립을 위한 컨퍼런스'라는 문구가 눈에 들어왔다. 벌써 다음 주구나.

새 병원 건립을 위한 컨퍼런스

장소: OO 연구복합단지 컴플렉스

일시: 2016년 10월 **일 오전 11시

"경영회의에 참석해야 해서 지금 퇴근한다."

경준이 문 쪽으로 걸어가면서 말했다.

"다음 주에 컨퍼런스 가는 거 내 기차표도 끊었지?"

"요즘 운전 안 하세요?"

내가 물었다.

"너무 안 걸어 다니는 것 같아서 지하철 타고 다녀."

경준은 수고하라는 말을 하고 방문을 나섰다. 표정이 어두웠다. 저번주 경영 회의 때 이사장과 의견 충돌이 있었다.

"그건 안 돼. 앞으로 돈 나올 데가 서울 병원, 비엔디, 정부지원금이잖아. 일라덤과 일라덤 포르테가 잘나가고 있지만 신제품 개발이 없으면 언제 시들해질지 몰라. 중증화상센터 지원금은 아직까지 확실하지 않고. 이런 마당에 가장 확실한 자금원인 서울 병원을 축소 이전하겠다고? 누구 생각이야!"

행정 부원장이 발표를 마치자 이사장이 언성을 높였다. 원래 평소와 같은 회의 분위기라면 이사장 말에 모두 고개를 끄덕거리면서 회의가 끝났을 것이다.

"제 생각입니다. 단기적으로 보면 이사장님 말씀이 맞습니다. 하지만 장기적인 플랜을 짜야 할 때입니다. 전국적으로 중증화상 환자는 계속 줄고 있어요. 서울 병원 중환자실도 오 년 전이랑 비교하면 반토막이 났습니다. 앞으로도 마찬가지일 겁니다. 새 병원에 집중하려면 서울 병원 규모를 줄일 수밖에 없습니다. 아니면 우리끼리 작아진 파이를 두고 경쟁하는 모양새가 됩니다."

경준이 조심스럽게 말했다. 회의실이 조용해졌다. 회의에 참석한 모든 사람이 걱정스럽게 경준을 쳐다보았다.

"미래가 불확실한 병원에 투자하기 위해서 돈 잘 벌고 있는 병원을 줄이라고? 그건 어느 나라 셈법이야! 간호과장 얘기 좀 해 봐."

이사장이 말했다. 이사장의 말 속에서 무언의 압력이 느껴졌다. 간호과장과 행정 부원장이 차례대로 의견을 얘기했다. 들으나 마나 한 의견이었다. 환자가 늘 것 같으면 현상 유지가 좋고 계속 감소 추세면 줄이는 게 좋겠다는 식의.

"지금 당장 서울 병원 규모를 줄이자는 건 아닙니다. 하지만 단계 적으로 줄여야 합니다. 그래야지만 전체 역량을 새 병원에 집중할 수 있습니다. 아시겠지만 정부지원금을 받을 가능성을 조금이라도 높이려면 시설 수준이 어느 정도 이상이어야 합니다. 서울 병원 수 준으로 지어서는 한경대 화상센터한테 밀릴 수밖에 없어요. 시설에 서 압도적인 모습을 보여 줘야 합니다."

"위험해. 내 목표는 무조건 십 년 버티는 거야. 그때 되면 새 병원 부지를 팔거나 담보를 잡힐 수 있으니까. 중증화상 센터로 지정되면 야 좋겠지. 최선을 다해야겠지만 그게 전부여서는 안 돼. 다시 생각 해 봐."

이사장이 끙 소리를 냈다. 이사장이 벌떡 일어나서 나가면서 회의 는 끝났다. 두 사람이 이 정도로 의견 대립을 보인 건 처음이었다.

아직 외래 시작까지는 삼십 분 정도가 남았다. 최근에 연구소장으 로부터 일라덤 제품 설명서를 받았다. 일라덤의 원료는 틸라피아라

는 물고기였다. 대만산 틸라피아가 주원료였다. 틸라피아를 검색창
에 써넣었다. 아랫줄에 연관 검색어가 보였다. 3도 화상, 틸라피아
다이어트, 틸라피아 회 등등.

틸라피아: 아프리카 동남부가 원산인 물고기
표준명: 틸라피아
속명: 역돔, 태래어
학명: Tilapia mossambica
영어명: 틸라피아(Tilapia)

역돔? 포모사 펀 코스트 화재 이후로 대만 정부에서 역돔 수출을
전면 금지시켰다는 종훈의 말이 떠올랐다. 일라덤의 원료가 역돔이
었구나.

일라덤이 눈병과 아나필락시스의 진짜 원인일까? 승지와 원재를
생각하면 그럴 가능성이 컸지만 여전히 몇 가지가 의문스러웠다. 첫
번째, 일라덤을 쓰던 시기 중 왜 특정한 시기에만 눈병 환자가 발생
했을까? 만약 일라덤이 원인이라면 일라덤을 사용하던 모든 시기에
서 어느 정도 비슷한 빈도로 환자가 발생해야 한다. 하지만 경희가
조사한 바로는 2011년 6월 이후에는 눈병 환자는 한 명도 없었다.
두 번째, 2011년 6월 이후로는 눈병 환자가 한 명도 없었는데 왜 갑
자기 승지에게 생겼을까? 마지막으로, 승지에게는 왜 훨씬 심한 알러
지 반응이 발생했을까?

외래가 시작할 시간이었다. 1층 외래로 올라와서 컴퓨터를 켜니 전산 서버를 고쳤다는 공지 팝업창이 떴다. 이제 레드아이 파일 환자들의 전자의무기록을 확인할 수 있게 됐다.

"첫 환자가 그 환자네요."

외래 간호사가 말했다.

"누구요?"

내가 물었다.

"눈병 때문에 의료 소송 건 환자 있잖아요."

"뭐 때문에 왔는데요?"

"진단서와 수술기록지를 받으러 왔대요. 소송 준비 때문에 필요한 걸까요?"

"글쎄요. 환자를 봐야 되나요?"

"아니요. 그냥 서류만 가지고 갈 건가 봐요."

간호사는 원무과에 이전 서류가 있으니 재발행해 주라고 전화를 했다.

"윤경희는 퇴원했어요?"

"아직 못 했어요."

"음주 운전 한 거 맞죠? 병원 사람들이 다 그렇게 알고 있어요."

간호사가 내 표정을 유심히 살폈다.

"그날 같이 있었던 거 아니에요?"

내가 물었다.

"끝까지 있지는 않았어요. 그날 전화 받고 나서 남편 만나러 간다고 술 마시다 말고 서둘러 갔거든요. 운전을 안 할 수 없었을 텐데……."

외래 간호사가 말끝을 흐렸다. 경희가 음주 운전을 했다는 소문을 누가 냈는지 왠지 알 것 같았다.

접속해서 규현의 수술기록지를 확인했다. 수술기록지에는 공여부 드레싱 칸에 일라덤이 아닌 다른 재료가 쓰여 있었다. 그렇다면 일라덤이 원인이 아닌가? 약간 실망하면서 창을 내리려 하다가 문득 수술기록지가 왠지 좀 어색하다는 느낌이 들었다. 예전의 그 느낌이었다. 뭐라고 딱 꼬집어 말할 수는 없지만, 조금 낯설었다. 왜 그럴까. 컴퓨터 화면을 한참 동안 뚫어져라 쳐다보았다.

"과장님?"

간호사가 조심스럽게 나를 불렀다.

"대기 환자가 많은데요. 불러도 될까요?"

점심을 먹고 나서 의사실로 왔다. 승지의 수술기록지를 확인했다.

공여부: 일라덤.[*]

레드아이 파일 속에 들어 있는 환자들의 수술기록지를 차례대로 확인했다.

---

[*] 자가피부이식을 할 때 피부를 제공하는 부위인 공여부를 일라덤이라는 재료를 이용해서 드레싱했다는 의미이다.

공여부: 에이지 덤

공여부: 에이지 덤

공여부: 아쿠아셀 에이지

공여부: 에이지 덤

공여부: 아쿠아셀 에이지

공여부: 아쿠아셀 에이지

파일에 있는 여섯 번째 환자까지 확인했을 때 나는 오전에 수술기록지에서 느낀 어색함의 이유를 알 것 같았다. 최근에 수술을 한 환자의 수술기록지와 비교해 보니 차이가 더 분명해졌다.

공여부: 에이지 덤.

공여부: 아쿠아셀 에이지.

수술기록을 누군가가 고쳤다. 한 명도 아니고 열다섯 명의 기록을. 한 명은 우연일 수 있지만 열다섯 명이 우연일 수 있을까?

"과장님."

수술실 간호사가 복도에서 나를 불렀다.

"제가 어제 재고 장부를 확인해 봤는데요. 신승지에게 썼던 건 일라덤이 아니라 일라덤 포르테인 것 같아요. 전에 반품을 시키려고 하다가 혹시 몰라서 한 개를 남겨 놨거든요. 시간이 한참 지나도 계속 안 써서 언젠가 반품을 하려고 했는데, 유효 기간이 육 개월 미만으로 남으면 반품을 안 받는다고 하더라고요. 다행히도 유효 기간이 지난 건 아니에요. 안에 깊이 처박혀 있어서 그냥 잊어버리고 있었네요. 겉 포장만 얼핏 보면 구분이 잘 안 돼서 공여부 드레싱할 때는 일라덤 포르테인지 몰랐던 것 같아요."

간호사가 걱정스러운 목소리로 말했다. 의사실에서 틸라피아 알러지에 대한 보고가 있는지 검색했다. 단 한 건도 없었다. 연구소장도 일라덤의 동물실험에서는 아무 문제가 없었다고 했다. 일라덤과 일라덤 포르테와 관련된 논문을 몇 개 찾았지만 병원 컴퓨터로는 내용을 확인하거나 다운로드를 할 수 없었다. 대학병원 도서관에서만 가능했다. 윤호에게 저널 제목을 이메일로 보내고 전화를 걸었다. 이런! 로밍 안내 음성이다. 해외에 있군. 시간 좀 걸리겠네.

컴퓨터 앞에 앉아서 의자를 한껏 등 뒤로 제쳤다. 벽에 설치된 나무 선반에 놓인, 2015년 가을에 찍은 병원 체육대회 단체 사진이 보였다. 포즈를 취한 병원 직원들의 등 뒤로 비엔디의 백억 돌파를 기원하는 플래카드가 보였다.

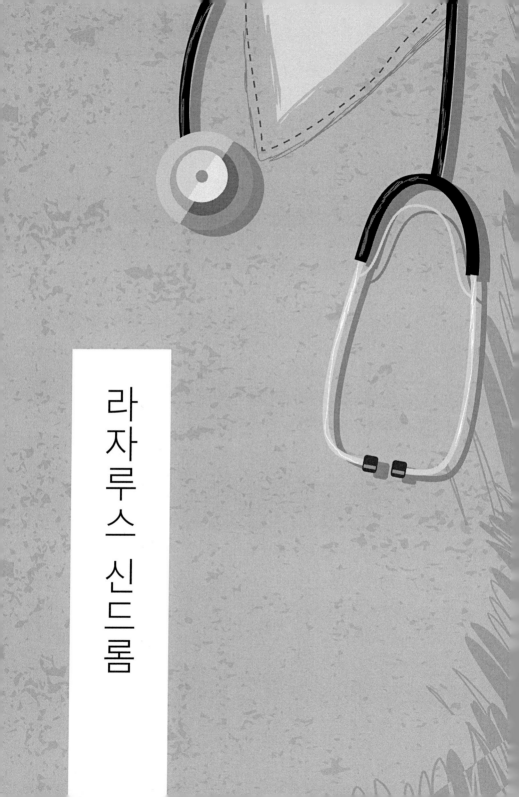

라자루스 신드롬

...

　아침 회진이 끝나고 성혁에게 인수인계를 했다. 단열이 그만둔 후로 나와 성혁이 번갈아 근무를 했다. 11월이었나? 단열은 가을이 끝날 무렵에 그만뒀다. 여러 가지 악재가 겹쳤다. 그중 첫 번째는 단열이 근무할 때 발생한 의료사고였다. 운이 좋아서 다른 레지던트들에게 생기지 않았을 뿐 누구에게든지, 또 언제든지 일어날 수 있는 사고였다. 달리 생각하면, 아파서 응급처치를 받으러 온 환자들이 대기실 벤치에서 몇 시간씩 기다리는데도 아무 사고도 터지지 않는다면 오히려 더 이상한 일이었을 것이다.

　단열은 대기실의 보호자들과 자주 언쟁을 벌이곤 했다. 그중에 어떤 보호자가 하도 병원장을 만나겠다고 해서 홧김에 병원장실 앞까지 친절하게 안내해 준 적이 있었다.

　다음 날 병원장이 응급실 안쪽 회의실로 직접 찾아왔다.

　"강단열이란 놈이 대체 누구야?"

　"왜 그러십니까?"

　민 교수가 말했다.

　"민 교수는 대체 레지던트 교육을 어떻게 시키는 건가?"

　병원장이 말했다.

　"무슨 말씀이신지?"

　"아니, 보호자가 병원장 만나겠다고 한다고 진짜 병원장실로 데려와? 그놈 제정신이야?"

"제 불찰입니다. 제가 환자나 보호자들의 얘기를 무시하지 말라고 가르쳤습니다."

"뭐야! 지금 나랑 말장난하자는 건가?"

"아닙니다. 원장님께서 전공의들을 어떻게 가르치냐고 물어보시길래 답변을 드리는 겁니다."

"그럼, 당신은 잘못한 거 하나도 없다 이건가?"

병원장의 목소리가 싸늘해졌다.

"아닙니다, 원장님. 절대 그런 거 아닙니다. 앉으시죠. 이왕 응급실에 오셨으니 말씀을 드리겠습니다. 환자나 보호자들은 대기실 벤치에서 몇 시간씩 기다리는 일이 많습니다. 그러다 보면 별의별 생각이 다 들지 않겠습니까? 몸은 아픈데 치료는 안 해 주고 무작정 기다리라고 하니까요. 병원에 한두 번 오는 게 아니니까 그분들도 병원 돌아가는 거는 대충 눈치로 압니다.

응급실은 매일 꽉 차 있고 의사들은 밀려오는 환자들을 보느라 바쁜 거 뻔히 다 보이니까요. 이 의사들에게 아무리 얘기해 봤자 소용없다는 걸 그분들도 아는 거지요. 그분들은 이걸 해결해 주실 분은 딴 곳에 있다고 생각하는 겁니다. 전공의들에게 병원장 불러 달라는 보호자 많습니다. 그런데 여태껏 한 번밖에 안 찾아갔다면, 보호자들도 진짜 많이 참은 거 아닐까요?"

민 교수가 말했다.

"자네, 지금 그걸 말이라고 하나!"

병원장의 얼굴이 붉으락푸르락하더니 벌떡 일어나서 나갔다.

이 일로 민 교수는 병원장실로 다시 불려가 심한 질책을 들었지만 단열을 크게 나무라지는 않았다. 지나치게 감정적인 대응이기는 했지만 어쩌다 한 번쯤은 윗분들을 당황스럽게 할 필요가 있다고 했다. 그분들도 현재의 응급실이 얼마나 환자와 의사 모두에게 가혹한 곳인지를 조금이라도 알아야 한다고 얘기하면서.

문제가 된 환자는 두 명이었다. 한 명은 말기신장질환으로 투석을 받고 있던 여자 환자였는데 어지럽다고 해서 응급실을 방문했다. 방문 당시 측정한 활력징후는 별문제가 없었지만 대기하는 중에 심정지가 발생했다. 심폐소생술을 했지만 결국 사망했다. 아마도 저혈당성 혼수와 고칼륨혈증이 있었던 것 같다. 대기실에서 횡설수설했던 것은 저혈당 때문이었던 것 같고, 심정지가 온 것은 고칼륨혈증 때문이었을 것이다. 심폐소생술 때 나간 혈당수치가 23(정상 범위 60~110)이었고 혈중 칼륨농도가 12(정상 범위 3.5~5.0)였다.

다른 한 명은 악성 중피종을 진단받은 오십대 남자였는데 호흡곤란으로 응급실을 방문했다. 내원 당시에 측정한 산소포화도는 95퍼센트였고 혈압이 100/60이었다. 이 환자도 대기실에서 심정지가 발생했고 응급실로 들어와 심폐소생술을 시작했다. 하지만 삼십 분 정도가 지나자 보호자가 심폐소생술을 멈춰 달라고 요구했다. 말기 암 환자였기 때문이다.

심폐소생술을 마치고 나서 본 초음파 소견으로는 심장압전*이 있었다. 어떤 원인으로 생겼는지 정확히 알 수는 없었지만-환자의 암과 관련이 있을 가능성이 컸다- 심장을 둘러싸고 있는 막 사이에 액체가 고이면서 심장을 누르고 있었다. 이 일로 단열뿐만 아니라 민교수도 병원장실, 적정진료관리실, 그리고 경찰서를 몇 차례 들락날락했다. 환자들이 대기실에서 사망하는 일이 아주 흔하지는 않았지만 매년 반복해서 일어나고 있었다. 악몽 같은 일이었지만 현실이었다. 1년 차 초기에 내가 꾸던 악몽들은 근거 없는 환상이 아니라 현실 속의 불안이 만든 실재(實在)였다.

환자는 아파서 응급실에 오지만 자리가 없으니 당장 받을 수 없다. 이런 상황에서 레지던트가 선택할 수 있는 방법은 두 가지다. 근처 협력병원으로 보내거나 대기시키는 것. 하지만 앞서 두 환자 모두 협력병원에서 보기에는 너무 많은 문제를 가진 환자들이었고, 혹 협력병원에서 볼 수 있다고 해도 환자들은 쉽게 주치의와 병원을 바꾸려 하지 않았다. 결론적으로 이 모든 상황을 고려했을 때, '응급의학과는 전혀 잘못한 것이 없다'라고 주장하려는 것은 아니다.

내가 말하고 싶은 건 의료사고의 잘잘못을 따지는 것만큼이나 중요한 건 이런 일이 다시 벌어지지 않도록 하는 일이라는 것이다. 환자를 대기시킨 레지던트를 처벌한다고 해서 그런 일이 다시는 발생하지 않을까? 절대로 그렇지 않을 것이다. 단열이 아니라 내가 근무자였더라도 비슷한 결정을 내렸을 것이고 환자는 마찬가지로 사망했을 것이다.

---

* 심장을 둘러싸고 있는 막에 액체가 고이면서 심장을 누르는 병. 심장이 펌프 역할을 하는 데 문제가 생긴다.

반복되는 타임루프에 갇혀 버린 영화 속 주인공처럼 당시의 응급의료 시스템 속에서는 내가 봐도, 다른 1년 차가 봐도, 다시 2년 차가 봐도, 또다시 다른 레지던트가 봐도, 아니면 환자를 대기시켜도, 또는 들여보내도-들어온 환자 때문에 대기하게 된 다른 환자가 사망할 수 있기에- 비슷한 일이 되풀이될 수밖에 없는 구조였던 것이다. 어쩌면 이게 내가 꾸었던 악몽의 실체였을 수도 있다. 반복적으로 희생자가 발생하지만 도저히 빠져나갈 수 없는 지독한 타임루프.

민 교수는 병원 내 여러 회의 석상에서 응급실 환자를 지속적으로 많이 입원시켜야 한다고 강력하게 요구했고, 레지던트들은 대기 환자 회진을 돌면서 적극적으로 협력병원으로 갈 것을 권유했다. 하지만 장기간 효과적이었던 조치는 아무것도 없었다.

입원 방침의 일시적인 변화로 응급실 환자들이 반짝 입원이 잘 되는 시기도 있었지만 시간이 지나면서 슬금슬금 원래대로 돌아갔다. 대기 환자 회진을 돈다 한들 모니터도 없는 대기실에서는 아무것도 할 수 없었고, 회진을 도는 응급의학과 의사들이 환자들의 불만을 아무것도 해결해 줄 수 없었기 때문에 금세 시들해졌다. 근처 협력병원으로 보내는 방법은 주치의와 환자들의 저항이 너무 심해서 거의 시도조차 할 수 없었다.

그 후에도 일 년에 한두 번씩은 비슷한 사고가 일어났다.

3차 의료기관의 초만원 응급실과 대기 환자의 사망을 초래하는 시스템을 어떻게 바꿀 수 있을까? 때론 어떤 질문은 답을 찾는 것보다 질문을 공유하는 것 자체가 더 중요할 때가 있다. 하지만 당시에 응급의학과는 지역 사회, 병원 관계자, 타과 의사, 그리고 환자, 그 누구와도 이 질문을 공유하지 못했다. 단열은 형사적인 처벌을 받지는 않았지만 여러 가지로 충격을 받았다. 설상가상으로 단열의 아버지가 갑자기 사망했다. 교회 사람들과 산에서 내려오다가 바위에 머리를 심하게 부딪친 것이다. 외상성 뇌출혈이었다. 병원으로 옮기는 데 시간이 많이 걸렸다고 했다. 너무나도 허망한 죽음이었다. 그 일이 있은 지 얼마 지나지 않아서 하나밖에 없는 혈육인 여동생이 폐 전이가 된 유방암 말기 판정을 받았다.

이뿐만이 아니었다. 단열에게는 심각한 경제적인 문제도 있었다. 당시에 단열은 십억 원의 은행 빚이 있었다. 인턴을 마칠 즈음에 학교 동아리 선배가 단열에게 연락을 했다. 선배는 전산 처방프로그램을 개발하는 사업을 시작했는데 자금이 필요하다고 했다. 대학 다닐 때 신세를 많이 졌던 선배였다. 거절할 수 없었다.

지금이라면 불가능하지만 당시만 하더라도 은행 전산 시스템이 불완전했기 때문에 같은 날 제1 금융권과 제2 금융권에서 십억 원까지 신용 대출이 가능했다. 처음에는 꼬박꼬박 이자를 내던 선배는 이자를 내는 게 조금씩 늦어지더니 결국은 이자를 전혀 내지 않았다. 처음에는 연락을 잘 받던 선배는 시간이 지나면서 연락을 완전히 끊고 잠적했다. 그때부터 은행에서는 단열에게 연락했다. 은행 직원이 직접 병원을 찾아왔다. 병원에 가끔씩 찾아왔던 '양복' 남자가 바로 은행 직원이었다. 단열은 양쪽 은행으로부터 빚 독촉을 받고 있었다.

의료사고만으로도 심리적인 타격이 큰데 거기에 가족들의 죽음과 경제적인 문제까지 겹치니 단열의 병원 생활은 점점 더 위태롭고 아슬아슬해졌다. 그 시기에 단열은 환자를 보는 것에 집중하지 못했다. 근무 때마다 다른 과와 충돌이 많았고 환자나 보호자와도 부딪히는 일이 잦았다. 결국 레지던트 수련을 포기했다. 동생의 병원비와 둘의 생활비를 감당하기에는 레지던트 월급 가지고는 어림도 없었고, 그나마 레지던트 월급의 일부는 압류를 당했다. 지방 응급실을 전전하면서 당직을 서기로 했다. 월급을 압류당하지 않고 현금을 확보하기 위해서는 그게 최선이었다.

본관 건물 밖으로 나오니 하늘이 잔뜩 찌푸렸다. 일기 예보에서는 오늘 저녁과 내일 새벽 사이에 많은 눈이 내릴 거라고 했다. 의과대학으로 들어가다가 정문 앞 화단이 눈에 들어왔다. 작년 2월 졸업식 날 나, 명호, 정수는 화단 앞에서 사진을 찍었다. 가족들과 점심을 먹은 후에 만났으니 아마도 오후 세 시나 네 시 즈음이었을 것이다. 그때 누군가 사진을 찍어 줬는데…… 누구더라? 민서였다.

졸업식 전날 병원으로 복귀하는 길에 넷이 만나서 사진을 찍자고 약속했다. 그날따라 화단 주변을 지나는 사람은 왜 그리 없었는지. 의과대학 정문 앞에서 만나 자신이 빠진 단체 사진을 돌아가면서 찍었다. 똑같은 장소에서 조합을 바꿔 가며 네 번을 찍은 것이다. 모두가 자신이 없는 단체 사진을 한 장씩 나눠 가졌다. 그러니 명호의 집 어딘가에는 명호 없이 나, 정수, 민서만 찍힌 사진이 있으리라. 명호가 찍었던 명호의 부재(不在)가 현재에 대한 묘한 복선처럼 느껴졌다. 명호에게는 아직도 그 사진이 있을까. 이 질문을 떠올리고 나서는 금세 허탈해졌다. 대답해 줄 수 있는 유일한 사람이 더 이상 이 세상에 존재하지 않기 때문이었다. 찌푸린 날씨 탓인지 화단 주변이 더욱 어두웠다.

아침을 먹으러 의대 강당 옆에 있는 매점에 들렀다. 가운을 입은 사람들이 삼삼오오 테이블에 앉아서 회진 정리를 하면서 아침을 먹고 있었다. 나는 샌드위치를 받아서 창가에 앉았다.

"그거 진짜 선생님이 만드신 말이에요?"

등 뒤에서 여자 목소리가 들렸다.

"뭐?"

정수와 인턴이 대화를 나누고 있었다.

"아이씨유 환자는 아이 씨 유를 해야지 좋아진다는 거요."

"아, 그거? 내가 만든 말이긴 하지."

"언젠가 그 말 한 번 써먹어야겠어요. 그래도 되죠? 아니면 더 멋진 말을 생각해 볼까요?"

"그런 거 생각할 시간에 환자를 한 번이라도 더 살피는 게 낫지 않을까?"

정수가 손아래 누이를 타이르듯 부드럽게 말했다. 정수의 부드러운 말투가 이상하게 귀에 거슬렸다.

"상훈아!"

정수가 나를 불렀다. 나는 어떻게 해야 할지를 잠시 고민하다가 자리에서 벌떡 일어났다. 뒤를 돌아보니 정수와 여자 인턴이 앉아 있었다.

"상훈아! 오늘 저녁에 시간 있니? 있으면……."

"아니, 없어. 요즘 너무 바빠서."

내가 정수의 말을 자르면서 무뚝뚝하게 대답했다. 내 말투 때문이었는지 옆에 있던 인턴이 깜짝 놀란 표정으로 나를 한 번 올려다보았다. 인턴 목에 걸린 목걸이의 금색 십자가 펜던트가 베이지색 니트의 가슴 부근에서 조금 흔들렸다. 하얗고 동그란 인턴의 얼굴이 누군가와 많이 닮았다는 생각이 들었다.

주차장을 지나 본관으로 들어올 때 비퍼가 울렸다. 부우. 음성메시지였다. 누굴까. 메시지를 확인하기 위해서 전화를 찾아 본관 건물 안으로 들어갔다. 로비를 가로질러 가는데 등 뒤에서 누군가 아는 척을 했다.

"오메메, 박상훈 선생님!"

만삭의 임산부였다. 누구더라? 내가 알 듯 말 듯한 표정을 지었다.

"으따, 내가 살이 아조 붙어부러가꼬 몰라봐부렀구만요."

만삭의 임산부가 여전히 반가운 표정으로 싱글벙글했다. 옆에는 남편으로 보이는, 하지만 약간 어려 보이는 남자가 어색한 표정으로 서 있었다.

"윤대권 환자, 기억 안 나신대요?"

산모가 물었다. 대권? 들어본 것 같은데.

"아따 심전도 사건 때문에 여즉 저한테 삐지셔브렀당가?"

산모가 내 표정을 살피더니 소리를 내며 유쾌하게 웃었다. 심전도? 아, 대권 씨 부인이구나. 이름이 기억났다. 배승주. 하지만 옆에 있는 남자는 대권처럼 보이지 않았다. 누구지? 나는 옆에 서 있는 남자를 한 번 더 흘깃 쳐다봤다.

"이번엔 우리 도련님 때문에 왔어라. 대권 씨 동생도 같은 병이 있어붕게요. 유전병이랑게 당연한 거지만서도. 원래는 제 예정일이 다음 달이여가꼬 어머님이 따라오시려고 했는디, 어머님 나이도 일흔이 넘어서 부렀고 무릎 수술한 지 얼마 되도 않아서 걷는 것도 힘들어해븐디 아따 도저히 병원에 오서가꼬 입원 수속 도와주고, 도련님 검사실 가는 거 따라다니는 것을 맡길 수가 없겠드만요. 그래가꼬 제가 따라와브럿어요. 혹시라도 아가 나온다믄 여그도 병원인 게 안심도 되블고요. 만약에 그래블믄 응급실로 싸게 찾아가블게요."

승주가 타지에서 고국 동포를 만난 여행객처럼 자기 이야기를 거침없이 늘어놓았다.

"네. 이번에는 절대로 심전도 안 찍겠습니다."

내가 웃으며 말했다. 심전도라는 단어를 말하면서 수연이 떠올라 잠깐 씁쓸한 기분이 들었다. 승주는 시동생의 번호가 대기자 알림판에 떴는지 입원 창구 쪽을 쳐다보았다.

"가봐야것구만요. 저희 차례가 됐나봉게."

옆에 있던 시동생이 어정쩡한 자세로 승주와 함께 내게 인사를 했다.

의국으로 들어와서 가운을 벗고 침대에 누우려다가 음성메시지가 생각났다. 침대 머리맡에 있는 전화기로 음성메시지를 확인했다.

- 오늘이 사십구재 하는 날이라더라. 7시에 '설'에서 보자

정수였다. 명호가 죽은 지 벌써 두 달 가까이 됐구나. 명호가 죽었다는 얘길 들었을 때 받았던 충격도 서서히 희미해지고 있었다. 기억이라는 게 참 쉽게 사라진다. 벽제 화장터에서 명호를 보내고 돌아오는 길에 민서와 국밥을 먹었다. 밥을 먹다가 전에 명호가 내게 비밀이랍시고 들려준 이야기가 생각났다. 명호 어머님께서 어디서 점을 보셨는데 명호가 배냇저고리를 바지 안에 넣고 시험을 치러야 합격할 수 있다고 부득불 우겨서 어쩔 수 없이 그걸 넣고 시험을 봤다고 했다. 아닌 게 아니라 당시에 보니 명호의 아랫배가 불룩했다. 민서에게 그 얘길 해 주면서 둘이 식당에서 크게 웃었다. 둘이서 웃다가 민서가 무언가에 화들짝 놀란 사람처럼 갑자기 웃음을 그쳤다. 그러고 나서는 김이 모락모락 올라오는 뚝배기 그릇 속을 한참 동안 뚫어져라 쳐다보았다.

"왜 그래?"

"아무것도 아니야. 갑자기…… 명호한테 조금 미안한 생각이 들어서. 명호는 좀 전에 한 줌의 재가 돼서 아무것도 할 수 없는데, 우린 벌써 배도 고프고 웃을 수도 있잖아."

민서가 자신 앞에 놓인 뚝배기를 바라보며 씁쓸하게 말했다. 우린

다시 조용히 국밥을 먹기 시작했다. 민서는 힘없이 몇 숟가락을 떠 먹다가 숟가락을 내려놓고 고개를 푹 숙인 채 한동안 더 울었다. 울 고 있는 민서를 보면서 나도 눈물이 났다. 뚝배기로 눈물이 계속 떨 어졌다. 고개를 들고 한참 동안 천장을 쳐다보았다.

그날 정수는 화장터에 따라오지 못했다. 근무를 바꿀 수 없었기 때문이다. 명호가 사망한 이후에도 우리 모두는 무척이나 바빴다. 당연한 얘기지만 친구가 죽었다고 해서, 또는 내가 그것 때문에 슬 퍼한다고 해서 내가 해야 할 일이 사라지거나 줄어드는 것은 아니기 때문이다. 세상은 명호의 죽음과는 무관했다. 여전히 환자들은 아 팠고, 수술을 받아야 했고, 응급실은 북적거렸다.

정수를 만난 지 두 달이 넘었구나. 침대에 누워서 어떻게 할까 잠 시 생각하다가 스르르 잠이 들었다.

삐리리리릿. 삐리리리릿. 삐리리리릿. 알람이 울렸다. 머리맡에 놓 인 시계 알람을 누르면서 보니 오후 다섯 시가 조금 넘었다. 한 시간 동안 응급실 환자를 본 다음에 퇴근하면 됐다. 주섬주섬 가운을 챙 겨 입고 응급실로 나갔다. 나와 보니 초진 구역에 군데군데 빈 침대 가 보였다. 소생실에서는 정형외과 레지던트 두 명이 오십대로 보이 는 여자 환자의 오른쪽 팔을 잡고 도수 정복을 시도하고 있었다. 소 생실 밖으로 환자의 새된 신음이 새어 나왔다.

"여섯 시도 안 됐는데 환자가 벌써 여섯 명. 오늘은 오에스(정형외 과) 데이인가 봐요. 아침 여섯 시에 내려왔던 레지던트들이 아직도 못 올라가고 있어요. 쯧쯧."

간호사가 혀를 끌끌 차며 말했다.

"눈길에 넘어지는 사람이 많으니까 그런 거겠죠."

스테이션에 앉아서 경과기록지를 쓰고 있던 산부인과의가 말했다.

"근데, 눈 오는 날 정형외과 환자가 많은 건 이해가 되는데, 산부인과 환자는 왜 많은 걸까요?"

산부인과의가 볼멘소리로 투덜댔다.

"선생님이 명의라는 소문이 쫙 퍼졌나 보죠."

응급실 책임간호사가 산부인과의에게 바싹 다가가서 초코바를 건네며 속삭이듯이 말했다.

"그런가? 하긴 이젠 환자들이 눈치챌 때가 됐죠. 그런 건 감추기 어렵잖아요. 그래도 환자가 너무 많이 오는 건 싫은데. 어쨌거나 이거 줬으니까 딱 한 명만 더 봐 줄게요."

산부인과의가 초코바를 냉큼 받더니 금세 기분이 좋아져서 너스레를 떨었다.

"박상훈 선생님, 선생님이 주무시는 동안 윤성혁 선생님께서 무려 세 명이나 입원시켜 주셨습니다. 산부인과 환자는 여기서 마감해 주실 거죠? 사실 와도 봐 줄 사람도 없어요. 당직 2년 차는 난소 출혈로 혈복강 된 환자 수술하러 들어갔고, 3년 차는 자궁외임신 수술하러 들어갔고, 4년 차는 양수 터진 산모가 있어서 응급 분만하고 있어요. 응급실로 내려올 수 있는 사람은 저밖에 없어요. 도와줄 거죠?"

산부인과의가 말했다.

"아, 네."

내가 웃으며 대답했다.

"저, 갑니다. 오늘은 다시 만나지 말아요. 제발!"

산부인과의는 초코바를 한 입 '앙' 크게 베어 물고 엘리베이터 방향으로 성큼성큼 걸어갔다. 환자 분류소로 나와서 응급실 밖을 내다보니 보도블록과 건물 지붕 위로 눈이 잔뜩 쌓여 있었다. 어둑어둑해진 하늘에서는 솜사탕 같은 눈송이가 끊임없이 떨어졌다. 한 시간 동안 환자는 한 명도 오지 않았다.

"박상훈 선생님."

간호사가 밖에서 눈 구경을 하고 있던 나를 불렀다.

"병동에서 전화가 왔는데요. 병실 보호자인데 명치 부위 통증이 있고 두통이 있어서 응급실로 보내려고 하는데 받을 수 있는지 물어보는데요."

"내리라고 하세요."

내가 대답했다. 십 분 정도가 지났을까. 환자 한 명이 이동용 침대에 누운 채로 내려왔다. 함께 온 간호사 얼굴이 낯이 익었다. 자영이었다.

"선생님이 근무시구나. 저희 환자 보호잔데요. 다음 달이 예정인 산모예요. 한 시간 전부터 두통이 계속 있다고 해서 혈압을 쟀는데 170에 100이었어요."

자영 말을 듣고 나서 환자 얼굴을 보니 승주였다.

"아따 진짜로 또 봐블 줄은 몰라브럿네요."

승주가 두통 때문인지 미간을 조금 찌푸리며 말했다. 승주는 임신하기 전에는 혈압이 정상이었고 산전 진찰 때는 혈압이 약간 높았지만 특별한 이상은 없었다고 했다. 한 달 전쯤에 산전 진찰이 예약돼 있었는데 시어머니가 양쪽 무릎 관절 치환술로 입원하게 되면서 병원 가는 걸 빼먹었다고 했다. 침대를 밀고 응급실로 들어가면서 대권 씨는 요즘 어떻게 지내는지를 물었다. 아무런 대답이 없었다. 응급실 간호사가 나와서 환자를 어느 구역으로 옮길 것인지 물었다.

"환자가 이상해요."

자영이 당황한 목소리로 소리쳤다. 승주가 갑자기 양쪽 눈을 깜박거리면서 온몸에 힘을 주더니 조금 있다가 심하게 몸을 떨었다.

"소생실로 들어갈게요. 라인 잡아 주세요. 인턴 선생님에게 간단하게 히스토리 알려 주고, 산부인과에 에클람지아* 환자 왔다고 연락해 주세요."

침대를 소생실로 넣고 기도유지를 하면서 모니터를 연결했다. 혈압이 200에 100이었다. 성혁이 소생실로 들어왔다.

"마그네슘 설페이트 4그램을 십오 분 동안 주세요."

마그네슘이 들어간 후 십 분 정도가 되었을 때 경련이 멈췄다.

"에클람지아 환자 본 적 있냐?"

성혁이 내게 물었다.

---

* 고혈압과 단백뇨가 있는 임신부가 경련을 하는 경우.

"아니요."

"그럼, 뭘 해야 하는지 전혀 모르겠구만. 인턴 선생, 다음에 뭘 해야 돼?"

성혁이 옆에 서 있던 윤호에게 물었다.

"혈압 조절."

"오, 좋아. 뭐로?"

성혁이 물었다.

"하이드랄라진이나 라베탈롤이요."

윤호가 잠깐 생각을 하더니 대답했다.

"하이드랄라진 10밀리그램 주세요."

성혁이 응급실 간호사에게 말했다. 약을 주고 얼마 후에 혈압이 130에 90으로 떨어졌고 의식이 서서히 돌아왔다. 그때, 산부인과의가 씩씩대면서 소생실로 들어왔다.

"산부인과 환자 마감해 달라고 그렇게 신신당부를 했건만, 결국 또! 레지던트 때만 환자 많이 보고, 정작 개업해서는 파리만 날리게 될 운명인가."

산부인과의가 탄식을 하듯 말했다.

"설마요."

성혁이 말했다.

"수고했다. 상훈아, 퇴근해라."

성혁이 소생실 밖으로 나오면서 내게 말했다. 잠시 후에 산부인과의가 소생실에서 나오더니 내 옆에 바짝 붙었다.

"박상훈 선생님, 지금 당장 가야 돼요?"

산부인과의가 무슨 꿍꿍이인지 나를 보면서 씨익 웃었다.

"특별한 약속은 없는데요?"

내가 우물쭈물하면서 대답했다.

"좀 전에 환자한테 들었는데 이 환자가 전에 여자 인턴 선생님 때문에 많이 놀랐다면서요. 선생님이 잘 아신다던데? 여자 의사와 둘만 있는 게 너무 무섭대요. 아직 문진도 못 했어요. 음, 그래서 말인데요, 제가 진찰할 때 선생님이 같이 있어 주시면 안 될까요? 잠깐이면 돼요."

산부인과의가 말했다.

"그러죠, 뭐."

내가 대답했다.

"괜히 저 때문에 죄송해브네요. 제가 원래 폐소 공포증 같은 것이 있었는디 쩐에 그런 일이 있어브러갖고."

승주가 다시 들어온 나를 보고 미안해하며 말했다. 산부인과의는 신속하게 산과 병력을 묻고 내진을 했다. 승주는 자신이 간질 발작을 했다는 걸 듣고 나서는 산부인과의에게 울먹이는 목소리로 아기는 괜찮을지 물었다. 간질 발작이 반복될 경우에는 아기가 위험하지만 한 번 정도는 괜찮다고 대답했다. 에클람지아의 치료는 임신을 종료시키는 것, 결국 분만인데 임신 36주 정도 됐으니 아기가 태어나도 큰 문제는 없을 거라고 승주를 안심시켰다. 산부인과의의 설명을 듣고 나서 승주는 조용히 흐느꼈다.

"자연 분만을 하나요?"

승주가 물었다.

"아니요. 제왕절개를 할 거예요. 지금 상태에서 자연 분만은 산모가 너무 힘들어요."

산부인과의가 수술 준비를 위해서 심전도를 찍어 달라고 말했다.

"결국엔, 심전도를 찍어브네요."

승주가 희미하게 웃으며 말했다.

"그 선생님은 아직도 병원에 계신대요?"

승주가 물었다.

"아니요. 그만뒀어요."

내가 아무런 감정을 싣지 않고 대답했다. 내 대답이 너무 무뚝뚝했는지 승주가 더 이상 묻지 않았다.

"겁나게 고마워브러요."

승주가 소생실을 나서는 내 등 뒤에 대고 말했다. 의국에 들어와서 소파에 앉아 텔레비전을 켰다. 정수를 만나러 가야 할지 아직 마음을 정하지 못했다. 텔레비전에서는 기상캐스터가 저녁에 잠깐 소강상태가 있겠지만 내일 아침 출근 시간에 다시 많은 눈이 내릴 것이라고 예보했다. 소파에 등을 비스듬히 기댔다. 눈이 스르르 감겼다.

"집에 안 가고 왜 여기서 졸고 있냐? 집에 가서 자, 인마."

성혁이었다. 그새 소파에서 잠이 들었구나.

"산부인과에서 배승주 환자가 건강한 아기를 출산했다고 고맙다고 전해 달래."

아홉 시가 넘었다. 비퍼를 확인해 보니 새로운 음성메시지가 와 있었다.

- 아직 '설'에 있다. 못 오면 연락 줘. 수연이 일은 나도 안타깝다. 하지만 어차피 누군가는 해야 할 일이었잖아.

어차피 누군가는 해야 할 일. 아무런 후회도, 아무런 자책도 들어 있지 않은 정수의 음성 메시지가 얼음장처럼 차갑게 들렸다.

신생아 중환자실 앞에서 민서를 불러냈다. 민서는 신생아 중환자실 담당인데 지금은 중한 아기들이 없어서 시간을 낼 수 있다고 했다.

"따라와 봐."

내가 말했다.

"병원이 다 거기서 거기지 대체 뭘 보여 준다는 거야."

민서가 투덜거렸다. 민서를 데리고 신생아실 앞으로 갔다. 신생아실 유리 너머에 있는 아기들의 이름을 살폈다.

"저기 있다."

내가 '배승주 아기'라고 쓰여 있는 플라스틱 요람을 손가락으로 가리켰다.

"보여 주겠다는 게 조 꼬맹이야?"

민서가 내가 가리킨 방향을 쳐다보았다. 오늘 응급실에서 있었던 일을 얘기해 줬다. 민서는 매일 지겹도록 봤을 아기를 난생처음 보는 사람처럼 신기하다는 표정으로 바라보았다.

"맨날 아픈 아기만 보다가 건강한 아기 보니까 좀 낫네. 미숙아로 지친 마음 정상아로 치료하라 이거야?"

민서가 웃었다.

"그런 건 아니고. 뭔가 위로가 필요한 것 같아서."

내가 말했다. 유리창 안쪽의 간호사들이 우리를 보고 자기들끼리 쑥덕거렸다.

"저 꼬맹이는 쿨쿨 잠만 자는데 왜 그게 우리한테 위로가 될까?"

민서가 여전히 아기를 보면서 말했다. 아기는 하얀 이불에 폭 싸인 채 잠들어 있었다. 대권과 승주를 떠올렸다. 그리고 아이가 세상에 나오기 전에 사라진 명호와 수연에 대해서 생각했다.

"사라질 뻔한 수많은 순간이 있었는데, 다행히 여기 있잖아."

복도 쪽 네모난 유리창들이 쏟아져 내리는 새하얀 눈으로 그득했다.

눈이 번쩍 떠졌다. 이런! 알람을 누르고 다시 잠들어 버렸다. 서둘러 집을 나와서 택시를 잡았다.

"손님, 한남대교가 6중 추돌 사고 때문에 엄청 막히나 봐요. 성수대교를 건너서 강변북로를 타야 할 것 같은데. 성수대교, 괜찮으시죠?"

택시기사가 내 눈치를 슬쩍 살피면서 물었다.

"네. 아무 쪽이나 빠른 길로 가 주세요."

라자루스 신드롬

내가 머리에 묻은 눈을 털며 대답했다. 전혀 안 막혀도 빠듯할 텐데 성수대교로 돌아가면 더 늦겠지? 기상청의 예보대로 밤사이에 많은 눈이 내렸다. 라디오에서는 계속해서 서울 시내 곳곳의 도로 상황과 정체 구간, 사고 소식을 전했다. 이틀 동안 내린 폭설로 서울 시내 교통이 마비 상태였다.

택시기사가 성수대교 쪽으로 차를 돌리면서 요즘은 옛날과 달라서 건물도 다리도 튼튼하게 짓는다는 사실을 굳이 강조했다. 생각해보니 성수대교가 작년 여름에 완공된 이후로 차를 타고 건너는 것은 처음이었다. 너무 이른 시간이어서인지 아니면 다른 사람들은 여전히 성수대교를 건너는 것을 꺼려서인지 차가 막히지 않았다. 다리를 건너는 동안 약간 불안했지만 다행히도, 사실은 당연하게도, 아무 일도 일어나지 않았다.

강변북로에서 빠져나와 학교 앞 사거리에 도착했을 때 시계를 보니 오 분밖에 남지 않았다. 라디오에서는 용문터널 근처가 사고 때문에 정체가 심하다고 전했다. 신호 대기가 길어지는 것 같아서 택시에서 내려 병원 쪽으로 뛰기 시작했다. 길바닥이 눈 때문에 미끄러웠다. 의국에 도착하니 십 분 정도 지각이었다.

"외과 환자가 있는데 연락이 잘 안 되나 봐. 외과 당직 좀 연락해줘."

아침 회진 준비를 하던 성혁이 내게 6657 전화기를 건네며 말했다. 외과 당직을 두 번 호출하고 난 후에 인턴방에 전화를 걸었다.

"종훈아, 박상훈인데 인턴방에 외과 레지던트 없니?"

"임정수 선생님 찾으세요?"

"아니, 응급실 외과 당직."

종훈에게 외과 당직 이름과 비퍼 번호를 알려 줬다. 종훈이 잠시 후 돌아왔다.

"없어요. 아까 외과 3년 차도 임정수 선생님을 찾던데. 어제 안 만났어요?"

"안 만났는데. 왜?"

내가 뭔가 찔리는 게 있는 사람처럼 말을 더듬었다.

"별일 아니에요. 어제저녁에 인턴방에서 잘 거라고 했는데 안 와서요."

정수는 집에서 꼴랑 서너 시간 자고 다음 날 새벽에 부리나케 병원으로 출근하는 게 돈 낭비, 시간 낭비라면서 술자리가 늦게 끝나면 인턴방에서 자곤 했다. 그럴 시간에 차라리 소주를 한 병 더 까지. 정수가 늘 입버릇처럼 하던 말이다.

밖에서 구급차 소리가 들렸다. 이런 엄청난 눈길을 헤치고 오는 거면 반드시 응급실을 들러야 하는 환자인가 본데……. 구급차의 뒷문이 열리면서 눈처럼 하얀 시트로 싸인 시신이 응급실 안쪽으로 들어왔다. 같이 따라온 보호자에게 몇 가지를 간단하게 물어보고 경과 기록지에 적었다.

92세 여자 환자로 두 달 전 침대에서 내려오면서 오른쪽 대퇴골 골절, 이후에 수술받지 않고 누워서 지내다가 금일 아침 내원 30분 전 의식 없어져 내원

라자루스 신드롬

"어차피 아무 처치도 안 할 건데 사람이 죽으면 왜 무조건 병원에 들러요?"

윤호가 시신이 나간 후 내게 물었다.

"사고가 아니라 질병으로 사망했다는 사실을 의사가 확인해 줘야지 부검 없이 장례를 치를 수 있으니까."

"응급의학과 의사가 법의학자도 아닌데 왜 그걸 증명해야 돼요? 사실 보호자 말만 듣고 사인(死因)을 추정하는 거잖아요."

윤호가 물었다.

"어차피 누군가는 해야 할 일이잖아."

내가 잠시 생각하다가 대답했다. 누군가는 해야 할 일. 문득 정수가 음성메시지로 남긴 이 말을 어제 처음 들은 게 아니라는 사실을 깨달았다.

외과 파견을 며칠 앞두고 디오에이 환자가 응급실에 왔다. 58세 여자였고 한 달 전에 암종증을 진단받고 퇴원했다. 이후에 집에서 요양하다가 사망한 채로 발견되었다. 양쪽 팔에 여러 개의 자살흔이 어지럽게 그어져 있었고 턱 밑에서부터 귀 아래쪽으로 이어지는 행잉 마크*가 선명했다. 보호자로 따라온 사람들은 심폐소생술을 원하지 않는다고 했다.

"입원하셨을 때 어머니가 편하게 가실 수 있었는데, 의사들이 돈

---

* Hanging mark. 목을 맨 줄이나 끈에 의해서 생기는 자국.

벌려고 괜히 살려 가지고."

외인사여서 우선 경찰서에 신고해야 한다고 얘기하자 아들이 불만이 가득한 목소리로 투덜거렸다. 아들이 뭔가를 더 얘기하려고 하자 딸이 그만하라고 눈치를 줬다.

조금 있으니 정수가 내려왔다. 아는 환자인가? 시신이 나간 다음에 정수와 얘기를 하다 보니 방금 전에 본 시신이 올봄에 병동에서 정수와 내가 심폐소생술을 했던 환자라는 사실을 알게 됐다. 환자는 자신이 암종증이라는 사실을 알게 된 후에 네다섯 차례 자살 시도를 했고, 그러는 와중에 남편은 뇌출혈로 쓰러졌다. 자식들은 아버지가 어머니 병간호를 하면서 몸이 많이 쇠약해졌다고 했다. 정수의 얘기를 듣고 난 후에 머릿속이 하얘졌다. 환자의 몸에 어지럽게 새겨진 자살흔과 행잉 마크 앞에서 내가 했던 심폐소생술이 너무나도 무신경하고 무참하게 느껴졌다.

"너무 마음 쓰지 마. 누군가는 해야 할 일이잖아."

정수가 휴게실 소파에 굳은 표정으로 앉아 있는 나를 바라보면서 말했다.

6657이 울렸다. 외과 당직이었다. 오늘 응급실 당직에게 당직 비퍼를 넘겨줘야 하는데 아직 못 줬다고 했다. 회진을 마치고 삼십 분 내로 내려가겠다는 말을 덧붙였다. 응급실 간호사 스테이션 책상에 붙어 있는 외과 당직표를 확인해 보니 오늘 당직이 정수였다. 아직도 병원에 안 왔나. 멀리서 구급차 소리가 다시 들렸다.

"겨울이라서 그런지 디오에이 환자가 자주 오네요."

간호사 중에 누군가 말했다.

"혹시, 좀 전에 오셨던 그 할머니가 다시 살아나서 심폐소생술을 해 달라고 하는 거 아닐까?"

인턴 중에 누군가 농담을 했다.

"네 말이 맞으면 완전 라자루스 신드롬인데."

윤호가 맞받았다. 라자루스 신드롬이 진짜 있어? 그런 일이 실제로 있으니까 병명도 있는 거겠지. 에이, 설마!

밖으로 나가 보니 응급진료센터 정문이 활짝 열려 있고 바깥에는 이틀 동안 내린 폭설이 만들어 낸 비현실적인 설경이 펼쳐져 있었다. 이 정도로 비현실적인 풍경에서라면 죽은 사람이 살아나는 라자루스 신드롬도 가능할지 모르겠다는 생각이 잠시 들었다. 구급차가 멈추자 뒷문이 열리면서 구조대원 둘이 환자가 누워 있는 이송용 들것을 신속하게 밀고 들어왔다.

"오늘 6시 06분에 용문 공원 교차로 근처에서 사고가 났습니다. 환자가 타고 있던 택시가 맞은편에서 오던 덤프트럭을 받았습니다. 의식은 아브푸(AVPU) 피(P) 정도이고 혈압은 80에 60입니다."

구조대원이 환자 머리 쪽에서 백밸브 마스크로 배깅을 하면서 말했다.

"이 병원 직원인 것 같던데요."

소생실 침대로 옮기면서 다른 구조대원이 덧붙였다. 자발호흡이 있었지만 약했고, 머리를 싸고 있는 붕대 밖으로 피가 배어 나왔다.

피가 응고되어서 머리카락은 피떡이 졌고 붕대 밖으로 배어 나온 피가 얼굴을 덮었다. 얼굴에 묻은 피를 닦아 냈다. **임정수(28세, 남자)**였다. 라디오에서 들었던 용문터널 근처의 교통사고가 떠올랐다. 같이 온 구조대원이 다른 사람들은 가벼운 타박상만 입었다고 했다. 조수석에 타고 있었던 이 환자만 심하게 다쳤어요.

"어머, 임정수 선생님이네."

소생실에 들어 온 누군가가 소스라치듯 놀라며 말했다.

기구를 준비하는 동안 심호흡을 몇 번 했다. 마음속으로 계속 중얼거렸다. 에이비씨를 하면 된다, 에이비씨를 하면 된다, 에이비씨, 에이비씨, 에이비씨.

기도삽관을 했다. 삽관 후에 산소포화도가 조금 올랐지만 85퍼센트 이상으로는 오르지 않았다. 백밸브 마스크를 윤호에게 넘기고 오른쪽 쇄골하 정맥으로 중심정맥관을 시도했다. 오른쪽 쇄골이 골절로 어긋나 있어서 찌르는 방향을 설정하기가 까다로웠다. 서너 번 실패한 후에 겨우 성공했다.

모니터를 보면서 마음을 가라앉히려 했지만 쉽지 않았다. 피투성이가 된 정수의 얼굴을 보면서 떠오르는 건 불길하고 절망적인 예감뿐이었다. 떨쳐 낼 수 없었다. 심호흡을 천천히 몇 번 더 반복했다.

괜찮다.

괜찮다.

'제 아들 괜찮죠?'라는 질문을 수도 없이 했던 강록의 어머니처럼 나 또한 '괜찮다'라는 단어를 수도 없이 강박적으로 되뇌었다. 마치

'괜찮다'를 멈추는 순간 정수의 심장이 멎기라도 할 것처럼.

"산소포화도가 아직도 85퍼센트인데요."

기도삽관을 하고 이삼 분 정도가 지나서 간호사가 알려 줬다. 기도삽관 후에 측정한 엔드타이달 씨오투가 30(㎜Hg)이었으니 식도로 들어갔을 가능성은 없었다. 왜 낮을까. 원인이 될 만한 게 금방 떠오르지 않았다. 흉부 엑스레이를 찍어야 하나?

산소포화도가 조금씩 떨어졌다. 80퍼센트, 78퍼센트, 75퍼센트. 혈압도 60/40으로 떨어졌다. 조금 있으니 맥박이 분당 30회보다 느려졌다.

"맥박이 안 만져져요. 컴프레션!* 에피 주세요."

에피네프린 1밀리그램을 두 번 주고 심폐소생술을 오 분 정도 했을 때 성혁이 들어왔다. 양쪽 흉부를 손으로 눌러 보고 청진을 했다.

"텐션 뉴모**잖아!"

성혁이 오른쪽 흉부의 피부를 절개하고 흉관을 넣었다. 넣자마자 피식 하며 공기가 빠지는 소리와 함께 흉관을 넣자 피가 쏟아져 나왔다. 맥박이 약하게 만져지기 시작했다.

75퍼센트, 78퍼센트, 83퍼센트.

"오른쪽에 기흉이랑 혈흉이 다 같이 있네. 야! 박상훈, 중심정맥관은 왜 쇄골정맥으로 넣었어? 넣을 때 문제없었어? 인마, 기도삽관했는데도 산소포화도가 안 오르면 다른 원인을 생각해야지. 아직도 3

---

* 흉부 압박. Compression.

** 기흉으로 흉강내압이 상승해서 심장이 눌리는 경우. Tension pneumothorax.

월처럼 어리버리하게 환자 볼래?"

성혁이 뭔가를 더 얘기하려고 하다가 갑자기 멈췄다. 주위에서 누군가 눈치를 준 것 같았다. 포터블 흉부방사선 촬영을 확인한 후에 왼쪽 폐로 흉관을 하나 더 넣었다. 왼쪽 가슴에 넣은 흉관에서도 피가 쏟아져 나왔다. 산소포화도가 90퍼센트까지 올라갔다. 진우가 아침 회진을 마치고 소생실로 들어왔다.

"목은 경추보호대로 고정했고 양쪽에 흉관 삽입도 했으니 트라우마 시리즈를 당장 찍을 필요는 없을 것 같다. 수혈 시작하고 혈압이 백 이상으로 올라가면 모니터 가지고 올라가서 브레인 CT부터 찍어."

수혈을 시작했다. 멍하니 모니터를 보고 있는데 6657이 울렸다.

"신경외과인데요. 지금 CT 방에서 기다리는 중인데 환자가 안 올라와서요."

아직 아무 과에도 연락하지 않았기 때문에 그가 어떻게 알게 됐는지는 모르겠지만 환자가 레지던트이고 교통사고로 심하게 다쳤다는 사실을 이미 알고 있었다. 얼마 후에 흉부외과의가 수술복 차림으로 내려왔다. 아마도 누군가 연락을 한 모양이었다.

흉부외과의는 내려오자마자 대뜸 환자가 기흉과 혈흉이 있으니 흉부외과에서 입원을 시키겠다고 했다. 평소 같았으면 왜 응급의학과에서 연락도 안 하고 흉관을 맘대로 넣었느냐고 따졌을 법도 한데 그 문제에 대해서는 아무 얘기도 하지 않았다. 진우는 아직 검사가 진행 중이니 결과가 모두 나오면 연락을 다시 주겠다고 했다. 마취과에서도 연락이 왔다. 중환자실 자리가 준비됐고 응급수술이 필요할 수도 있으니 수술방을 마련하겠다고 했다.

외과 조남기 교수가 6657로 전화했다. CT를 찍게 되면 자기 파트 3년 차를 보낼 테니 연락해 달라고 했다. 이 모든 일이 정수가 병원에 도착해서 한 시간이 채 안 됐을 때 일어났다. 비록 정수의 몸은 엉망진창이었고 심정지가 올 정도로 위태로운 상황이었지만 여러 사람들이 최선을 다하고 있었다. 그렇다면 의외로 좋은 결과를 만들어 낼 수도 있지 않을까. 심정지가 왔던 강록이 멀쩡하게-약간의 인지 장애가 있었지만- 퇴원했다는 사실을 떠올리니 조금 위로가 됐다.

CT 방에 도착하니 신경외과, 흉부외과, 외과가 미리 와서 기다리고 있었다. 촬영이 시작됐다. 정수를 가로지르는 붉은 빔이 머리에서부터 복부까지 훑으면서 내려갔다. 얼마 지나지 않아서 촬영실 안쪽 조정실 모니터에서 방금 촬영한 CT 영상 한 컷 한 컷이 느리고 조심스럽게 나타났다가 사라졌다.

신경외과의는 CT 필름을 챙겨서 서둘러 나갔다. 흉부외과의는 흉관 삽입이 되어 있으니 중환자실에서 기계환기 치료를 하면서 관찰하면 될 것 같다고 했다. 외과의는 CT 방을 나와서 조남기 교수와 통화했다. 외과의는 복부에 특별한 문제가 없으니 다른 과들의 결정을 기다리겠다고 했다. 정수는 외상성 지주막하 출혈과 뇌경막하 혈종, 양쪽 폐에 기흉과 혈흉이 있었다.

응급실로 내려오니 신경외과의가 진우와 이야기하고 있었다. 소생실로 들어가서 정수의 몸에 모니터를 연결했다. 윤호가 소생실 밖으로 나가려다가 모니터를 멍하니 쳐다보고 있는 내 쪽으로 다가왔다.

"괜찮으세요?"

윤호가 물었다.

"어, 괜찮아. 수고했다. 나가서 일 봐."

"너무 걱정하지 마세요. 좋아질 거예요."

"그래? 왜?"

내가 힘없이 웃었다.

"그냥요. 제가 아는 건 별로 없지만, 그냥 느낌이 그래요."

윤호가 알쏭달쏭한 말을 남기고는 소생실을 나갔다. 좋아질 거예
요. 신기하게도 그 말 한마디가 조금 위로가 됐다.

"임정수 집 전화번호 아니?"

진우가 소생실에서 나오는 내게 물었다. 신경외과에서는 뇌부종이
심하기 때문에 두개강내 압력을 낮추는 수술을 할 계획이라고 했다.
하지만 전화해서 다짜고짜 수술 동의를 해 달라고 하면 놀라실 테니
까 어머니께는 병원으로 오시라는 연락만 해 달라고 부탁했다. 설명
은 수술이 끝난 다음에 신경외과에서 하겠다고 했다. 얼마 안 있어
정수가 수술방으로 올라갔다.

어머니께 어떻게 얘기해야 할지 몰라서 망설였다. 어쩌면 경찰서에
서 이미 집으로 연락을 했을 수도 있었다. 그렇다면 차라리 다행일
텐데. 고민하다가 결국 정수 집에 전화를 걸었다. 신호음이 세 번 정
도 울렸다. 네 번째 신호음이 울릴 때 어머니가 전화를 받았다.

"여보세요? 정수네 집이죠. 병원인데요."

"예, 근데 무슨 일로?"

어머니는 아직 아무 연락도 못 받은 것 같았다.

"아, 예, 저기, 다른 건 아니고…… 그러니까…… 정수가 오늘 출근하다가, 다쳤어요. 어머님이 병원에 오셔서 설명을 들으셔야 할 것 같아서요."

"많이 다쳤나요?"

내가 수화기 너머에서 아무 말도 하지 않고 있는 게 이상했는지 어머니는 중간에 전화가 끊기지 않았는지를 확인했다. 여보세요, 여보세요?

"제가 본 게 아니라서……."

나는 말끝을 흐렸다. 결국 거짓말을 했다. 어머니는 정수가 다쳤다고 하니까 약간 걱정을 했지만 눈길에 미끄러져서 어딘가 부러진 정도로 생각하는 것 같았다. 어머니의 추측을 긍정도 부정도 하지 않았다.

"늦었다고 아침에 그렇게 급하게 나가더니. 잠만 자고 아침 일찍 나갈 거면 그냥 병원에서 자고 올 것이지."

"그러게요."

다행히도 정수의 상태에 대해서 더 이상 꼬치꼬치 물어보지 않았다. 준비되는 대로 곧 출발하겠다고 했다.

"어디로 가면 돼요?"

어머니가 전화를 끊으려다 말고 물었다. 전혀 예상치 못했던 질문이라 하마터면 중환자실이라고 무심결에 얘기할 뻔했다. 내가 뭔가를 말하려고 하다가 잠깐 멈췄다. 여보세요, 여보세요? 어머니가 전화가 끊겼는지를 다시 확인했다.

"본관 수술방 앞이요. 거기서 기다리시면 주치의 선생님이 올 거예요."

정수가 수술을 받는 동안에도 여전히 환자들은 아팠고 응급실은 바빴다. 나는 응급실에 온 환자들을 '평소처럼' 봤다. 아니, 그러려고 노력했다. 하지만 환자를 보는 일에만 집중하는 게 마음같이 쉽지 않았다. 과거를 되돌리고 싶은 실현 불가능한 욕망과 정수의 사고를 막을 수 있었던 유일한 사람이 나였다는 가책이 끊임없이 내 마음을 침몰시켰다. 하지만 과거를 되돌릴 수는 없었고 가책은 참담했다.

점심시간이 끝날 무렵에야 눈이 거의 그쳤다. 정수는 어떻게 됐을까. 궁금했지만 물어볼 수 없었다. 바쁘기도 했지만 머릿속에 떠오르는 불행한 예감들이 모두 들어맞을 것 같아서 두려웠다. 오후 네시 즈음이 되면서 응급실 환자들이 뜸해졌다. 눈이 조금씩 녹기 시작했다. 비현실적으로 새하얗기만 하던 바깥세상이 여기저기서 원래의 모습을 조금씩 드러냈다. 병원 정문에서 응급실로 이어져 있는 검은 아스팔트와 붉은 보도블록이 군데군데 드러났다. 지붕 위를 덮은 눈이 오후의 햇빛을 받아 반짝였다. 멀리 교회 첨탑의 십자가가 하늘 높이 솟아 있는 것이 보였다.

신경외과의에게 전화해서 정수의 상태에 대해 물었다. 내가 본 것처럼 정수는 외상성 뇌출혈과 경막하 뇌혈종이 있었다. 하지만 그것보다 훨씬 더 큰 문제는 뇌부종이 심해서 두개강내 압력이 너무 높은 것이었다. 신경외과에서는 감압을 위해서 두개골 일부를 절제하고 페노바비탈로 재우기로 했다. 페노바비탈 코마세라피라고 하는데, 페노바비탈로 뇌 활동을 최소화시킨 상태에서 사흘 정도 약용량을 유지하고, 이후에 약을 끊은 다음 신경학적 변화를 관찰하는 치료법이었다. 그나마 희망적인 것은 수술방에서 본 뇌 조직의 육안적인 소견이 CT 촬영에서 본 것만큼 나쁘지는 않다는 것이었다. 여전히 희망이 있었다.

신경외과의가 말을 마친 후에 전화를 끊지 않고 뭔가 할 말이 더 있는 사람처럼 조금 뜸을 들였다.

"선생님, 죄송한데요. 저한테 더 이상 이런 전화를 안 하셨으면 좋겠습니다. 환자 상태가 궁금하고 걱정이 되는 건 알겠는데요. 전화가 너무 많이 와서요. 오후에만 서른 통쯤 받았습니다. 이러면 제가 아무 일도 할 수 없어요. 경과기록지에 자세하게 써 놓을 테니 중환자실에 직접 가서서 확인해 주세요."

사흘이 지났다. 내가 중환자실에 들르는 시간은 대개 아침 일곱 시에서 여덟 시 사이였는데, 항상 정수 어머니가 로비에 앉아 있었다. 어떤 날은 멍하니 중환자실 정문을 바라보고 있었고, 어떤 날은 암갈색 염주 알을 만지며 눈을 감은 채 기도를 하고 있었다. 나는 무슨 말을 해야 할지 몰라서 매번 어머니를 보고도 그냥 지나쳤다.

정수의 모습은 이전과 비교해서 별다른 변화가 없었다. 중환자실 침대에 누워 있는 정수는 소인국 사람들에게 꽁꽁 묶인 걸리버처럼 수많은 줄-모니터, 정맥관, 흉관, 소변줄, 레빈튜브, 전선 등-로 침대에 묶여 있는 것 같았다. 얼굴에 잔뜩 묻어 있던 핏자국이 사라지고 부기가 빠지니 이전보다 훨씬 더 평온해 보였다. 삑삑거리는 벤틸레이터 소리, 규칙적인 맥박 소리, 다른 침대에서 들리는 알람 소리가 만들어 내는 온갖 시끄러운 소음들이 정수의 평온한 표정과 대비되었다.

깨어날 수 있을까. 중환자실에 온 여느 보호자들처럼 정수의 발을 꼬옥 쥐어 보았다. 차가웠다. 잡고 있던 정수의 발이 갑자기 덜덜거리며 움직여서 흠칫 놀랐다. 발을 놓았다가 발바닥을 발등 방향으로 밀자 발이 다시 한번 기계적으로 끄덕거렸다. 마치 어딘가를 향해서 천천히 그리고 힘겹게 걸어가고 있는 사람처럼 정수의 발이 느리고 반복적으로 끄덕거리다가 멈췄다. 발목 클로누스*. 정수의 뇌기능이 여전히 멈춰 있다는 증거였다.

코마세라피를 시작한 지 사흘째 되는 날, 아침에 퇴근하는 길에 중환자실에 들렀다. 조금 늦게 와서인지 어머니가 보이지 않았다. 중환자실로 들어가려고 하는데 출입문에서 누군가가 불쑥 튀어나와서 하마터면 부딪힐 뻔했다. 은미였다. 고개를 숙인 채 '죄송합니다'라고 말하더니 절을 꾸벅하고 서둘러 나갔다.

중환자실 안으로 들어가니 간호사들이 모여서 인수인계를 하고 있었다. 스테이션에 있는 간호사에게 신경외과에서 뭐라고 설명했는

---

* 뇌기능에 문제가 있을 때 나타나는 비정상적인 반사 중 하나. Ankle clonus.

지 물었다. 코마세라피는 별로 효과가 없었고, 의식이 돌아올 가능성은 굉장히 희박하다고 했다. 예상한 대로였다. 사실, 신경외과 의사가 아니더라도 중환자실에 누워 있는 정수를 본 동료들은 정수가 더 이상 이 세상 사람이 아니라는 것을 어느 정도 짐작하고 있었다. 여태껏 듣고 보았던 그 모든 희망적인 신호들은, 윤호가 말했던 좋아질 것 같다는 느낌마저도, 실은 현실 속의 절망을 견뎌 내기 위해서 마음이 만들어 낸 플라시보(placebo)에 불과했다.

애초부터 희망이란 건 존재하지 않았고, 응급실로 실려 온 그날 정수는 죽을 수밖에 없는 운명이었다. 어쩌면 첫날 정수를 본 사람들 모두가 그 사실을 알고 있었는지도 모른다. 단지 너무 빨리 인정하고 싶지 않았을 뿐.

"은미 쌤이랑 임정수 쌤이랑 무슨 사이예요?"

간호사가 내 표정을 조심스럽게 살피면서 물었다. 정수가 중환자실에 입원한 이후로 은미가 조금 이상해졌다고 했다. 말수가 줄고 표정이 항상 어두웠다. 은미는 정수가 입원한 다음 날 그달에 있던 오프를 모두 반납했다. 집안 사정 때문에 다음 달에 처리해야 할 일이 많아서 이번 달에 근무를 많이 해야 한다는 게 이유였다.

간호사는 은미에게 말하기 곤란한 개인적인 문제가 생겼고 그 때문에 기분이 가라앉아 있는 것이려니 생각했다. 하지만 야간 근무 후에 쉬어야 하는 오프 때도 집에 가지 않고 중환자실에 늦게까지 남아 있는 건 조금 이상했다. 그녀는 오늘 아침 신경외과에서 회진을 돈 후에 뭔가를 가지러 탈의실에 들어갔다가 은미가 울고 있는 걸 보았고, 그제야 은미에게 생긴 문제가 뭔지 궁금해졌다고 했다.

"잘 모르겠네요."

간호사는 내 대답에 약간 실망하는 것 같았지만 더 이상 물어보지는 않았다. 아이씨유 환자는 '아이 씨 유'를 해야지 좋아진다. 정수의 말이 떠올랐다. 하지만 역설적이게도 정작 그 말을 했던 정수는 이렇게 많은 사람들이 보고 있음에도 전혀 좋아지지 않고 있다. 중환자실을 나오니 어머니가 앉아 계셨다. 위로의 말을 건네야 한다는 생각이 들었지만 용기가 나지 않았다. 어머니를 지나쳐 계단 쪽으로 걸어갔다.

"저기요."

어머니가 나를 불렀다. 반사적으로 어머니 쪽을 돌아보았다.

"정수 친구지요? 매일 아침에 항상 혼자 오는 걸 보고 정수 친구가 아닐까 생각했어요. 이름이?"

나는 죄지은 사람처럼 우물쭈물 이름을 말했다. 어머니의 눈시울이 젖어 있었다.

"언젠가 이름을 들은 것 같네요. 상의할 게 있는데 시간 돼요? 바쁘면 나중에 얘기해도 되고."

"괜찮습니다. 어차피 퇴근하는 길이어서요."

어머니는 사흘 동안 당신이 지켜본 정수에 대해서 얘기했다.

"정수가 깨어날까요?"

어머니가 물었다. 아무 대답도 하지 못했다.

"언제까지 기다려야 할까요?"

어머니가 다시 물었다. 여전히 아무 대답도 하지 못했다. 어머니가 시선을 돌려 먼 곳을 잠시 쳐다보았다. 어머니는 앞으로 사나흘 후에도 아무 변화가 없으면 더 이상 연명만을 위한 치료는 하고 싶지 않다고 했다. 혼자 결정할 수 없는 문제라서 누군가와 상의를 하고 싶은데 지금 이 문제를 상의할 가족도 없고-정수의 아버지는 몇 년 전에 죽었고 형은 외국에 있었다-, 상의를 한다 한들 크게 도움이 될 것 같지 않아서 내 의견을 듣고 싶다고 했다. 어머니의 얘기를 들으면서 느낀 건데 정수는 생김새뿐만 아니라 성격도 어머니와 많이 닮았다. 결정이 빠르고 추진력이 있었다. 어머니의 얼굴에서는 정수가 보였고 어머니의 질문에서는 정수의 목소리가 들리는 것 같았다. 하지만 어떻게 대답해야 할지 몰랐다.

"내가 너무 어려운 걸 물어본 것 같네요. 피곤할 텐데 어여 가서 쉬어요."

어머니가 자신의 손으로 내 손을 꼬옥 쥐었다.

또 사흘이 흘렀다. 정수에겐 아무런 변화도 없었다. 기적은 실낱처럼 점점 가느다래졌지만 나는 여전히 그걸 필사적으로 붙잡고 있었다. 하지만 정수의 의식 상태는 여전히 똑같았고, 여전히 너무나도 평온한 표정이었고, 여전히 발목 클로누스로 어딘가로 걸어가고 있었다. 은미의 얼굴에는 여전히 그늘이 짙었고 나와 어쩌다가 눈이 마주치면 귀신을 만난 사람처럼 화들짝 놀라 시선을 피했다. 나는 여전히 어머니가 던진 질문에 대한 답을 찾지 못했다. 한 가지 달라진 게 있다면, 더 이상 어머니를 그냥 지나치지는 못했다는 것이다.

어머니는 중환자실에 매일 찾아오는 내게 고마워했지만 나는 아무것도 할 수 있는 게 없었다.

환자를 위해서 아무것도 해 줄 수 있는 게 없을 때, 무얼 할 수 있을까?

그냥 어머니의 이야기를 들었다. 무력한 시간이었지만 이야기를 듣는 동안만큼은 이상하게도 마음이 편안했다.

도로와 병원 건물을 덮고 있던 하얀 눈은 점점 녹아서 사라졌고 라자루스 신드롬만큼이나 비현실적이었던 설경도 시간이 지날수록 원래의 모습을 되찾아 갔다. 은미는 여전히 야간 근무를 하고 있었고 나는 매일 아침 무표정한 은미와 마주쳤다. 서로 아무 말도 하지 않았다. 정수는 여전히 그대로였다. 정수는 라자루스가 아니었다. 폭설이 내리기 전의 모습으로 돌아오지 못했다. 너무 멀리 가버린 것 같았다. 도저히 돌아올 수 없을 만큼 멀리.

엿새째 되는 날, 중환자실에 들어가려고 하는데 어머니가 나를 불렀다. 어머니의 표정 속에는 어두움과 애써 밝아 보이려는 노력이 공존했다. 어머니는 정수의 의식이 돌아올 가능성이 없는 것 같다고 담담하게 얘기했다. 신경외과 교수도 그렇게 얘기했고, 자신이 보기에도 그런 것 같다고. 어머니는 연명 치료를 중단하기로 결정했다고 말씀하시면서 가방에서 종이 한 장을 꺼내서 내게 보여 주었다.

장기기증 동의서

이름: 임정수

주민등록번호: 71****-*******

주소: 서울시 **** *** ***-**

전화번호: 02-****-****

위 사람의 가족 모두는 생전에 장기 기증으로 타인의 생명을 구하고 싶어 했던 고인의 뜻을 존중하여 직계가족 모두의 동의하에 위 사람의 장기를 아무런 조건 없이 기증하고자 합니다.

장기를 기증한 이후 위 사람이 기증한 장기에 관한 모든 일(이식받을 환자의 선정 등)을 병원 측에 전적으로 위임합니다.

우리 가족 모두는 심사숙고한 끝에 박애정신을 바탕으로 위 사람의 장기를 기증하기로 결정하였고, 가족을 대표하여 위 사람의 법률적인 보호자로서 서명합니다.

가족대표: ***

주민등록번호: ******-*******

위 사람과의 관계: 母

주소: 上同

1998년 12월 **일

세연의과대학병원장 귀하

"재작년이었나? 정수가 느닷없이 엄마는 장기기증 안 할 거냐고 물어봤어요. 이놈 자식이 엄마가 두 눈 시퍼렇게 뜨고 살아 있는데 무슨 그런 모진 소리를 하냐고 화를 버럭 냈죠. 정수가 조금 머쓱해 하대요. 자기 몸은 자기가 알아서 할 거니까 나중에 반대나 하지 말라고 그러더라고요. 그때 괜히 부아가 치밀어서 내가 네 놈보다 먼저 죽을 거니까 내가 반대할 일은 없을 거라고 쏘아붙였죠. 나는 장기 기증 절대 안 할 거니까 네 맘대로 사인이나 해 주지 말라고 했었는데……."

어머니가 희미하게 웃었다. 예전에 정수가 내게도 비슷한 얘기를 했다고 하자 어머니의 표정이 금세 밝아졌다.

"그래요? 그럼 됐네요. 정수가 하고 싶어 했던 일이니까 그냥 진행하면 되겠네. 그걸 물어보려고 그랬어요. 정수가 진짜 하고 싶어 했던 일인지가 궁금해서."

어머니는 내게 보여 주었던 동의서를 다시 가방 속에 넣었다. 흘림체 같은 어머니의 글씨를 보면서 둘이 글씨체도 많이 닮았다는 생각이 들었다.

다음 날 아침 일곱 시 즈음에 중환자실에서 연락이 왔다.

"뇌사 판정위원회에서 사망 선언했어요. 우리 병원 수술팀과 장기를 받아 갈 다른 병원 수술팀도 모두 수술방에 도착했어요. 지금 수술방으로 옮길 거예요. 수술방으로 오세요."

은미였다. 목소리가 조금 떨렸다. 수술방 앞에 사람들이 많이 모여 있었다. 동기 레지던트들도 몇 명 보였다. 수술방 앞 로비 벤치에서 어머니가 기도를 하고 있었다. 내가 다가가자 어머니가 인기척에 눈을 떴다.

수액을 주렁주렁 단 침대가 엘리베이터에서 나와 수술방 쪽으로 오고 있었다. 침대가 수술방 문 앞에서 멈췄다. 어머님이 침대 옆으로 다가가더니 정수의 오른손을 꼭 쥐었다. 손을 쉽게 놓지 못했다. 모두가 난처해하고 있는 사이에 중환자실에서 함께 따라온 은미가 정수의 손을 쥐고 있는 어머니의 손위로 자신의 손을 포갰다. 어머니는 그제야 정수의 손을 놓아 주었다.

수술방 문이 열렸다. 복도를 사이에 두고 마주 보고 있는 두 수술방이 무영등으로 환했다. 한쪽 방에서는 정수가 죽고 맞은편 방에서는 누군가가 새 생명을 얻게 된다고 생각하니, 수술방 사이에 놓인 긴 복도가 공여자와 수용자를, 산 자와 죽은 자를, 삶과 죽음을, 그리고 영혼의 안식과 육체의 회복을 나누는 경계처럼 느껴졌다. 정수의 침대가 그 경계를 따라서 천천히 움직였다. 그리고 문이 닫혔다.

정수의 시신은 수술이 끝난 후에 영안실로 내려갔다. 사흘 동안 병원장(葬)으로 정수의 장례식을 치렀다. 어머니는 화장터에서 아들의 관이 불길 속으로 내려갈 때 끝내 차가운 바닥에 주저앉아 오열했다. 정수는 그렇게 한 줌의 재가 되었다.

정수가 사망한 지 2주 후에 미비기록을 마무리하기 위해서 의무기록실에 들렀다. 내 미비기록 중에는 정수의 차트도 있었다. 응급실 기록지 몇 군데에 체크 표시를 빼먹었고 의심되는 진단명을 쓰는 칸이 비어 있었다. 응급실 기록지의 빈 곳을 채우고 나니 처음부터 끝까지 차트를 훑어보고 싶어졌다. 정수의 차트를 맨 앞 장부터 한 장씩 넘기기 시작했다. 퇴원요약지, 영상판독결과지, 수술기록지, 뇌파검사지, 마취기록지, 경과기록지……

차트를 한 장씩 넘길 때마다 두개골이 부서지고, 갈비뼈가 으스러지고, 뇌와 폐가 핏속에 잠겼다. 조각난 뼈는 날카로웠고, 뇌와 폐는 질식됐고, 장기가 사라져 버린 육체는 공허했다. 이 황폐한 육체를 두고 저세상으로 떠났을 정수를 떠올렸다. 정수의 영혼이 그 모든 고통이 도착하기 전에 육체로부터 떠났기를 바랐다. 부디, 자신의 몸을 침범했던 모든 일을 아무것도 기억하지 못하기를.

경과기록지 속에는 신경외과뿐만 아니라 내과와 외과 1년 차들이 쓴 기록도 있었다. 정수가 중환자실에 누워 있던 일주일 동안 정수를 아는 친구들이 자발적으로 스케줄을 짜서 한 시간마다 정수의 상태를 확인하고 기록한 것이었다. 그들이 매시간 기록한 혈압, 맥박, 체온, 소변량, 그리고 의식 상태를 평가한 'no interval change*'라는 구절이 경과기록지 속에 빼곡하게 반복적으로 쓰여 있었다. 포트 로더데일 마을 어귀의 나무에 걸려 있던 노란 손수건처럼 정수가 깨어나기를 바라는 친구들의 수많은 'no interval change'가 경과기록지 속에서 간절하게 펄럭거렸다. 맨 앞장으로 돌아와 '사망' 칸의 체크 표시를 뚫어져라 쳐다보았다. 가슴이 먹먹해졌다. 차트 위에

---

* 이전과 달라진 게 없다는 의미.

두 손을 얹으니 갑자기 눈물이 왈칵 쏟아졌다. 사망 칸 체크 표시가 푸르스름하게 번졌다.

눈이 몇 번 더 내렸다.

몇 가지 사고가 있었다. 지난주에 공연 준비를 하다가 다친 학생이 응급실에 내원했다. 이동식 무대에 배를 부딪혔다고 했다. 저녁 열 시가 넘어서 오는데 내원 당시에는 배만 아프다고 했을 뿐 별다른 문제가 없어서 대기를 시켰다.

다음 날 아침 여섯 시 즈음에 청원 경찰이 학생이 좀 이상한 것 같다고 봐 달라고 했다. 전날 저녁에 봤을 때와는 뭔가 달랐다. 얼굴은 창백했고 배는 어제보다 훨씬 심하게 아파했다. 배에 조금만 손을 대도 자지러졌다. 혈압이 80에 50이었다. 부랴부랴 접수를 시키고 복부 CT를 찍고 외과에 연락했다. 비장파열에 의한 혈복강*이었다. 나중에 확인해 보니 이동식 무대라는 것이 건장한 성인 열 명이 옮겨야 하는 정도의 무게라고 했다.

다행히도 환자는 수술을 받아서 생명을 건졌지만, 외과에서는 비장파열로 쇼크 상태인 환자를 반나절 가까이 아무것도 안 하고 대기실에 깔아 놨다면서(방치했다면서) 생난리를 쳤다. 잔뜩 열을 받은 외과 교수가 나를 보자고 했지만 민 교수와 통화를 하는 선에서 마무리됐다. 나는 별로 복부 외상에 대해서 발표했다. 아무 의미 없는 발

---

* 복강 내에 혈액이 고여 있는 경우.

표였다. 어차피 응급실 안으로 들어와서 검사를 할 수도 없는 마당에 대체 책과 저널에서 알려 주는 지식을 공부하는 게 무슨 소용이 있단 말인가. 처음에 비슷한 일이 생겼을 때는 환자와 다른 과에게 미안한 마음이 있었지만 점점 그런 마음도 사라졌다. 미안한 마음보다는 대책도 없는 일을 계속 고민해야 하는 상황이 짜증스럽기만 할 뿐이었다.

사흘 후에 비슷한 일이 다시 생겼다. 오십대 여자 환자였는데 저녁을 먹다가 갑자기 오른쪽 팔에 힘이 빠지고 말이 어눌해져서 내원했다. 응급실에 온 시각이 저녁 열한 시 즈음이었는데 환자는 내원 당시 신경학적으로 완전히 정상이었다. 별다른 증상이 없었기 때문에 환자는 집으로 가고 싶어 했고 나도 보낼 생각이었지만 같이 온 남편이 하도 우기는 바람에 대기를 시켰다. 환자는 새벽이 되어서도 계속 대기실 벤치에서 기다렸다. 남편은 왜 자기들이 먼저 왔는데 더 늦게 온 사람들이 먼저 응급실로 들어가냐며 수시로 나와 청원 경찰에게 불평을 했다.

대기하다가 지친 환자와 보호자는 결국 집으로 돌아갔다. 하지만 그게 끝이 아니었다. 아침 여섯 시 즈음에 환자가 다시 왔다. 오른쪽 편마비, 안면마비 그리고 약간의 의식저하가 있었다. 신경과에서는 좌측중간뇌동맥 경색으로 중환자실로 입원시켰다. 이번에는 외과가 아니라 신경과였다. 보호자가 티아이에이(TIA)* 증상을 분명히 이야

---

* 혈액 공급에 문제가 생기면서 일시적인 신경학적 이상이 생기는 경우. Transient Ischemic Attack.

기했는데도 응급의학과 1년 차가 이를 무시하고 아무 조치도 하지 않고 -심지어 자리가 있었음에도- 환자를 대기실에 깔아놨다고 또 생난리를 쳤다.

내가 내린 결정 때문에 환자 두 명이 죽을 뻔했다. 여전히 나는 미숙했다.

결국 의국회의를 소집했다.

"제가 봐야 하는 환자는 응급실에 들어온 환자들이지 자리도 없는데 무작정 들어오겠다고 밖에서 버티고 있는 환자들이 아니에요. 그리고 제가 왜 응급실에 들어오지도 않은 환자 회진을 돌아야 하나요? 그렇게 걱정이 되시면 걱정이 되시는 분들께서 회진 도세요."

내가 말했다.

"야 이 새끼야, 네가 환자를 두 명이나 죽일 뻔했으면서 그걸 지금 말이라고 씨불이는 거야?"

진우가 자리에서 벌떡 일어나면서 옆에 있던 철제 접이식 의자를 발로 걷어찼다. 의자가 벽에 부딪혀 요란한 소리를 내면서 부서졌다. 경준이 진우를 두 팔로 붙잡았고, 성혁은 나를 회의실 밖으로 끌고 나갔다.

"그렇게까지 얘기할 필요가 뭐 있냐. 일단 나가서 아침이나 먹고 와."

성혁이 말했다. 의국 회의는 그렇게 끝이 났다. 그렇게까지 말할 필요는 없었는데. 그 시기에 나는 감정 조절을 잘하지 못했다. 쉽게 분노하고 아무 때나 폭발했다.

병원 밖으로 나와서 가까운 식당에 들어갔다. 메뉴를 확인하고 있는데 옆 테이블에 머리를 짧게 깎은 학생이 앉았다. 앉자마자 참고서와 검은 나이키 더플백을 의자 위에 턱 올려놓았다. 주문을 하고 담배를 피기 위해서 식당 밖으로 나왔다. 1월의 아침 바람이 차가웠다.

"선생님!"

주차장에서 문 쪽으로 걸어오던 누군가 내게 아는 척을 했다. 누굴까? 목에 둘둘 감은 머플러를 풀었다. 낯이 익었다.

"기억 안 나세요? 이강록 엄마예요. 이렇게 이른 시간에 여기 어쩐 일이세요?"

말할 때마다 입에서 하얀 입김이 뿜어져 나왔다.

"아, 예. 아침 먹으려고요."

나는 담배를 피우려던 손을 내리고 엉거주춤한 자세로 인사를 했다. 강록의 어머니가 무척 반가워했다. 밖이 너무 춥다면서 안으로 들어가자고 해서 얼떨결에 함께 식당 안으로 들어왔다. 옆에 앉았던 짧은 머리의 학생이 강록이었다. 등 번호 61번이 새겨진 파란색 야구 유니폼을 입고 있었다.

"강록이가 진짜 많이 좋아졌어요. 다 선생님 덕분이에요. 강록아, 인사드려. 너 살려 주신 선생님이셔."

강록이 웃으면서 인사를 꾸벅했다. 오늘 재활의학과 예약이 잡혀 있다고 했다. 강록은 여전히 건장한 체격이었고 혈색도 좋고 표정도 밝았지만 어딘가 모르게 조금 어색한 느낌이었다. 강록의 어머니 말에 따르면 비록 사고 전과 똑같지는 않지만 일상적인 일들의 대부분을 혼자서 처리한다고 했다. 하지만 강록은 야구 선수가 되는 꿈을 접었다. 어느 고등학교에서도 교통사고를 당한 강록이를 데려가고 싶어 하지 않았기 때문이다.

"얘는 야구가 진짜 좋은가 봐요. 아직도 규칙적으로 야구 연습을 해요. 공도 던지고 타격연습도 하고. 요즘은 강록이가 좀 더 좋은 여건에서 운동할 수 있는지 알아보고 있어요. 재활에 도움이 될 것 같아서요. 의사 선생님도 운동을 하는 것이 여러 가지 점에서 좋다고 하시더라고요. 특히 야구는 집중력도 필요하고 머리도 많이 써야 하니까 더 좋다고 하셨어요."

강록뿐 아니라 어머니도 표정이 전보다 훨씬 좋아 보였다. 그늘이 전혀 없는 건 아니었지만 그래도 세상의 모든 고민을 짊어진 것 같은 표정으로 퇴원하던 때와는 전혀 달랐다. 밥을 먹고 나올 때 어머니가 계산대 앞으로 뛰어나오더니 굳이 밥값을 내 주겠다고 해서 가벼운 실랑이를 벌였다.

최근 들어서 내 선택에 회의가 들 때가 많았다. 응급의학과를 선택하면 눈앞에서 죽어가는 환자들을 살리면서 하루하루를 보내게 될 줄 알았는데 현실은 내가 예상했던 것과는 전혀 달랐다. 물론 인턴 때도 어느 정도 알고 있었지만, 레지던트 1년 차로 직접 일하는 것은 인턴을 하며 어깨너머로 보던 것과는 전혀 다른 차원의 경험이었다.

출근할 때마다 가슴이 답답하고 머리가 터질 것 같았다. 아침에 근무를 시작할 때부터 이미 응급실 대기 명단이 빼곡하게 차 있었다. 대기자가 스무 명을 넘는 경우도 허다했다. 거의 매일 응급실이 꽉 찬 상태에서 일을 시작하다 보니 할 수 있는 게 별로 없었다. 환자나 보호자에게 응급실에 못 들어온다고 설명하고 대기시키거나 다른 병원으로 가도록 설득하는 게 고작이었다.

말이 좋아서 환자 분류니 트리아지(triage)니 하는 거지 실상은 의학적인 지식이 전혀 필요 없는 주차 안내와 비슷했다. 빈자리를 찾아서 환자를 넣어 주고 자리 없으면 대기시키고. 이런 일을 어쩌다 한두 번 하는 거면 해 볼 만하겠지만, 몇 달 동안 하다 보면 별의별 생각이 다 들었다. 여기서 대체 뭘 하고 있는 걸까. 내가 응급의학과를 선택한 것은 환자를 '보기' 위해서였다. '보내기' 위해서가 아니라.

응급의학과에 대한 외부인들의 시선도 곱지 않았다. 응급의학과 1년 차라는 존재는 환자와 보호자에게는 응급실 문을 막고 있는 까칠한 장애물이었고, 다른 과 의사들에게는 쓸데없는 일을 만들어 떠넘기는 얄미운 시누이였다. 누구에게도 환영받지 못하는 병원의 장애물이자 시누이, 이것이 외부인의 눈에 비친 응급의학과였다.

무엇보다 내가 의사로서 나아지고 있는지도 의문이었다. 왜냐하면 응급실 환자들의 대부분이 이미 다른 과에서 보고 있는 환자들이었기 때문이다. 그러니 회진을 위한 환자 파악이라는 것도 말이 좋아 환자 파악이지 다른 과 '뒷북'이나 치러 다니는 수준이었다. 밖에서는 주차 안내하고 안에서는 뒷북이나 치는데, 대체 뭘 배우라는 건지. 미래가 안 보였다.

그래서 결국, 도망쳤다.

많이 막히지만 않으면 어두워지기 전에 도착할 수 있을 것이다. 좌석에 앉아서 등받이를 뒤로 조금 밀었다. 어제 당직을 섰기 때문에 피곤했다. 오 분 정도 남았다. 출발하기 전에 내려서 담배를 한 대 피우고 싶었다. 주섬주섬 담배를 챙겨 일어나면서 주머니를 뒤졌다.

라이터가 없다. 호주머니와 가방을 다시 샅샅이 뒤졌지만 역시 없었다. 사러 가기에는 시간이 좀 빠듯한데. 주변을 둘러보았다. 라이터를 빌릴 만한 사람이 딱히 보이지 않았다. 마지막으로 꺼낸 게 언제더라? 아침 먹을 때까지는 있었던 것 같은데……. 그 식당에? 기사가 차 안을 휙 둘러보더니 운전석에 앉았다. 좌석의 절반 정도가 비어 있었다. 버스의 출입문이 닫히고 차가 천천히 후진했다. 삐삐. 삐삐. 삐삐. 비퍼가 울렸다. 반사적으로 내 비퍼를 확인했다. 내 비퍼가 아니었다. 조금 고민하다가 비퍼의 전원을 꺼 버렸다.

고속 도로에 진입했다. 세 시간 반 후면 강릉이었다. 이렇게 가 버려도 되나 하는 생각이 잠깐 들었지만 이젠 돌이킬 수 없었다. 가방을 뒤적여서 책을 꺼냈다. 터미널 서점에서 산 『그리스 비극』이었다. 이 희곡집에는 「오이디푸스 왕」이 실려 있다. 본과 2학년 때 정수와 함께 「오이디푸스 왕」을 무대에 올렸다. 「오이디푸스 왕」을 올리던 그해 여름의 엠티 장소는 강릉이었다.

이틀 전에는 '설'에서 늦게까지 술을 마셨고, 어제 아침에는 정수가 사고를 당했던 터널을 통과해서 출근했고, 지금은 정수와 함께 만들었던 작품을 읽으면서 정수와 함께 갔던 도시에 가고 있다. 하지만 지금은 정수가 아닌 정수의 빈자리만이 있을 뿐이다. 정수의 부재를 포착한 졸업식 사진처럼.

책을 폈다. 톨게이트 근처에서 차들이 밀리기 시작했다. 차가 서서히 속도를 줄였다. 차가 멈췄다가 가기를 몇 번 반복했다. 차창 밖을 보다가 스르르 눈이 감겼다.

눈을 떠 보니 어느새 휴게소 진입로에 들어가고 있었다. 벌써 출발한 지 두 시간 정도가 지났다. 휴게소에서 십오 분 정도 정차하겠다고 했다. 화장실에 들르고 토스트를 사서 차로 돌아왔다. 좌석에 앉자마자 생각이 났다. 결국 라이터를 또 못 샀다. 토스트를 사는 대기 줄이 너무 길었다. 비퍼를 꺼내서 켰다. 아무 연락도, 메시지도 없었다. 내가 연락 좀 안 받아도 병원에는 아무 일도 없을 것이라는 생각에 비퍼를 끄고 가방에 도로 넣었다.

기사가 차 안을 둘러본 후에 시동을 걸었다. 버스가 다시 천천히 출발했다. 황량한 겨울 산이 다시 차창 밖으로 천천히 지나갔다. 책을 다시 폈다.

병원을 뛰쳐나와서 어딘가로 가 버리고 싶다는 생각을 하는 순간, 제일 먼저 떠오른 사람은 단열이었다. 단열이 강릉에 있는 병원에 취직했다는 게 생각났다. 동해. 빽빽한 대기자 명단이 아닌 푸른 바다를 보면 마음이 좀 나아질 것 같았다. 언젠가 단열이 저만치서 하늘빛 바다가 보이고 파도 소리가 하루 종일 재잘거리는 곳이라고 얘기했던 게 기억났다.

"택시 아이씨한테 파라다이스 모텔로 가자고 하믄 된대이. 경포호 끼고 해안로 따라서 밑으로 쪼매 내려오다 보면 보일 끼다. 고 옆에 있는 빨간 지붕집이다. 잘 모르겠거든 파라다이스 모텔로 들어가가 호텔 직원한테 물어봐 봐라. 갯바위 횟집 뒤쪽이라고 하든데요라고 하면 알끼다. 그래도 못 찾겠으믄 거서 바다나 보고 있그라. 내가 빨리 갈 끼다. 어차피 할 꺼도 없자나?"

책을 읽다가 잠이 들었다가를 몇 번 반복했다. 한 시간 정도가 더 지나서 강릉에 도착했다. 강릉에 내리니 날씨가 흐리고 어두웠다. 내리자마자 라이터를 사려고 매점에 들렀지만 문이 닫혀 있었다. 검은색 굵은 글씨로 '잠시 자리 비움'이라고 쓰인 A4 크기의 마분지가 출입문 손잡이에 끼워져 있었다.

터미널 밖으로 나왔다. 빨간색 불티나 라이터가 입구 바닥에 떨어져 있었다. 라이터 옆에는 노숙자가 외투를 뒤집어쓴 채 박카스 상자를 머리 앞에 놓고 엎드려 있었고, 상자 안에는 백 원짜리 동전 몇 개와 천 원짜리 지폐 한 장이 들어 있었다. 왼쪽 손목이 심하게 뒤틀려 있었다.

이 사람 라이턴가? 아니면, 파는 거? 그냥 주워가기도, 물어보기도 모두 애매했다. 상자 바닥에는 '저는 몸이 아파요, 몸이 아파서 일 못 합니다, 조금씩만 도와주세요, 감사합니다.'라는 글귀가 서툰 글씨체로 줄을 바꿔 가며 쓰여 있었다. 라이터를 사려고 쥐고 있던 오백 원짜리 동전과 함께 천 원짜리 지폐를 지갑에서 꺼내 박스에 넣었다. 납작하게 엎드려 있던 그가 '감사합니다'라고 들릴 듯 말 듯하게 중얼거렸다.

밖이 생각보다 어두웠다. 바다를 보려면 서둘러야 했다. 택시를 잡기 위해서 큰길로 나왔다. 다행히 금방 잡혔다. 출발할 때 보니 길 건너편에 버스 정류장이 보였다. 저기서 버스를 타고 한 시간 정도 해안도로를 따라서 가면 등명해수욕장에 도착했다. 그해도 그랬다.

엠티 오기 전날 연습하다가 오이디푸스를 맡은 정수와 심하게 말다툼을 했다. 정수는 직선적이고 외향적인 본인의 실제 성격과는 달리 극 속에서는 조심스럽고 생각이 많은 인물을 연기하고 싶어 했다. 그게 문제였다. 지나치게 생각 많고 조심스러운 오이디푸스. 연출이었던 나는 장면을 만들 때마다 그게 눈에 거슬렸고 엠티 오기 전날에도 그걸 지적했다.

"정수야, 오이디푸스는 햄릿이 아니야. 관객들 눈에는 오이디푸스가 자신만만하고 독선적이고 불같은 성격의 인물로 보여야 해. 그래야지만 후반부에 오이디푸스가 무너지는 모습이 훨씬 더 극적으로 보인단 말이야. 지금처럼 연기하는 건 캐릭터를 완전히 엉뚱하게 이해하고 있는 거야."

정수는 연습을 시작할 때부터 줄곧 '생각 많은' 오이디푸스를 고집했다. 내가 제시한 캐릭터를 전혀 받아들이지 않았다. 처음에는 그러려니 했는데 한 달이 지나서도 마찬가지였다. 언쟁을 벌이는 것도 지긋지긋했다. 계속 그렇게 연기할 거면 오이디푸스는 때려치우고 차라리 햄릿을 하든가. 결국 연습을 보고 있던 극회장 명호와 기획 민서가 우리 둘을 말렸다. 엠티 와서도 전날 싸움의 여파 때문이었는지 서먹서먹했다. 후배들이 나와 정수의 눈치를 슬슬 살폈다.

엠티 둘째 날 저녁이었다.

"야! 밴댕이 소갈딱지들, 아직도 화해 안 했냐? 애들 보기 민망하게 엠티 와서까지 이럴래?"

민서가 언성을 높였다.

"나랑 햄릿이랑 오이디푸스의 공통점이 뭔지 아나?"

내내 아무 얘기도 안 하던 정수가 혀가 약간 꼬인 소리로 물었다. 나는 여전히 꽁한 상태였기 때문에 정수의 질문을 건성으로 듣고 아무 대답도 하지 않았다.

"말귀를 드럽게 못 알아처먹는다."

민서가 말했다.

"빙고!"

얼굴이 시뻘게진 명호가 큰 소리로 웃었다.

"아버지가 없다."

정수는 자신의 대답이 뭐가 그리 재밌는지 처음에는 키득거리면서 자조적으로 웃었다. 그러더니 갑자기 엉엉 울기 시작했다. 정수의 아버지는 본과 2학년 초에 폐암으로 사망했다. 폐암 진단을 받고 나서 겨우 오 개월 만의 일이었다. 명호가 비틀거리며 정수에게 다가가서 괜찮냐고 물으며 등을 토닥거렸다. 나도 괜히 짠한 마음이 들었다.

사실 정수가 햄릿형 오이디푸스를 고집해서 나와 언쟁을 벌이기는 했지만, 연극을 만드는 동안 내게 많은 도움을 주었다. 연습 초기에 나의 고민거리 중에 하나는 오이디푸스가 자신의 눈을 찌르는 장면이었다. 아무리 생각해 봐도 자살을 선택하지 않은 오이디푸스가 이해가 되지 않았다. 자신의 (어머니이자) 부인도 자살했는데 정작 모든 불행의 원인인 자신은 왜 자살하지 않는 것일까?

"그럼, 네 생각은 뭔데?"

내가 물었다.

"인간은 파괴되지만 패배하지는 않는다. 카, 멋있지 않냐? 어디서 들었더라? 뭐, 어쨌거나 인간이라는 게 실패하고 부서져 봐야 뭔가를 배우게 되잖아. 그러니 고생 직사게 하더라도 죽지 말고 견디라는 거지."

엠티 마지막 날 아침에 연극반 후배들과 함께 등명락가사에 올랐다. 절을 여기저기 둘러보다가 큰 법당으로 올라갔다. 정수가 대웅전 안에 걸려 있는 알록달록한 연등을 가리키면서 연등을 올리는 행위 속에는 번뇌와 무지로 가득 찬 세계를 밝게 비춘다는 의미가 담겨 있다고 말했다. 이 절의 이름에 들어 있는 '등명'이란 단어 속에도 불법(佛法)으로 세상을 밝힌다는 뜻이 담겨 있다고 덧붙였다.

"어쭈, 쫌 아네. 절에 다니서?"

명호가 물었다.

"아니. 어머니가 다니시긴 하지만 나는 아냐. 올라오다가 안내문을 읽었지."

정수가 말을 마치고 나서 법당 앞으로 가더니 고개를 숙이고 기도를 했다.

"웬일이냐. 네가 기도란 걸 다 하고?"

내가 물었다. 정수가 씨익 웃었다.

"뭐라고 기도했냐?"

물어보고 나서 금방 후회했다. 돌아가신 아버지에 대한 기도였을지도 모른다는 생각이 들었기 때문이다. 괜히 물어봤나.

"죽느냐 사느냐 그것이 문제라고 독백했다, 인마. 히히, 농담이고. 연극 잘되게 해 달라고 기도했어. 제발 우리 연출님께서 원하시는 오이디푸스가 꼭 될 수 있게 해 달라고."

정수가 웃으면서 대답했다.

"오, 이제야 말귀를 알아먹는데?"

민서가 정수를 보면서 양쪽 엄지를 치켜 올렸다. 큰 법당에서 내려다보니 눈부시게 반짝거리는 여름 바다가 저 멀리 끝도 없이 펼쳐져 있었다.

앞 건물인 '갯바위' 횟집 때문에 조금 가려졌지만 붉은 지붕 집 베란다에서는 단열이 말했던 것처럼 바로 저만치에 바다가 보였다. 해가 저물어 바다는 어두컴컴했다.

"춥다. 들어온나."

단열이 안에서 나를 불렀다.

"무라. 처음 왔을 낀데 집 잘 찾아왔네. 파라다이스 모텔 직원이 잘 갈케 주드나?"

단열이 식탁에 앉아서 '갯바위' 횟집에서 사 온 광어회 한 점을 것

가락으로 집으며 말했다.

"호텔 데스크 직원이 알려 줬어요. 근데, 엄청 위아래로 훑어보던데요."

"몇 년 전에 그 모텔에 투숙했던 사람이 자살했다카드라. 천지로 소문났다 아이가. 그 담부터는 호텔 주인이 혼자 오는 손님 단디 살피보고 받으라꼬 직원들한테 갈킸다카드라. 전에 집 구할 때까지 매칠 있을라고 갔는데, 내가 갔을 때도 요래조래 빼면서 방 안 주드라."

단열이 내 잔에 소주를 따라 주었다. 잔을 단숨에 비웠다. 술이 몇 잔 들어가고 나서 나는 최근에 있었던 몇 가지 사고와 의국 회의 때 있었던 일에 대해서 이야기했다. 단열은 간간이 술을 따라주며 내 이야기를 들어 주었다.

테이블 위의 소주 두 병을 마시고 나서 냉장고에 넣어 둔 술을 꺼내 오기 위해서 단열이 일어났다. 갑자기 궁금해졌다. 단열은 한 번도 자살하겠다는 생각을 한 적이 없을까?

"형은 자살하겠다고 생각한 적 없어?"

내 질문을 듣더니 단열이 쓸쓸하게 웃었다. 한동안 아무 말이 없었다.

"내가 니한테 우리 엄마 얘기 한 적 있나?"

"아니요. 살아 계세요?"

"아이다. 어…… 깨놓고 말하면 돌아가신 거나 마찬가지지 머."

단열은 알쏭달쏭한 대답을 하고 아랫입술을 살짝 깨물었다. 단열의 친할아버지는 재선에 성공한 국회의원이었고, 아버지는 대형 약국 두 개를 경영하는 약사이면서 부동산 임대업을 하는 사업가였다. 대형 침례교회의 장로님이기도 했다. 외할머니는 양조장과 나이트클럽을 소유하고 있었는데 80년대에 자산 규모가 70억이 넘었으니 어마어마한 부잣집이었을 것이다. 재력가와 유력한 정치인 집안의 '완벽한' 만남이었다.

집안에 문제가 있다는 건 조금 더 커서 알게 되었다. 어머니는 언젠가부터 시댁을 가지 않겠다고 했다. 명절 때마다 이 문제로 심하게 다퉜다. 아버지와 시댁이 요구하는 기독교가 가장 큰 이유였다. 외가는 독실한 종교가 있는 것은 아니었지만 대체적으로 불교에 가까웠다.

풍요롭고 행복했던 단열의 집은 두 분이 별거하던 시기부터 가세가 기울기 시작했다. 그의 아버지는 유능한 사업가였지만 사업에는 늘 위기가 있기 마련이었다. 하지만 그 위기를 슬기롭게 넘기지 못했다. 건축업에 손을 댔다가 실패한 후에 약국과 대부분의 부동산이 날아갔다.

외할머니는 대범하고 억척스러운 여장부였고 유능한 사업가였지만 정치에 대한 욕심이 지나쳤다. 여당 공천을 받는 데 실패했고, 무소속으로 출마해서 엄청난 돈을 썼지만 두 번이나 국회의원 선거에서 낙선했다. 양조장이 날아갔고 보복성 세무 조사의 표적이 되었다. 하지만 그 수많은 불운과 실패에도 외가의 재산은 여전히 많이 남아 있었다.

외할머니는 돌아가시면서 모든 걸 외삼촌에게 물려줬다. 어머니는 단 한 푼의 유산도 받지 못했다. 워낙에 아들밖에 모르던 분이기도 했지만 양조장과 나이트클럽 사업을 혐오했고, 고고한 체하는 장로 사위를 지독하게 증오했기 때문이었다. 어머니는 단열이 본과 2학년 때 출가했다. 고의든 아니든 어머니도 남편과 시댁에 복수를 한 셈이 되었다. 출가해서 비구니가 되어 이혼했으니 기독교를 강요하던 아버지와 시댁에 이보다 더 치명적이고 완벽한 복수가 어디 있겠는가!

"우리 동생 죽은 거는 내가 말했제? 우리 동생 죽기 바로 직전에 엄마가 병실로 찾아왔드라. 엄마? 아이지 아이지. 그 사람 말로 하자믄 묘심 스님이라케야 되나. 엄마라고 부르지도 말고 찾지도 말라카대. 죽기 매칠 전에 울 동생이 자기 죽어도 엄마한테 절때로 연락하지 말라고 했다.

우리 동생은 엄마 디게 싫어했다. 무책임하고 이기적인 사람이라고 생각했다. 근데, 그래도 그게 생각처럼 잘 안 되드라. 지가 아무리 부인하고 아니라케도 어째 엄마가 엄마 아인 게 되고, 딸래미가 딸래미 아인 게 되겠노. 결국은 연락했다 아이가. 동생 죽기 십 분 전에 도착하대. 죽어 가는 동생한테 미안하다는 말만 계속하드라. 엄마라꼬 부르지도 말라칼 때는 언제고 머시 그래 미안하다는 건지. 쫌 웃기제? 그때는 머 의식이 없어지뿌서 엄마 말 들리도 안 했을 끼야. 제발 안 들렸기를 바란다. 내를 얼마나 원망했겠노."

단열이 라이터를 꺼내서 담배에 불을 붙였다. 라이터 바닥에 'Daniel'이라는 영문이 음각으로 새겨져 있었다.

"죽을라고 생각해 본 적 없는지 물어봤제? 진짜 마이 했다. 출근할 때는 열심히 일해서 빚 갚아야되겠다카고 집 나서는데, 퇴근해서 집에 오고 나면 다 끝내고 죽고 싶더라. 한동안은 맨날 그렇드라. 내가 그때 무슨 정신으로 환자를 봤는지 모르겠다.

레지던트 그만두고 나서, 나도 바다가 보고 싶드라. 짐 다 싸 가꼬 와서 처음 간 데가 파라다이스 모텔 아이가. 호텔 직원이 내를 똑바로 봤지. 내가 거기서 죽을라고 했다 아이가. 근데 있자나. 인간이라는 게 진짜 웃기더라. 막상 죽을라고 계획을 이빠이 세우고 왔는데, 계획이 쪼끔 틀어지니까 죽을라고 했던 마음이 한풀 꺾이는 거라. 결국 딴 데 방 잡았다 아이가.

새로 마음 묵꼬 죽을 날짜를 정했지. 목매달아 죽기로 계획을 짰는데, 근데 있자나…… 음, 또 실패해쁫다. 줄이 끈키쁫거든. 체중을 못 견딘 거라. 내가 체중이 진짜 마이 나가자나. 그라고 나서 얼마 안 이따가 묘심 스님한테 연락이 왔대. 내 만나고 싶다 카더라. 찾지 말라 칼 때는 언제고, 그땐 무슨 바람이 불었는지 모르겠다. 거절할까 하다가 그냥 만났다."

어머니를 만난 후에 단열은 자살을 미뤘다.

"내가 죽는 거 왜 관뒀는지 안 궁금하나?"

"왜 관뒀는데요?"

단열이 이유를 말하지 않고 나를 빤히 쳐다보았다.

"근데, 니는 강릉에 왜 온 긴데? 우찌 된 심판이고?"

"아까 말했잖아요."

"진짜? 그게 다라꼬?"

단열이 나를 빤히 쳐다보았다. 내가 고개를 끄덕였다. 단열이 뭔가를 생각하는 듯 잠시 아무 말도 하지 않았다.

"정수 죽었제?"

나는 대답하지 않았다.

"경력증명서 떼러 갔는데 우짜다가 정수 부고를 봤다. 부고 보면서 기분이 이상하드라. 막상 임정수가 죽었다는 걸 알고 나니까 진짜 슬픈 거라. 쫌 웃기지 않나? 내가 그렇게 원했던 게 정수처럼 저세상으로 갈라고 하던 거니까 정수를 부러워하는 게 맞다 아이가. 근데, 전혀 안 그런 거라. 집에 오는 동안 버스에서 막 울었다. 그라고 나니 알겠더라. 나는 사실은 안 죽고 싶었구나 싶대. 그니까 두 번이나 자살에 실패한 거겠지 머. 만약에 말이다. 정수가 죽었다는 부고를 못 봤으면 나는 여 어디 구석탱이에서 시체로 발견됐을지도 모른다. 아니, 아니믄 자살에 계속 실패하다가 결국 폐인이 됐을 기다."

"정수 때문에 온 거 아니라니까. 그냥 지겨워서 온 거예요. 아까다 말했잖아요."

내가 약간 언성을 높였다. 단열이 담뱃불을 붙였다.

"아부지도 동생도 내 맘속에 다 묻어뿟다. 니 맘속에도 무덤 있는거, 다 안다."

"씨발, 아니라니까!"

내가 식탁을 세게 내리쳤다. 식탁 위의 소주병이 바닥으로 떨어지면서 깨졌다. 나는 일어서면서 중심을 잃고 바닥에 쓰러졌다. 깨진

병 조각에 손을 베었다. 손에서 핏방울이 떨어졌다. 취한 탓인지 별로 아프지 않았다.

"괜안나?"

단열이 바닥에 떨어진 병 조각을 치운 후에 내게 반창고를 건넸다.

"미안해요. 나도 모르게 흥분해서."

말하면서 자꾸 눈물이 났다.

"내 얘기가 니한테 쪼매라도 위로가 되믄 좋겠다. 인간이라는 게 참 어리석대이. 자기 마음도 잘 모른다 아이가. 생각해 봐봐라. 병원은 아무것도 변한 게 업따 아이가. 단지 니 마음이 예전 같지 않은 거대이. 왜 옛날하고 틀린지는 니도 알걸."

나는 식탁 위에 놓인 라이터를 물끄러미 쳐다보았다.

다음 날 깨어났을 때 단열은 보이지 않았다. 식탁은 깨끗하게 치워져 있었고 전날의 흔적은 아무것도 남아 있지 않았다. 빨간 지붕 집을 나와 택시를 타고 버스 터미널로 향했다. 전날 보았던 풍경을 되감기를 하듯이 고스란히 다시 보면서 터미널에 도착했다. 가장 빠른 서울행이 십오 분 후였다.

매점에 갔더니 '잠시 자리 비움'이라는 메모가 여전히 문손잡이에 끼워져 있었다. 원래 영업을 안 하는 가게인가. 터미널 밖으로 나왔다. 입구 바닥에 빨간색 불티나 라이터가 보란 듯이 떨어져 있었다. 들어올 때도 있었나. 주변을 둘러보았다. 어제 보았던 노숙자도, 박카스 박스도, 바닥에 깔았던 종이 박스도 온데간데없었다. 라이터를 주워들었다. 바람이 차고 매서웠다.

손바닥으로 라이터를 감싸면서 담배에 불을 붙였다. 손바닥 안이
환해졌다.

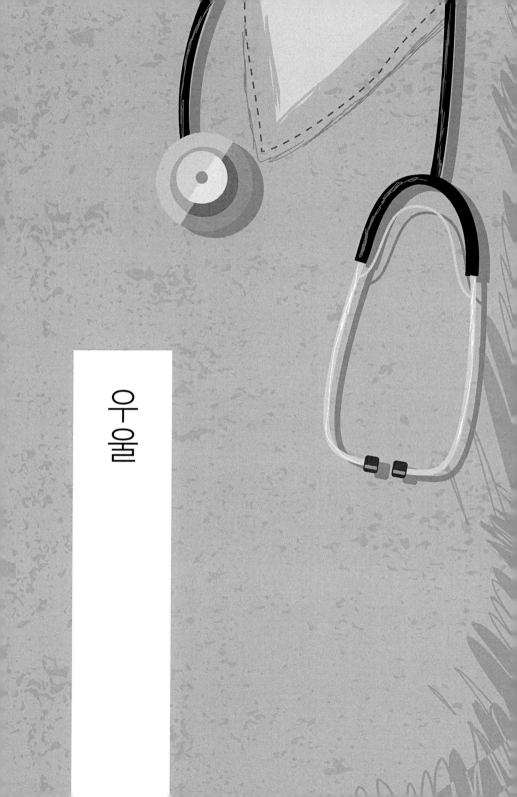

외압

...

　원재의 상처에 붙어 있던 건 일라덤이 아닌 일라덤 포르테였다. 하늘색 파우치 안에는 두 제품의 샘플이 모두 들어 있었고, 나도 경희처럼 둘의 포장이 비슷했기 때문에 같은 제품이라고 생각했던 것이다. 두 제품의 가장 큰 차이는 (상처에서 나오는 혈액이나 삼출물과 같은) 수분을 흡수하고 난 후의 상태였다. 일라덤 포르테는 수분을 흡수한 후에는 파란색 젤로 변했다.

　연구소장을 만나서 확인한 바로는 일라덤 포르테는 기존의 일라덤에 하이드로파이버(hydrofiber)와 게껍데기에서 추출한 키토산을 첨가했다. 하이드로파이버는 수분을 흡수해서 일라덤 포르테를 안정적인 젤 상태로 만들었고, 키토산은 제품이 쉽게 흐물흐물해지지 않도록 튼튼한 골격을 제공했다. 결국 이 두 가지 성분(하이드로파이버와 키토산)을 통해서 일라덤 포르테는 일라덤에 비해서 오랜 시간 동안 온전한 형태로 상처를 보호할 수 있었다. 하지만 문제가 있었다. 키토산에 알러지가 있는 사람들이 있다는 것. 일라덤 포르테와 접촉하는 부위는 공여부나 화상 상처와 같이 혈액에 장시간 노출되는 부위이기 때문에 단순히 키토산을 함유한 게살이나 게껍데기를 먹는 것보다 훨씬 더 빈번하게 알러지 반응이 발생했다.

　그렇다면, 그토록 자주 발생했던 눈병이 왜 2011년 6월 11일 이후에는 한 명도 발생하지 않았을까? 내가 생각해 낸 가장 적절한 답은

'의료보험'이다. 그 시기 즈음해서 사체피부가 의료보험 적용이 되면서 일라덤 포르테는 가격 경쟁력에서 밀리게 됐다. 병원에서 사용하는 양도 급격하게 줄었다. 장부를 확인해 보니 수술실에서는 그해 5월부터 일라덤 포르테를 발주하지 않았다. 이후로는 승지에게 발생할 때까지 단 한 건의 눈병도 발생하지 않았다.

의문 하나 더, 왜 승지는 다른 환자보다 훨씬 더 심각한 알러지 반응을 겪었을까? 승지는 단순히 눈이 충혈되는 정도가 아니라 혈압이 떨어질 정도로 심각한 아나필락시스를 겪었다. 혹시 다른 원인에 의한 알러지는 아닐까? 확신할 수는 없지만 여러 가지 정황을 고려하면 다른 원인에 의한 알러지일 가능성은 굉장히 낮았다.

승지가 다른 환자보다 훨씬 심한 알러지 반응을 겪었던 것은 일라덤 포르테를 적용한 공여부 면적이 다른 환자들보다 훨씬 넓었기 때문일 것이다. 승지 이전의 환자들은 일라덤 포르테를 적용한 면적이 손바닥 하나를 넘지 않았다. 그에 비해서 승지는 허벅지의 절반 이상을 일라덤 포르테로 드레싱했다. 이전 환자들에게 적용한 면적의 다섯 배에서 열 배 정도였다.

"커피 마셔?"

민서가 커피 머신에 캡슐을 넣으면서 물었다.

"아니, 마시면 잠이 잘 안 와."

나는 티백을 머그컵에 넣고 뜨거운 물을 부었다.

"경희 씨는 어때?"

민서가 물었다.

"조금씩 걷고 있나 봐."

"다행이네. 얘기 좀 해 봤어?"

나는 고개를 가로저었다.

"어차피 윤경희는 기억 못 해."

"아직도?"

"남편 말은 그래."

민서가 내 표정을 살폈다.

"할 얘기 있다고 했지?"

민서가 말했다. 나는 그동안 조사했던 내용을 민서에게 얘기했다.

"수술이 확실히 관련이 있네."

민서가 말했다. 내가 이마를 조금 찌푸렸다.

"왜?"

내 표정을 보면서 민서가 물었다.

"그런데, 약간 문제가 있어."

"문제?"

"증거가 없어."

"의무기록을 확인했다며?"

민서가 눈이 동그래졌다.

"그게……. 음, 누군가 고친 것 같아. 사용했다는 기록이 없어."

"전자의무기록인데 어떻게 알아?"

"나는 습관적으로 마침표를 찍거든. 열다섯 명 기록에 모두 마침

표가 없다면 우연일 수 있을까?"

차를 한 모금 마셨다.

"그렇다면 나머지 열네 명은 왜 고쳤을까?"

민서가 고개를 갸웃거렸다.

하나노쿠모에서 인승이 말했던 것처럼 비엔디는 2012년에 코스닥 상장이 됐다. 매출은 신통치 않았다. 연 매출 이십억을 밑돌았다. 일라덤 제조 기술로 기술성 평가를 거쳐서 코스닥 진입에는 성공했지만 대박을 터뜨리진 못했다. 그런데 2015년 가을 체육대회 사진에는 뜬금없이 연 매출 백억 돌파를 기원하는 플래카드가 등장했다. 연 매출 이십억을 밑돌던 회사가 어떻게 백억을 바라보게 됐을까?

"진짜 백억을 했어?"

민서가 물었다. 내가 고개를 끄덕였다.

"어떻게?"

'연 매출 백억' 신화의 중심에는 포모사 편 코스트 워터파크 폭발 사고가 있었다. 2015년 당시에 미국과 유럽의 회사들은 자국 환자에게 사용하느라 대만에 공급해 줄 물량이 없었고, 일본은 원래부터 사체피부를 사용하지 않는 국가였다.

한국은 대부분을 수입에 의존했기 때문에 애초부터 사체피부를 원조하는 것은 불가능했다. 대신 비엔디 제품을 공급하기로 했다. 일라덤과 일라덤 포르테. 비엔디는 어마어마한 양의 일라덤과 일라덤 포르테를 대만에 수출했다. 한국이 공급했다는 이종합성 제품이 결국 일라덤과 일라덤 포르테였던 것이다. 499명의 화상 환자 중에

우울

서 중증화상 환자가 221명이었으니 당시에 수출한 일라덤과 일라덤 포르테는 상상을 초월하는 어마어마한 양이었을 것이다.

"대만 환자들은 괜찮아?"

민서가 물었다.

"잘 몰라. 문제가 있어도 제대로 파악할 수 없을 거야. 우선, 눈병이 발생했다고 해도 일라덤 포르테와의 연관성을 알아채기는 힘들어. 중증화상 환자들은 안면부 화상도 같이 있는 경우가 많기 때문에 눈이 충혈된 게 화상 때문이라고 생각할 수도 있거든. 게다가 다른 문제들도 많기 때문에 가벼운 눈병은 우선순위에서 밀려. 그리고 지금 상황에서는 대만 상황을 확인할 필요가 없어. 우리 병원만 봐도 연관성은 확실하니까."

"누가 손댔을까?"

"제품에 문제가 있다는 걸 감추고 싶은 사람이겠지."

내가 대답했다.

"비엔디에서? 누가?"

"내 생각에는……."

내가 말끝을 흐렸다.

"이사장!"

민서가 나를 빤히 쳐다보았다. 나는 잠시 아무 말도 하지 않았다.

"가장 가능성이 높지. 비엔디나 병원 직원들도 가담했을 수 있어. 원래 직접 나서지 않는 성격이니까. 이사장은 개발 단계에서 이미 알려진 반응에 대해 알고 있었어. 그리고 실험 결과를 은폐하려고 연구소장을 쫓아냈지. 비엔디에서 병원 전자의무기록 서버를 가져간 것도 수상해. 걔들이 무슨 짓을 했는지 알 게 뭐야. 여러 가지 정황으로 보면 이사장이 제일 의심스러워. 동기도 충분하고."

"동기? 눈병 열다섯 명 보상금이 그렇게 많이 들어?"

민서가 말했다. 나는 머그컵 손잡이를 만지작거렸다.

"비엔디는 일라덤과 일라덤 포르테 때문에 엄청난 매출을 올렸고 주가도 올랐어. 하지만 제품에 문제가 생기면 반드시 그 사실을 공시해야 돼."

잠시 말을 멈췄다.

"그러면?"

"매출이 줄어들고 주가도 떨어지겠지. 새 병원 자금을 확보하는 데 문제가 생길 거고."

내가 말했다. 민서는 뭔가를 생각하는 듯 잠시 아무 말도 하지 않았다.

"당신은 어떻게 할 거야?"

"제삼자가 연관성을 밝히기 전까지는 비엔디에서 나서서 보상하지는 않을 거야. 그러면 제품에 문제가 있다는 사실을 공식적으로 인정하는 꼴이 되니까. 버틸 수 있을 때까지 버티겠지."

"그건 비엔디 입장이고. 당신은?"

민서가 나를 쳐다보았다. 나도 모르게 시선을 피했다.

"심각한 합병증을 일으킨 것도 아니고 앞으로 쓸 가능성도 없는 제품이긴 한데……."

내가 앞에 놓인 컵을 만지작거렸다.

"죽을 뻔한 환자가 있었으니까 이미 심각한 문제를 일으킨 거고, 해외로 수출했으니까 앞으로 쓸 일은 많아."

민서가 말했다.

"중증화상센터가 걸려 있어. 기다려야 돼."

"기다린다고? 뭘?"

민서가 조금 격앙된 목소리로 말했다.

"법원의 판결."

"그게 왜 필요해? 당신도 제품에 문제가 있다고 생각한다며."

"추측일 뿐이야."

내가 자신 없이 말했다.

"그럼, 원재 눈병은? 그것도 추측이야?"

나는 여전히 시선을 떨어뜨리고 아무 말도 하지 못했다.

"단지 신중하자는 거야."

"아무 결정도 하지 않으면 아무 일도 일어나지 않아."

민서가 말했다.

"잘못된 결정으로 모든 게 끝장날 수도 있어."

"그게 결과라면 받아들여야지."

"평생 후회할 일이 된다면?"

내가 말했다. 민서가 자리에서 벌떡 일어났다.

"맘대로 해. 어차피 당신만 할 수 있는 일이니까."

민서는 말을 끝내고 싱크대로 가서 물을 세게 틀었다. 강한 압력의 수돗물이 싱크대 여기저기에 부딪히는 소리가 요란했다.

나는 아무 말 없이 앉아 있다가 일어나서 거실 소파에 앉았다. 꺼져 있는 검은 텔레비전 화면 속에 비친 내 모습을 물끄러미 쳐다보았다. 민서가 화풀이인지 설거지인지 모를 일을 끝내고 냉장고에서 맥주를 꺼내 와 식탁 의자에 다시 앉았다.

"후회 없는 결정이란 게 있을까?"

민서가 혼잣말하듯 중얼거렸다.

"어떤 결정도, 되돌릴 수는 없어."

소파에서 일어나 라디오헤드의 시디를 꺼내서 플레이어에 넣었다. 〈노서프라이즈〉 중간 부분에 나오는 '사일런스(silence)'라는 가사가 메아리처럼 사라질 때까지 우리 둘 사이에는 한동안 침묵이 흘렀다.

"오랜만에 들어도 여전히 좋네."

노래가 끝날 즈음에 민서가 침묵을 깼다. 맥주 캔을 딸 때 탄산이 '피식' 하고 새는 소리가 들렸다.

"화내서 미안해. 화 풀고 여기 앉아 봐. 나도 할 얘기 있어."

민서는 맥주 캔을 기도하듯이 두 손을 모아서 꼬옥 쥐었다. 나는 말없이 음악을 들었다.

"본과 3학년 때 정신과 교실에 갈 일이 있었어. 학생회관에서 밥을 먹고 재활병원을 지나가는데 전동 휠체어를 탄 환자들이 옹기종기 모여 있었어. 전동 휠체어 등받이에 'KARMA'라는 단어가 쓰여 있더라. 전동휠체어 제조사 이름이었어.

나중에 무슨 뜻인지 찾아봤어. 불교에서 쓰는 말인데, 인간이 전생에 어떤 일을 행했기 때문에 현세에 응보를 받는다는 뜻이래. 조금 짓궂다는 생각이 들었어. 환자들이 겪는 현재의 고통이 과거에 저질렀던 잘못의 결과라고 말하는 것 같잖아."

민서가 맥주를 한 모금 마셨다.

"그러고 나서 몇 년 뒤에 그 단어를 다시 보게 됐어. 교육수련부에 올라가려고 엘리베이터를 기다리고 있는데 앞에 있는 환자의 휠체어에 'KARMA'라고 쓰여 있었어. 기분이 묘하더라. 누군가 내가 겪고 있는 현재의 고통이 과거에 쌓았던 카르마 때문이라고 알려 주는 것 같았거든."

민서가 한동안 아무 말도 하지 않았다.

"심전도 사건이 있던 날 전화했잖아. 전화를 끊고 한참 울고 나니까 머릿속에 번뜩 떠오르는 게 있었어. 불길한 예감 같은 거. 하지만 그땐 그 불길함의 정체가 뭔지 몰랐어."

민서가 다시 말을 멈췄다.

"그날 수연이가 한 행동을 들은 사람이라면 누구나 그런 기분이 들지."

내가 말했다.

"행동 때문이 아니야. 심전도에 쓴 성경 구절, 그 구절을 어디선가 본 것 같은 기분이 들었거든. 나와 복음을 위하여 자기 목숨을 잃으면 구원하리라."

민서가 '자기 목숨을 잃으면'이라는 부분을 강조하듯이 한 번 더 되뇌었다. 시디플레이어를 껐다. 집이 조용해졌다.

"어디서 봤는데?"

내가 물었다.

"수연이 방에서."

민서가 대답했다.

"기숙사 맞은편 방에 살았지만 수연이와 얘기를 많이 하지는 못했어. 그래도 가끔씩은 같이 밥을 먹기도 하고, 학교생활에 대해서 이야기도 했어. 그래, 아주 가끔. 수연이의 룸메이트였던 선배 언니도 잘해 줬어. 수연이도 잘 따르는 것 같았고."

민서가 잠시 말을 멈췄다.

"아직도 화났어?"

민서가 여전히 소파에 앉아 있는 나를 쳐다보았다. 나는 소파에서 일어나 민서의 맞은편에 앉았다. 수연이 이상하다고 느꼈던 건 기숙사 화재가 나기 대략 일주일 전이었다. 정수가 수연에게 거절하는 답장을 보냈던 시기와 비슷한 시기였을 것이다. 수연은 말수가 줄었고 기숙사 방에 틀어박혀서 잘 나오지 않았다. 그 시기에 수연의 룸메이트인 4학년 선배는 강화도로 예방의학 실습을 가서 없었기 때문에 수연은 학교에서도 기숙사에서도 거의 혼자였다.

기숙사 화재 전날 저녁 열 시 즈음에 민서는 기숙사로 오는 길에 수연을 보았다. 기말시험이 며칠 안 남은 시점이었기 때문에 평소 같았으면 도서관에서 공부를 하고 있어야 할 시간이었다. 그래서 그 시간에 수연을 보게 된 건 조금 의외였다.

민서는 아는 척을 해야 할지 망설였다. 왜냐하면 수연이 콜록거리며 담배를 피우고 있었기 때문이다. 큰길에서 벗어난 좁은 골목이었지만 지나다니는 사람들의 눈에 잘 띄는 곳이었다. 늦은 밤이었고 어둡긴 했지만 분명 수연이었다.

"고민하다가 그냥 지나쳤어. 선뜻 말을 걸기 곤란했고 갑자기 변해 버린 수연이가 조금 무서웠거든."

민서가 말을 잠시 멈추더니 뭔가를 생각하는 것 같았다.

"내가 〈여고괴담〉 보다가 펑펑 울었던 거 기억나? 그땐 그 영화가 왜 그렇게 슬펐는지 잘 몰랐어. 시간이 한참 지난 다음에야 알게 됐지. 참, 이 얘길 하려는 게 아니었는데."

민서는 어떤 생각을 떨쳐 버리려는 듯 고개를 좌우로 흔들었다.

당시에 민서도 룸메이트 선배가 예방의학 실습을 나갔기 때문에 혼자였다. 공부를 하려고 책상에 앉았는데 누군가 문을 두드렸다. 수연이었다. 찌든 담배 냄새가 났다. 많이 불안해 보였다. 하지만 아무것도 물어보지 않았다. 대뜸 라디오 볼륨을 줄여 달라고 했다. 민서는 자신의 방에는 라디오가 없었기 때문에 아마도 다른 방에서 나는 소리인 것 같다고 대답했다. 수연이는 잠시 당황하는 표정을 짓더니 자신의 방으로 돌아갔다.

"열두 시 정도가 됐을 때 불을 끄고 침대에 누웠어. 누군가 방문을 다시 두드렸어. 수연이었어. 4학년 선배가 언제 왔냐고 묻더라. 아직 오지 않았고 사흘 뒤에 올 거라고 하니까 조금 전처럼 당황한 표정을 지었어. 훨씬 더 긴장되고 불안해 보였어. 유령을 본 사람의 표정이라고 해야 하나."

민서가 맥주를 한 모금 마셨다.

"삼십 분 정도가 지난 다음에 다시 문을 두드렸어. 조금 전과 똑같은 걸 물었어. 4학년 선배가 안 온 게 확실하냐고."

수연은 이후에도 두세 번 더 방문을 두드렸다. 하지만 민서는 너무 무서워서 차마 문을 열어 줄 수가 없었다. 문을 잠갔다. 그러고 나서 깜빡 잠이 들었다. 다시 잠이 깬 건 화재경보 때문이었다. 새벽 다섯 시 즈음이었다. 잠에서 깼을 때 방 안에서는 탄내가 심하게 났다. 화재로 불이 들어오지 않았다. 가방을 찾아서 펜라이트를 꺼냈다.

민서는 자신의 방에서 나와서 기숙사 현관 쪽으로 나가려다가 문득 수연이 생각났다. 방문을 두드렸다. 아무런 기척이 없었다. 다시 방문을 두드렸다. 여전히 아무런 기척이 없었다. 민서는 잠깐 망설이다가 방문을 밀어보았다. 방문이 안쪽으로 쉽게 스르르 밀렸다.

"문을 열었을 때 내가 느낀 건 지나치게 정리 정돈이 잘 되어 있다는 거였어. 베개는 침대 머리맡에 반듯이 놓여 있고, 이불은 침대 시트 위에 단정하게 개어져 있었어. 기분이 조금 이상했지만 수연이가 깔끔하고 정리를 잘하는 성격이라서 그런 거라고 넘겼어.

복도에는 연기가 자욱했고, 사람들이 여기저기서 '불이야'라고 소리를 지르고 있었고, 화재경보가 요란했어. 수연이는 어디로 갔을까. 그 긴박한 순간에 수많은 생각이 머릿속을 스쳐 갔어. 방 안쪽을 좀 더 살펴봤어. 책상 옆에는 하얀 운동화가 놓여 있었고, 책장 속에는 교과서와 노트가 가지런하게 꽂혀 있었어. 그리고 책상 위에는 성경책이 있었어. 펼쳐진 성경책에 노란색 형광펜으로 밑줄이 그어져 있었어.

누구든지 자기 목숨을 구원하고자 하면 잃을 것이요. 누구든지
나와 복음을 위하여 자기 목숨을 잃으면 구원하리라.

다시 복도로 나왔어. 위로 올라갔을지도 모른다고 생각했지만 갈
수 없었어. 이미 많은 학생들이 우르르 내려오고 있었으니까. 기숙
사 안은 암흑 상태였어. 다행히도 현관은 새벽 어스름 빛이 있어서
완전히 암흑은 아니었지. 사람들에 떠밀려서 밖으로 빠져나왔어. 수
연이가 나보다 먼저 나왔기를 빌면서. 밖으로 나와 보니 기숙사 건물
이 시커먼 연기를 하늘로 뿜어내며 불타고 있었어. 밖에 수연이는
없었어. 모여 있던 사람 중에 누군가가 옥상으로 올라가는 사람을
봤다고 했어. 수연이는 가장 마지막에 구조됐어."
　기숙사 화재로 시험이 2주일 연기됐다. 큰 화재는 아니었지만 기숙
사에 살고 있던 학생 중에는 4층에서 뛰어내리면서 발목이 부러진
사람도 있었고 연기를 너무 많이 마셔서 일주일 정도 입원 치료를
한 사람도 있었다. 무엇보다 화재라는 큰 사고를 겪은 충격에서 벗어
나는 데 생각보다 많은 시간이 필요했다.
　"기말고사를 준비하느라 정신이 없었어. 수연이에 대해서 생각할
마음의 여유가 전혀 없었지. 더군다나 수연이는 휴학했잖아."
　"소문은 뭐야? 수연이가 방화를 했고 화재경보기를 껐다는 얘기도
있었잖아."

내가 물었다.

"방화건 뭐건 수연이가 치밀한 계획을 세운다는 건 불가능했어. 이미 경찰에서 조사도 했잖아. 당시에 수연이 같은 심리 상태에서 완전 범죄를 계획하는 게 가능했을까? 절대로."

민서는 고개를 가로저었다.

"화재경보기를 끄는 건 가능했을 거야. 컨트롤 박스가 수연이 방에 있었거든. 소방법 때문에 기숙사 1층을 구조 변경하면서 컨트롤 박스가 그 방으로 들어가게 됐다고 들었어.

마음은 불안하고. 방에는 또 다른 누군가가 있는 것 같고, 친구는 문을 잠가 버렸고……. 방에 틀어박혀서 담배 피는 거 말고 달리 뭘 할 수 있었겠어. 연기 때문에 경보가 울릴 수도 있다고 생각해서 껐을 거야. 그 와중에도 다른 사람이 깨면 안 된다고 생각했겠지. 원래도 남을 잘 배려하는 성격이었으니까. 어쨌든 나중에는 경보를 켰잖아. 늦게나마 울린 걸 보면."

민서는 한동안 아무 말도 하지 않았다. 잠시 후에 일어나더니 냉장고에서 스테인리스 물통을 꺼내서 컵에 물을 따랐다.

"한 달 후에 기숙사로 돌아왔어. 가끔 그날의 일이 떠올랐어. 그날 수연이는 왜 그렇게 이상하게 행동했을까? 왜 방을 정리했을까? 왜 옥상으로 올라갔을까? 의문은 넘쳤지만 답은 없었어. 수연이가 얘기해 준 가족 이야기도 생각났어. 수연이는 아버지가 조현병이고 남동생도 같은 병으로 치료받고 있어서 자신도 그렇게 될까 봐 불안하다고 얘기하곤 했어.

우울   313

수연이는 그날 어떤 '소리'를 들었어. 처음에는 그 소리가 다른 방에서 나는 것이거나 아니면 누군가가 방에 들어온 거라고 생각했던 거야. 그래서 내 방문을 두드렸던 거고. 하지만 곧 그게 아니란 걸 알았지. 라디오도, 선배도 없었으니까. 그날 수연이는 환청을 들었어. 당시에는 거기까지 생각하진 못했지. 그때 정신과 교수님을 만나러 갔어야 했어. 지금까지 내가 후회하는 것 중에 하나는 그때 정신과 교실을 찾아가지 않은 거야. 아예 찾아가지 않았던 건 아니야. 카르마를 처음 봤던 날 문 앞까지 갔다가 돌아왔지. 수연이를 본 사람은 나밖에 없었고 괜한 문젯거리를 만들 필요가 없다고 생각했어. 만약, 그때 찾아갔다면 뭔가 달라졌을까?"

"크게 달라지지 않았을지도 몰라. 어쩌면 아예 수연이가 졸업도 못 했을 수도 있지."

"그래도 그런 식으로 비참하게 의사 경력을 끝내지는 않았겠지. 좀 더 일찍 체계적인 치료를 시작했다면, 다른 일을 찾았을 수도 있잖아. 아니, 아니야. 모르겠어. 자신이 없어. 당신 말이 맞을지도 몰라. 뭐가 더 나은 결정이었을까?"

부우. 식탁 위에 있던 내 휴대폰이 울렸다. 윤호였다. 민서는 컵에 따라 놓은 물을 마셨다.

- 저널 보냄. 이메일 확인

"환청과 불안, 지나치게 정리된 방, 그리고 '자기 목숨을 버리면 구원하리라'라는 성경 구절, 이 모든 게 의미하는 게 뭐였을까? 그 일이 있고 나서 한참이 지나서야 알게 됐어. 기괴한 해프닝으로 마무리됐지만 수연이가 그날 옥상에 올라간 진짜 목적은 죽기 위해서였어. 자살하기 위해서. 당신과 전화했을 때는 아무 생각도 못 했지만, 한참이 지난 후에 내 머릿속에 불현듯 떠올랐어. 수연이가 자살을 계획하고 있구나.

아까 얘기하려다 말았지? 〈여고괴담〉을 보다가 펑펑 울었던 이유. 그건 수연이가 내게 여러 번 도움을 청했다는 사실을 깨달았기 때문이었어. 가로등 밑에서 나를 기다렸고, 몇 번이나 방문을 두드렸고, 내게 말을 걸었지. 제발 도와달라고! 하지만 나는, 나는······ 수연이를 외면했고, 문을 잠갔고, 숨어 버렸어."

민서가 말을 끝내고 나서 감정이 복받치는지 크게 심호흡을 했다.

"두 번째 카르마를 본 날, 교육수련부에 갔어. 수연이가 위험하다고 했어. 자살할지도 모른다고. 교육수련부에서는 자살에 대한 내 직감을 믿지는 않았지만 수연이가 의사 업무를 수행하는 데 문제가 있다고 생각했어. 비록 수연이가 크고 작은 병원 일을 펑크 내고, 동료를 힘들게 하고, 환자를 위험에 빠뜨리기도 했지만, 내가 수련부에 갔던 건 그것 때문은 절대 아니었어. 난 수연이가 죽을지도 모른다고 생각했어. 그런데 내 결정이 수연이를 그토록 비참하게 만들게 될 줄은 몰랐지."

"당신이 한 거라고, 교육수련부에?"

내 목소리가 떨렸다.

"미안해. 당신에게 알렸어야 했는데."

"어떻게 그걸, 지금 얘기할 수 있어. 어떻게, 어떻게."

내가 의자에서 벌떡 일어섰다.

"정말 미안해. 다시는 그 얘길 꺼내고 싶지 않았어."

"나한테는 얘길 했어야지. 적어도, 나한테는."

나는 감정이 북받쳐서 더 이상 말을 이을 수 없었다. 두 손으로 얼굴을 감쌌다. 우리 둘은 마주한 채 한동안 울었다. 정수가 신고한 게 아니었구나. 정수가 내게 남긴 마지막 음성 메시지를 떠올렸다.

- 수연이 일은 나도 안타깝다. 하지만 어차피 누군가는 해야 할 일이었잖아.

누군가는 해야 할 일. 결국 정수의 말 속에서 '누군가'는 항상 나였다. 단 한 번의 예외도 없이. 정수는 자신이 신고하지 않았기 때문에 당연히 내가 했을 거라고 생각했던 것이다. 정수가 보낸 음성 메시지의 '진짜' 의미가 이십 년의 시공을 떠돌다가 비로소 내게 전달된 느낌이었다. 하지만, 너무 오래 걸렸다.

민서가 앉아 있는 내게 다가와서 머리를 두 팔로 가볍게 안았다. 민서의 결정은 수연의 자살을 막긴 했지만 수연의 의사 경력을 영원히 끝장내 버렸다. 정수는 나를 만나지 못했기 때문에 집으로 갔고, 영원히 자신의 자리로 돌아오지 못했다. 만약 민서가 교육수련부를 찾아가지 않았다면, 만약 수연이를 신고했다는 사실을 알려 줬다면, 만약 내가 정수를 만나러 갔다면. 지금은 아무런 의미가 없어져 버린 '만약'으로 시작하는 문장들이 떠올랐다가 사라졌다.

민서가 원래 자리로 돌아가서 앉았다.

"후회 없는 결정이란 게 있을까?"

내가 말했다.

"그런 건 없을 것 같아. 당신이 옳다고 생각하는 걸 해. 정수 말처럼 '누군가는 해야 할 일'이라고 생각하는 거."

민서가 식탁 위로 팔을 뻗어서 내 손을 가볍게 잡았다.

부우. 메시지가 왔다.

- 저널 추가함. 이메일 다시 확인

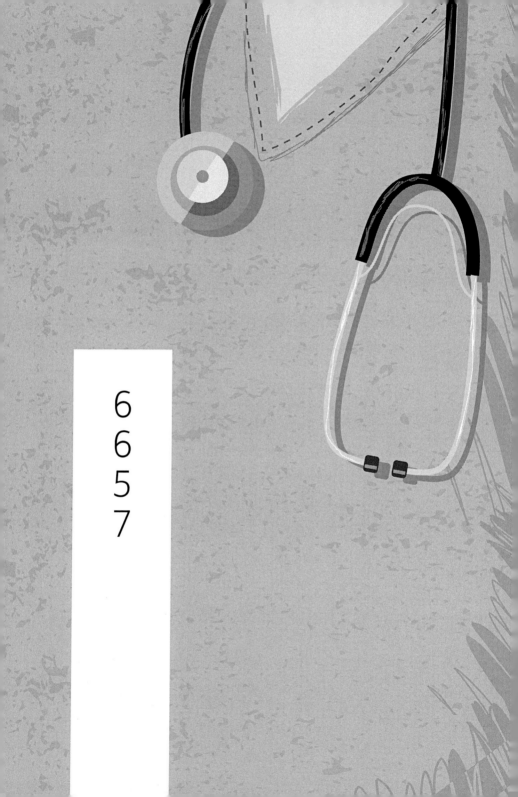

6
6
5
7

...

"픽턴*도 부를까요?"

내가 물었다.

"안 돼. 아직 의국원이 아니잖아. 걔들이 진짜 지원할지 어떻게 아 냐?"

성혁이 말했다.

"설마요. 그런 불길한 얘기는 제발!"

내가 정색을 하고 고개를 절레절레 흔들었다.

단열을 만나고 돌아온 뒤에도 응급실은 여전히 만원이었고, 여전 히 대기자 명단은 빼곡했다. 하지만 전처럼 머리가 터질 것 같거나 가슴이 답답하지는 않았다. 아무리 힘든 날도 하루는 꼬박 하루일 뿐, 더도 덜도 아니었다. 다행이었다. 여전히 대기시키고 설명하고 전 원 보내는 다람쥐 쳇바퀴 도는 것 같은 일상이었지만, 그래도 하루 하루가 멈추지 않고 어딘가를 향해서 꾸준히 나아가는 느낌이었다. 정말, 다행이었다. 그렇게 1년 차가 끝나고 있었다.

단열은 병원이 변하지 않는다고 했지만 꼭 그렇지만도 않다. 일 년 이 지나면서 누군가는 나가고 또 누군가는 들어온다. 경준이 나가면 서 원내 인턴 두 명이 응급의학과에 지원했다. 윤호와 인승. 윤호는 1

---

* Fixed intern을 줄인 말. 지원할 과가 정해진 인턴. 여기서는 응급의학과에 지원한 인 턴을 말한다.

월에 흡입손상을 입은 두 아이가 응급실로 오던 날 마음을 굳혔다. 새벽 세 시에 온 두 아이에게 심폐소생술을 하고 기계환기를 연결해서 중환자실로 입원시켰다. 레지던트 두 명과 인턴 한 명이서. 두 아이 모두 일주일을 못 넘기고 사망했다.

윤호는 병원에 수많은 의사가 있지만 당장 눈앞에서 죽어 가는 두 아이를 치료해 줄 의사는 응급의학과 의사밖에 없다는 생각이 들었다. 눈앞에서 죽어 가는 생명을 구해 줄 의사가 되는 것, 맨 온 더 스팟(Man on the spot). 그게 윤호가 응급의학과에 지원한 이유였다.

인승은 가을에 남자 친구와 동반자살을 시도했던 나현을 전원시킬 때만 해도 당장이라도 응급의학과에 지원할 것처럼 말했지만 그 이후로 아무런 연락이 없었다. 인승이 응급의학과를 하겠다고 결정한 것은 2월 초에 심장내과 인턴을 돌 때였다. 병동에서 심전도를 찍어 달라고 해서 갔더니 이십대 초반의 젊은 여자 환자였다. 인승은 심전도를 찍고 나서 차트를 확인했다. 이렇게 젊은 애가 왜 심장내과에 입원했을까? 그리고 깜짝 놀랐다. 2주 전에 자신이 응급실에서 심폐소생술을 했던 환자였던 것이다.

'아니, 쟤(지금 병동 침대에 편안하게 앉아서 텔레비전을 보고 있는 환자)가 걔(2주 전에 응급실에서 오십 분 넘게 심폐소생술을 한 환자)란 말이야?'

당시에 인승은 내과에 지원할 생각이었지만 수많은 암환자를 보면서 느꼈던 무력감 때문에 망설이고 있었다. 응급의학과를 할 생각도 있었지만 심폐소생술을 한 환자들도 마찬가지라고 생각했다. 죽거나 혹은 나쁘거나(장애가 남거나). 그런데 이렇게 드라마틱하게 좋아지다니!

"사진은 어디서 찍어요?"

내가 물었다.

"열 시 즈음에 응급실 정문 앞에서 찍는다."

진우가 말했다.

"그 틈에 환자 오면 어떻게 할까요?"

"응급실 바로 앞에서 찍는 거니까 픽턴한테 6657 잠깐 맡겨 놔."

성혁이 말했다. 오늘은 응급의학과 사람들이 모두 모여서 사진을 찍는 날이다. 전문의 시험 최종 합격 결과가 나오는 시기가 2월 초이고, 군의관 훈련은 2월 중순 즈음에야 시작하기 때문에 이 시기로 날짜를 잡은 것이다.

이날 경준의 일정은 민 교수를 만난 후에 여기로 와서 사진을 찍는 것이었다. 민 교수는 졸업생들에게 덕담을 해 주면서 'Min's collection'을 주었다. 민 교수가 하는 얘기는 매번 비슷했는데, 전문의 면허가 '전문가'라는 사실을 증명하는 게 아니라는 걸 명심해야 한다는 것이었다. 운전면허증이 운전 실력이 뛰어나다는 것을 증명하는 것이 아니라 운전을 해도 된다는 '허락'의 의미인 것처럼, 응급의학과 전문의 면허도 응급 환자를 치료하는 전문가임을 '증명'해 주는 게 아니라 응급 환자를 볼 수 있는 최소한의 자격을 갖췄다는 '허락'의 의미라는 것이다. 그러므로 전문의가 되어서도 조심스럽게 환자를 보고, 겸손한 마음으로 배우고, 부족한 부분에 대해서 공부해야 한다고 얘기했다.

경준이 의국 안으로 들어왔다.

"앗, 전문의다!"

성혁이 과장된 몸짓으로 놀라면서 소리쳤다.

"어이, 레지던트 나부랭이들!"

경준이 웃으며 말했다. 원래 까맣던 얼굴은 더 까매졌고, 머리를 짧게 깎은 모습이었다. 시험이 끝나고 거제도에서 지내면서 낚시를 하느라 얼굴이 탔고, 머리는 어차피 군대 가면 깎아야 한다고 해서 미리 한 번 밀어 본 거라고 했다. 오른손에는 회색 표지에 'Min's collection'이라고 적힌, A4 크기의 제본집을 졸업장처럼 들고 있었다.

"관계자 외 출입금지라고 써놓은 것 못 봤어? 의국원도 아니면서 왜 의국에 맘대로 들어오는 거야?"

성혁이 말했다.

"그건 어떻게 받았냐? 소문에 의하면 합격자들만 받는 거라던데."

진우가 경준이 들고 있는 'Min's collection'을 가리키며 말했다.

"하마터면 못 받을 뻔했어. 민 교수님이 고시 위원장이었잖아. 올해 전문의 합격률이 60퍼센트대야. 역대 최저래. 서른두 명 시험 봤는데 스물두 명만 붙었어. 1차 시험 끝난 다음에 모두 똥 씹은 얼굴에 완전 초상집 분위기. 대입 시험보다 더 살 떨리더라. 펠로우 할 사람 중에서도 몇 명 떨어졌대. 형, 내가 왜 거제도로 낚시 간 줄 알아? 도망간 거야. 다른 병원 애들한테 맞아 죽을까 봐."

"네가 출제한 것도 아닌데 왜 도망가. 도망은 민 교수님께서 가셔야 하는 거 아니냐?"

옆에 앉아 있던 진우가 히죽거렸다.

"동기들이 올해 전문의 시험 문제를 어떻게 출제하셨냐고 민 교수님께 여쭤보라는 거야. 형도 알다시피 민 교수님이 그런 걸 가르쳐 주실 분이 아니잖아. 하도 걔들이 성화를 해서 어쩔 수 없이 물어봤지. 시험 보기 2주 전쯤이었나, 교실로 찾아가서 여쭤봤어. 그랬더니 교수님이 웃으시면서 '올해라고 뭐 다르겠어? 작년이랑 비슷하게 냈지'라고 선뜻 말씀해 주시는 거야. 그래서 애들한테 그대로 전했지. 차라리 끝까지 아무 말도 하지 말았어야 했는데……. 1차 시험 끝나고 나서 완전 바보 됐잖아."

"1년 차 들어오면 사고 쳐라 어째라 그렇게 노래를 부르더니 결국 네가 사고 한번 크게 치는구나."

진우가 말했다.

"모두 여기 앉아만 있을 거예요? 의자 좀 날라요."

교실 비서가 의국 문을 열고 불쑥 들어왔다. 잔뜩 화가 난 표정이었다.

의자를 밖으로 옮긴 후에 모두 자리를 잡았다. 사진사가 응급진료센터라는 붉은색 바탕의 간판이 보이도록 하는 것이 좋겠다고 얘기했다. 앞줄에는 교수와 펠로우가 앉았고, 뒷줄에는 레지던트들이 섰다. 모두 열 명이었다. 사진사의 머리 위에서 비치는 햇빛이 조금 눈부셨다.

"자아, 눈 감지 마시고. 아이구, 오늘 사진 찍기 전에 대판 싸우셨나? 표정이 너무 어두워요."

6657이 울렸다. 사람들이 모두 나를 쳐다봤다. 뭐야, 전화기 주고 오라고 했잖아. 사람들이 구시렁거리는 소리를 뒤로하고 응급실로 들어갔다. 간호사 스테이션 뒤쪽에 서 있던 윤호에게 전화기를 건넸다. 윤호는 어떤 의식을 치르는 것처럼 지나치게 조심스럽게 6657을 받았다. 나도 저랬나? 1년 차가 다 끝난 것 같은 기분이 들었다. 밖으로 나와서 아까 서 있던 자리로 돌아왔다. 옆에 있던 경준이 내 어깨에 오른손을 턱 얹었다.

"1년 차 나부랭이, 사고 좀 쳤냐? 막상 멍석 깔아 주니까 사고 치는 것도 어렵지?"

"까짓것, 아껴 놨다가 나중에 치죠 뭐."

내가 어깨를 으쓱하며 대답했다.

"그때도 내가 책임져 줄게."

경준이 2월의 햇살을 정면으로 받으며 활짝 웃었다.

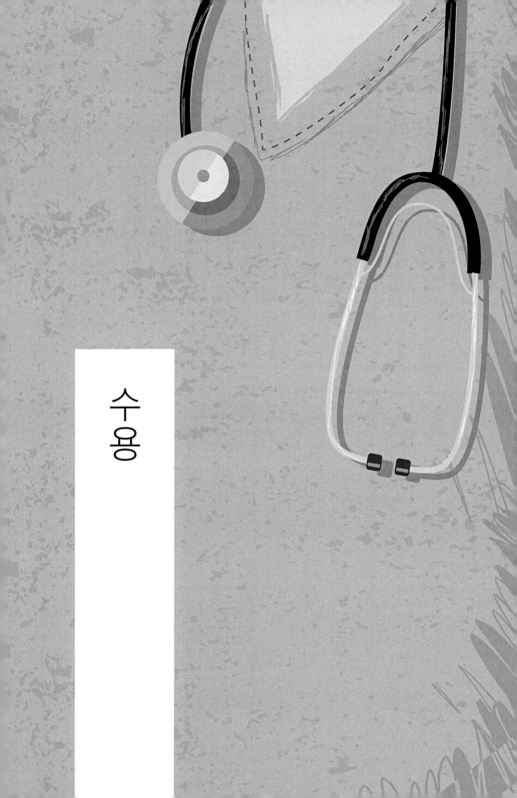

수용

．．．

휴대폰이 울렸다. 행정 부원장이었다.

"다시 확인했다는 거죠? 당사자랑 직접 통화도 했고요?"

아침에 얘기했던 게 모두 맞는 거였구나. 조금 혼란스러웠다. 일이 점점 더 뭔가를 결정하기 어려운 방향으로 꼬여 가고 있었다. 원래 나의 계획은 경준과 상의를 하는 거였다. 아무하고도 상의하지 않고 보건소에 대뜸 신고를 해 버리거나 환자를 직접 만나서 얘기하는 것은 너무 극단적인 방법 같았다. 하지만 상황이 달라졌다. 전화를 한동안 뚫어져라 쳐다보았다.

"무슨 일 있냐?"

옆에 앉은 경준이 물었다.

"확인할 게 있어서요. 윤경희 만났어요?"

"병원에 가 보긴 했는데 못 만났어."

"남편이 별 얘기 안 해요?"

"말을 아끼더라. 기차표 얼마냐?"

문자메시지로 온 티켓을 확인하고 가격을 얘기해 줬다. 경준이 지갑에서 돈을 꺼내서 내게 건넸다.

"오늘 발표한 건 언제 자료를 모은 거예요?"

"작년에 대만에서 큰 화재가 있었잖아. 그때 파견 나갔을 때 모았지. 대조군을 선정하는 게 어려울 것 같았는데 다행히 제이텍이 도왔지."

"걔들이 왜요?"

"진짜로 도와주려던 건 아니고, 걔들이 한국 제품을 안 쓰겠다고 해서 자연스럽게 제이텍 환자들이 대조군이 됐어. 나로서는 다행이지."

"한국 제품을 안 쓰는 특별한 이유가 있나요?"

"일본 의사들은 재료 선택에 보수적이야. 게다가 한국 의료 수준을 아주 얕잡아 보거든."

기차를 타고 내려오면서 윤호가 보낸 논문을 읽었다. 논문은 두 개였고, 둘 모두 『트라우마』에 실렸다. 하나는 경준이 대만에서 발생한 중증화상 환자를 치료한 결과였고, 나머지 하나는 제이텍 의사들이 치료한 환자들의 결과였다. 경준은 가피절제술을 시행한 후에 일라덤(또는 일라덤 포르테)으로 상처를 덮고 2주 후에 피부이식을 하였고, 제이텍 의사(겐타 요니시, 요수케 모리자와)들은 가피절제술을 한 다음 드레싱만 하다가 2~3주 정도가 지난 후에 배양세포동종이식술과 함께 피부이식을 하였다. 경준의 논문은 두 군의 결과를 비교한 환자-대조군 연구였고, 제이텍 의사들의 논문은 대규모 화재 사고에 대한 의학적인 보고서에 가까웠다.

"샘플(환자 수)이 적던데요?"

내가 물었다.

"빨리 논문을 내는 게 중요했기 때문에 모든 환자의 결과를 분석할 수가 없더라고. 부랴부랴 일부 환자의 결과만 정리했지."

"일종의 파일럿 스터디(pilot study)네요."

"그런 셈이지. 대만 환자들의 결과를 모두 정리하게 되면 우리 병원 자료까지 합쳐서 『란셋 써저리(Lancet surgery)』에 내 보려고. 『란셋』보다 못해서 그렇지 『란셋 써저리』도 좋은 잡지야. 임팩트 팩터 사십 점대다. 어쩌면 우리가 사십 점대 잡지에 실을 수 있는 마지막 기회일 수도 있어."

"우리 병원 자료도 모았어요?"

"윤경희가 거의 다 모았지."

- 안내 말씀 드립니다. 우리 열차는 21시 02분에 대전역을 출발하여 22시 03분에 서울역에 도착하는 케이티엑스 294번 열차입니다. 지금 곧 열차가 출발할 예정입니다.

기차가 천천히 출발했다.

"맥주 마실래?"

경준이 식음료 카트에서 캔 맥주와 땅콩을 집었다. 캔 하나를 내게 건네고 자신의 캔을 따더니 맥주를 단숨에 꿀꺽꿀꺽 마셨다.

"화상이라는 주제로 그렇게 엄청난 잡지에 실을 수 있어요?"

"쉽지는 않지. 하지만 가능성이 전혀 없는 건 아냐. 미국이나 유럽은 워낙에 화상 환자가 많지 않은 데다가 중증화상 환자는 진짜 드물거든. 더군다나 펀 코스트 워터파크처럼 화상 환자가 한 번에 오백 명 가까이 발생하는 경우는 전쟁이 나지 않는 다음에야 불가능하다고 봐야지.

문제는 테러야. 크고 작은 테러가 심심찮게 발생하잖아. 9·11테러가 있던 미국처럼 유럽도 테러가 종종 발생하기 때문에 중증화상 환자들이 대규모로 생길 수가 있어. 하지만 참고할 가이드라인이 없거든. 우리가 모은 자료를 그런 상황에 적용할 수 있다는 식으로 논문 방향을 잡으면 실어 줄지도 몰라."

경준은 말을 마치고 나서 흐뭇하게 웃었다.

"대만에서는 아무 문제 없었어요?"

내가 물었다.

"무슨 문제?"

"눈병이라든지 뭐 그런 거요."

"없었는데?"

경준이 맥주 캔 입구를 손가락 끝으로 만지작거렸다. 얘기를 해야 하나? 어제 민서와 얘기를 할 때까지는 확신이 있었는데 행정 부원장의 이야기를 듣고 나서는 자신감이 떨어졌다. 이사장의 저의를 알 수는 없지만 비엔디가 규현과 합의했다면 경준과는 상의할 게 없었다. 합의해 줄 환자의 의무기록을 조작한다는 건 너무 이상했다. 앞뒤가 맞지 않았다. 그리고 대만에서는 문제가 전혀 없었다. 일라딤 포르테가 원인이 아닌가? 그렇다면 대체 뭘까. 다시 원점이었다.

경준은 화장실에 가기 위해서 자리에서 일어났다. 휴대폰으로 이메일을 확인하다가 윤호가 보낸 두 번째 메일을 열었다. 겐타 요니시가 『트라우마』의 편집자에게 보낸 레터였다. 반 페이지가 채 안 되는 짧은 글이었다. 다 읽고 나서 윤호에게 전화를 걸었다. 통화가 길어졌다. 통화를 하면서 출입문 방향으로 나가다가 들어오는 경준과 엇갈렸다. 통로에서 통화를 하고 나서 자리로 돌아와 앉았다.

"병원 일 아직 해결 안 됐냐?"

경준이 말했다.

"병원 일 아니에요. 정윤호와 통화했어요. 물어볼 게 있어서요."

"전화 자주 하네. 둘이 사귀냐?"

경준이 웃으며 말했다.

"리트랙션 와치(Retraction Watch)에 대해서 물어봤어요."

"리트랙, 뭐? 그게 뭔데?"

"취소된 논문들의 이유를 분석하고 그중에서 이슈가 될 만한 걸 공론화시키는 일을 하는 곳이래요. 이반 오란스키와 아담 마커스라는 사람이 운영하는 개인 트위터 계정이에요. 과학적인 주제뿐 아니라 비디오 게임과 총기 사고의 연관성 같은 사회적 이슈도 다뤄요. 최근에는 독일의 제약 회사가 동물실험 결과를 조작했다는 내용을 다뤘더라고요."

"하여튼, 별 희한한 것에 관심이 많아."

경준은 빈 맥주캔의 가운데 부분을 손으로 조금 찌그러뜨려서 그물망에 넣었다.

나는 눈병과 관련해서 그동안 조사한 것을 경준에게 이야기했다. 일라딤 포르테가 눈병의 원인일 가능성이 높다는 것과 이사장이 의무기록을 조작했다고 생각했던 것까지.

"과한데?"

"그러게요. 오늘 아침에 행정 부원장에게 들었는데 환자와 합의를 했대요."

"합의를 했다고? 비엔디에서?"

경준이 미간을 조금 찌푸렸다.

"그럼, 서울 병원 이전 못 하겠는데. 새 병원도 애매해지고……."

경준의 표정이 조금 어두워졌다. 맥주를 한 모금 더 마시더니 등을 기댄 채 좌석을 뒤로 젖혔다.

"그런데요, 이사장님이 아니라면 누굴까요?"

내가 물었다.

"병원 직원 중에 누군가 고친 건가?"

"직원 혼자서 눈병이 생긴 환자를 모두 파악하는 건 불가능해요. 명단이 있어야 돼요. 그런데 명단을 가지고 있는 사람은 저와 윤경희, 둘밖에 없어요. 윤경희가 다른 사람에게 파일을 보냈다면 모를까."

"그래? 하긴, 열 명도 넘는 환자들의 의무기록을 고치려면 명단이 있어야지. 그런데 이제 와서 더 확인할 필요 있냐? 어차피 환자에게 보상도 해 줄 거고 소송도 철회됐다면서."

나는 남아 있던 캔 맥주를 한 모금 마셨다. 도착 시간까지는 아직 사십 분 정도가 남아 있었다.

"『비엔나에서 피츠버그까지』는 읽을 만했어요?"

내가 물었다. 경준이 잠시 뭔지 모르겠다는 표정을 지었다.

"아! 네가 번역한 책. 그거 다 읽었다. 마취과도 응급의학과랑 비슷하던데?"

경준이 말했다.

"어떤 점이요?"

"그 당시에, 특히 존스홉킨스 병원, 거기 마취과도 외과에 치여서 존재감이 없었잖아. 심지어 마취 방법도 외과의사가 다 결정하고. 우리가 응급실에서 일할 때도 응급의학과를 유령 취급하는 교수들 많았잖아."

"그러게요. 비슷하네요."

"사파가 아직 살아 있나?"

"2003년에 사망했어요. 사망한 후에 비판이 좀 있었죠."

"왜?"

"구강 대 구강 호흡 실험 때문에요. 나쁘게 생각하면, 자신의 권위를 이용해서 아랫사람들을 실험에 동원한 거니까요."

"그렇긴 하지만 수많은 사람의 목숨을 건졌잖아."

"나치나 731부대도 인류를 위한 실험이었다고 생각할걸요."

"규칙 다 따지다가는 아무것도 못 한다."

나는 땅콩을 몇 알 입안에 털어 넣었다.

"오늘 발표한 자료도 윤경희가 모은 거라고 했죠?"

내가 물었다. 경준이 고개를 끄덕였다.

"그래서 그렇게 빨리할 수 있었던 거네요. 결국 같은 자료니까."

내가 중얼거리듯 말했다.

"뭘 혼자 구시렁거리냐? 나도 좀 알자."

경준이 말했다.

"응급의학과 시작하는 첫날 형이 그랬잖아요. 아무도 믿지 말라고. 그래서 모든 사람을 의심해 봤죠. 누가, 그리고 왜 수술기록지를 고쳤을까. 윤경희가 형한테도 파일을 보냈나요?"

경준이 고개를 저었다. 잠시 정면을 바라보았다.

"그런데 형은 눈병 환자가 열 명이 넘는다는 사실을 이미 알고 계시네요. 하긴 의사실 컴퓨터 안에 명단이 있으니 어렵지 않게 볼 수 있죠."

내가 쥐고 있던 맥주 캔의 윗부분을 손가락으로 가볍게 두드렸다.

"지금 생각해 보니까 윤경희에게 들었던 것도 같은데?"

경준이 금방 생각이 난 듯 말했다.

"그럴 수도 있겠죠. 하지만 수술기록지를 누가 고쳤냐는 건 별로 중요한 문제가 아니에요."

잠시 침묵이 흘렀다. 덜커덩거리는 기차 소리가 유난히 크게 들렸다.

"논문이요."

침묵을 깨고 내가 말했다.

"논문?"

"형이 화장실에 간 사이에 정윤호가 보낸 이메일을 확인했어요. 겐타 요니시가 『트라우마』 편집자에게 보내는 편지를 첨부 파일로 보냈더라고요. 겐타 요니시가 하는 얘기는 형과 많이 달랐어요. 대만도 저희랑 비슷했어요. 겐타 요니시는 한국 제품을 적용한 군에서만 눈병 환자가 발생했다고 했어요. 제품을 사용하지 않은 제이텍 군에서는 한 명도 발생하지 않았기 때문에 이상하다고 생각한 거죠. 형이 논문에서 애매모호하게 기술한 마이너 컴플리케이션(minor complication) 속에 구체적으로 어떤 합병증이 포함된 건지 알고 싶다고 했죠."

경준은 한동안 아무 말 없이 앞을 응시했다.

"심각한 합병증도 아닌데 요란법석 떨 거 있냐?"

경준이 말했다.

"아무 문제도 없었던 게 아니네요."

내가 말했다.

"화상으로 죽다 살아났는데 그깟 눈병쯤이야 그냥 넘어갈 수도 있는 거지. 괜히 트집 잡는 거야. 자꾸 받아 주면 너도 거기에 말리는 거다. 신경 꺼."

"눈병만 생기는 게 아니잖아요. 제 환자는 아나필락시스로 죽을 뻔했어요."

"딱 한 명이잖아. 앞으로 조심하면 돼."

경준의 목소리가 날카로워졌다.

"형은 어떤 식으로든 반드시 답변을 해야 돼요. 물론 거짓말을 할 수도 있겠죠. 아니면 정확한 확인이 어렵다고 하면서 두루뭉술하게 넘어갈 수 있을지도 몰라요. 근데 전 그냥 못 넘어가겠어요."

"아무것도 아닌 것 가지고 계속 이럴래?"

경준의 언성이 높아졌다.

"제가 원하는 건 하나예요. 일라딤 포르테가 알러지 반응을 일으키고 그중에는 심각한 것도 있다는 사실을 알리는 거예요. 하지만 그렇게 되면 논문을 철회해야겠죠."

경준의 표정이 굳어졌다.

"꼭 그렇게까지 해야겠나? 어차피 대만에서 모은 데이터는 나만 볼 수 있어. 내가 그런 합병증을 본 적이 없다고 주장하면 아무도 확인할 수 없어."

경준이 가라앉은 목소리로 말했다.

"그렇지 않을걸요? 일본 쪽에서 집요하게 물고 늘어지면 자체 조사를 요구하거나 아이알비(연구윤리위원회)를 통해서 자료를 달라고 할 거예요. 이미 자료를 요구했잖아요."

경준이 흠칫 놀라며 나를 쳐다봤다.

"장례식장에서 정윤호에게 들었어요. 비엔디 논문의 로우데이터를 확인해 달라고 했다면서요. 당시에는 무슨 논문에 대한 얘긴지 몰랐죠. 그 사실을 잊고 지내다가 문득 생각이 나서 윤호에게 물었더니 해결이 됐다고 하더라고요.

시간이 지나면서 조금 궁금해졌어요. 누가 해결했을까. 처음에는 연구소 사람일 거라고 생각했어요. 형은 너무 바빴으니까요. 새 병원 때문에 회의도 많았고, 캐나다 가는 것도 준비해야 했어요. 그러다가 형이 예방접종 서류를 떼러 세연대학병원에 들렀다는 걸 알게 됐어요. 좀 이상했어요. 왜 멀리까지 와서 그 접종 서류를 뗐을까.

이유는 형이 제일 잘 아시겠죠.

접종 서류는 핑계였어요. 훨씬 더 중요한 일이 있었죠. 편집자가 로우데이터까지 요구했으니 이번에는 제대로 답변을 해야 했어요. 의무기록을 고치기로 결심한 건 그 무렵이었겠죠. 그런데 전혀 엉뚱한 곳에서 문제가 생겼어요. 경희가 너무 열심히 조사한 거예요. 사실 거의 다 알아낸 거나 마찬가지였죠. 어찌 보면 당연한 거죠. 레드 아이 파일 속의 환자들이 모두 『란셋 써저리』에 내려고 정리한 자료 속에 있었으니까요. 어떻게 해서든 막아야 했어요. 그래서 절 만나자고 한 거죠. 아나필락시스가 없었다면 저도 거기서 끝냈겠죠."

"네가 뭐라고 떠들건 일라덤 포르테를 사용한 기록도, 내가 조작했다는 증거도 없다."

경준이 말했다.

"그런 식으로 얼렁뚱땅 넘어갈 수 있는 문제가 아니에요. 앞으로도 기회는 있어요. 물론 형 말처럼 임팩트 팩터 사십 점대에 실을 수 있는 기회는 영원히 안 올지도 모르죠. 하지만 위험하다는 걸 알면서도 모른 척하는 건 범죄예요."

경준은 여전히 나와 시선을 마주치지 않았다. 뭔가를 생각하는 것 같기도 하고, 아니면 후회하는 것 같기도 한 표정이었다.

"그깟 지원금 오억 때문에 내가 이러는 것 같냐? 생각해 봐. 우리가 왜 배운 적도 없는 화상 수술을 하고 있다고 생각하나? 나, 응급의학과 펠로우 석 달하고 때려치웠다. 응급실에서 남들 뒤치다꺼리나 하는 게 너무 지겨워서. 너도 마찬가지잖아. 중증화상센터는 우리가 병원의 중심에서 일할 수 있는 절호의 기회야. 새로운 분야를 만들 수도 있어. 우리도 사파처럼 깜짝 놀랄 만한 일을 할 수 있다니까?"

나는 정면을 바라본 채 아무 말도 하지 않았다. 경준의 시선이 느껴졌다

"아무 조치도 안 하겠다고 하면 어떡할 거냐?"

"글쎄요. 잘 모르겠네요."

내가 애써 무덤덤하게 말했다. '리트랙션 와치'에 대해서 다시 말하려다가 그만두었다. 만약 내가 리트랙션 와치에 제보한다면, 비엔디와 우리 병원은 제품을 판매하고 논문을 내는 데 심각한 타격을 입을 것이다. 비도덕적인 회사의 제품과 연구 결과를 신뢰하는 사람은 없을 테니까. 하지만 그런 상황이 오지 않기를 바랐다. 휴대폰을 확인했다. 한 가지 사실을 더 확인해야 했다.

"너는 네가 잘나서 이 모든 걸 알아냈다고 생각하나?"

경준이 말했다.

"운이 좋았죠. 윤경희가 없었다면 불가능했어요."

"순진하긴. 이사장이 어떤 방식으로 사람을 내쫓는지 몰라? 너도 이사장한테 이용당하는 거야. 비엔디에서 서버를 가져가서 뭘 했을까? 진짜 수리하려고 가져갔다고 생각하는 건 아니겠지?"

경준이 나를 쳐다보았다.

"뭘 위해서요?"

내 목소리가 조금 떨렸다.

"날 쫓아내기 위해서지. 이사장이 진짜 원하는 건 중증화상센터가 아니니까. 좀 버티다가 매각하려고 하는데 내가 중증화상센터 한답시고 설치니까 눈에 거슬리는 거지. 아직도 이해가 안 되냐?"

이사장이? 머릿속이 복잡해졌다. 그렇다면 사고는? 사고는 왜 일어난 걸까. 기차가 속도를 줄이고 있었다. 경준이 자리에서 일어났다. 경준이 내 굳은 표정을 보며 쓴웃음을 지었다.

- 저희 열차는 곧 이 기차의 종착역인 서울역에 도착할 예정입니다. 놓고 가시는 물건 없이 모두 안녕히 가십시오.

"그깟 눈병 때문에 모든 걸 망치지 마라."

경준이 출입문 쪽에서 나를 힐끗 쳐다보더니 밖으로 나갔다.

나는 여전히 앉아 있었다. 휴대폰을 다시 확인했다. 열 시가 넘었다. 경희가 보낸 메시지는 없었다. 문자메시지로 받은 서울-대전 간 케이티엑스 티켓이 눈에 띄었다. 그렇다. 사고!

잠시 후에 플랫폼에 내렸다. 경준이 보이지 않았다.

"아직 안 끝났어요."

내가 소리쳤다. 지나가던 사람들이 나를 쳐다봤다. 휴대폰을 꺼내 전화를 걸었다. 신호음이 세 번 정도 간 다음에 전화를 받았다.

"가해자를 만났어요."

내가 말했다. 온 신경을 수화기에 집중했다. 수화기 너머에서는 숨소리만 들렸다. 저만치서 누군가가 멈췄다.

"궁금해할 것 같아서요."

다시 수화기에 온 신경을 집중했다. 여전히 아무 대답이 없었다.

"칠십대의 노인이더군요. 잔뜩 상상하고 갔는데 완전 헛다리 짚었구나 싶었어요. 몇 가지를 물어봤는데 특별한 게 없더군요. 그런데 딱 두 가지가 마음에 걸렸어요. 그날 누가 저한테 연락했는지 아세요?"

경준이 등을 보인 채 전화기를 들고 있었다.

"주차장 직원이래요."

내가 말을 잠깐 멈췄다.

"하나 더요. 윤경희의 차가 찌그러졌다고 하더라고요. 윤경희는 도로에 서 있다가 사고를 당했는데 말이에요. 진짜 이상하죠?"

경준이 돌아서서 내 쪽을 보고 있었다. 어두워서 표정이 잘 보이지 않았다.

"그날 윤경희는 누군가로부터 연락을 받고 주차장으로 돌아왔어요. 약속 장소로 가기 위해서 운전대를 잡았죠. 주차장에서 나온 후에 다른 차와 부딪혀 사고가 났어요. 사고가 난 후에 차 밖으로 나왔어요. 차를 살펴보기 위해서였죠. 그때 갑자기 주차장에서 나오던 차가 도로에 있던 윤경희를 친 거예요. 그리고 주차장 직원이 제게 전화를 했죠."

내가 경준 쪽으로 천천히 걸어갔다.

"열한 시 즈음이었어요."

심호흡을 한 번 했다.

"그런데, 주차장 직원은 열 시까지만 일한대요. 신기하죠?"

"무슨 헛소리냐?"

경준이 내 쪽을 바라보고 있었다.

"형이죠?"

수화기 속에서 아무 소리도 들리지 않았다.

"미친놈."

긴장된 목소리 밑바닥에 깔린 후회의 감정이 희미하게 느껴졌다. 경준이 계단 방향으로 움직였다. 전화를 끊었다.

"차가 수리 중이죠!"

내가 소리쳤다. 경준이 멈춰 섰다.

"원래 계획은 윤경희 차를 들이받고 사고 접수를 하는 거였어요. 그렇게 되면 자연스럽게 윤경희가 음주운전을 했다는 게 드러날 거고, 더 이상 병원에서 근무할 수 없게 되겠죠. 그런데 너무 엉성한 계획 아닌가요? 계속 병원을 다니겠다고 할 수도 있잖아요. 지푸라기라도 잡아야 하니까 그런 거였어요?"

경준의 표정이 일그러졌다.

"법은 행위를 처벌하는 거야. 있지도 않은 계획을 처벌할 수는 없어. 넌 쥐뿔도 없잖아. 모든 건 네 상상일 뿐이야. 그깟 상상만으로 나를 처벌할 수 있다고 생각하냐?"

"윤경희는 죽을 뻔했어요."

경준은 출구 방향으로 잰걸음으로 걸어갔다. 물증은 없었다. 무슨 짓을 해도 경준의 계획을 증명할 수는 없었다.

"제일 실망스러웠던 게 뭔지 아세요? 절 새 병원으로 보내려고 했던 거? 아니면 엉성한 계획으로 윤경희를 쫓아내려고 했던 거? 사실 둘 다 더럽게 실망스러워요. 근데 최악은 아니에요. 최악은……"

에스컬레이터를 타고 올라가는 경준을 눈으로 좇아갔다. 플랫폼에 나온 사람들이 나와 경준을 쳐다봤다.

"형은 그 자리에 있었어요. 하지만 아무 결정도 안 했어요. 도망가기 바빴죠. 왜 그랬어요, 왜요? 논문, 병원, 돈? 진짜 그거 때문이에요? 그게 목숨보다 소중해요?"

내가 경준의 등 뒤에 대고 고래고래 소리를 질렀다. 경준이 시야에서 사라졌다. 경준이 사라진 쪽을 한참 쳐다보다가 벤치를 찾아서 앉았다. 경희는 아무 메시지도 보내지 않았다. 그날 누구와 만나기로 했는지 끝내 대답하지 않았다. 진짜 기억이 안 나는 걸까? 믿음과 신용. 나도 모르게 헛웃음이 나왔다. 경희에게 문자를 보냈다.

- 다 끝났습니다. 대답하지 않아도 돼요. 재활 잘 하세요.

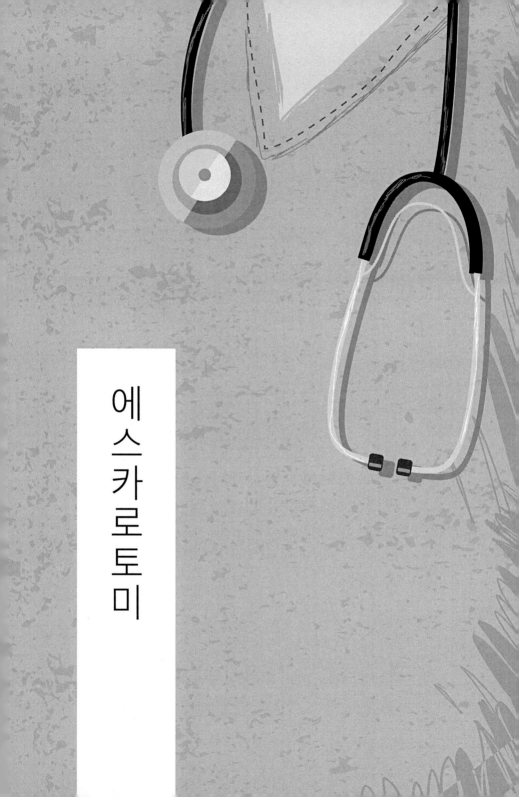

에스카로토미

···

아흔여덟, 아흔아홉, 백.*

"컴프레션 해."

외과 레지던트와 손을 바꿨다.

"에피네프린 1밀리그램 주세요."

하나, 둘, 셋. 레지던트가 심폐소생술을 하는 게 영 미덥지 않다. 방법을 모를 것 같지는 않은데…… 그냥 하기 싫은 건가?

레지던트가 흉부 압박 백 회를 끝냈다. 에피네프린을 주기 전에 모니터를 확인했다. 맥박 확인. 경동맥 촉지. 맥박이 돌아왔다. 당직 시작하자마자 심폐소생술이라니. 불길하다.

"기계환기 알람이 자꾸 울려요."

중환자실 간호사다. 외과 레지던트 쪽을 흘끗 쳐다보면서 내게 말했다. 의무기록을 확인했다. **무명남(40대 추정, 남자)**. 체표면적 40퍼센트의 화상을 입고 어제 중환자실로 입원했다. 화상 부위는 주로 얼굴, 몸통 등이고 자살을 시도한 것 같다고 적혀 있었다. '119대원 진술'이라는 설명이 괄호 속에 적혀 있었다. 얼굴부터 허리까지 압박붕대로 칭칭 싸여 있었고, 상처에서 나온 진물이 배어 나와 압박 붕대가 얼룩덜룩했다. 얼굴 부위는 화상 때문에 터질 듯이 퉁퉁 부어 있

---

* 기계환기에 연결이 돼 있기 때문에 흉부 압박을 삼십 번에 맞추지 않는다.

었다. 산소포화도 90퍼센트. 기계환기가 요란하게 삑삑 소리를 내고 있었고 화면에서는 'ALARM'이라는 붉은색 글자가 계속 깜빡거렸다.

"알람 울린다고 연락했는데 자꾸 진정제 용량만 올리라고 해서요."

간호사가 다시 한번 레지던트 쪽을 보며 불만스럽게 말했다. 레지던트는 오더를 내느라 스테이션에 놓인 컴퓨터 화면을 뚫어져라 보고 있었다. 'LOW TIDAL*'이라는 글자가 모니터 오른쪽 위쪽에서 깜빡거렸다.

왜 호흡량이 충분하지 않을까. 기계환기 세팅을 확인했지만 호흡량 설정이 잘못된 건 아니었다. 가위로 가슴 쪽을 싸고 있는 붕대를 조금 잘랐다. 드레싱 폼을 걷어내고 상처를 확인했다. 가슴 부위 상처가 딱딱했다. 이게 원인이네. 화상으로 피부가 가죽처럼 딱딱해졌기 때문에 기계환기가 호흡을 불어 넣을 때 흉곽이 제대로 팽창할 수 없었던 것이다. 딱딱한 가죽으로 만든 풍선을 부는 것과 같은 이치였다. 몇 차례 한 동맥혈 가스검사에서도 산소농도가 매번 낮았다. 이대로 두면 다시 심정지가 올 것이다.

"에스카로토미** 넣어야 할 것 같은데요."

내가 간호사에게 말했다.

"수술방에서요?"

---

* 1회 호흡량이 충분하지 않다는 의미.

** 가피를 모두 제거하는 것이 아니라 가피에 칼집을 내는 것. 이 경우에는 흉곽을 벌어지도록 하려는 것이다.

"아니요, 여기서요."

간호사의 눈이 동그래졌다.

병원이 생긴 지 얼마 되지 않아서 중환자실에서 일하는 간호사들도 화상 환자에 대한 경험이 별로 없었다. 가피절개를 하기 위해서 간호사에게 전기소작기와 드레싱 준비를 시켰다.

삼 년 전 K병원을 그만뒀다. 한동안 여기저기서 응급실 당직을 서다가 한경대 중증화상센터 구인 광고를 보고 지원을 했다. 응급의학과와 화상외과를 같이 했던 게 좋은 인상을 줬던 것 같다. K병원을 그만두기 전에 재활 치료 중인 경희를 만났다. 거의 예전으로 돌아온 것 같았다. 씩씩하고 활기차 보였다. 내 추리를 듣고 나더니 경희가 호탕하게 웃었다.

"사고는 사고일 뿐, 오해하지 말자. 제가 머리를 다쳐서 그런가? 도통 못 알아먹겠어요. 제 좌우명 아시죠? 믿음과 신용. 기억 안 나시면 돌려차기 한 판 해 드릴 수도 있는데. 호호호. 제가 사람 좀 볼 줄 아는데, 강경준 원장님이 그 정도로 똑똑하진 않아요."

경희가 오른쪽 검지를 좌우로 까딱거리며 말했다. 경희는 지금도 K병원에서 일하고 있다. 돌려차기를 할 수 있을 정도까지 좋아졌다면서 언제 한번 꼭 보여 주겠다고 했다. 하지만 여전히 그날의 일을 기억하지는 못했다. 나는 경희의 믿음(그리고 신용)을 존중하기로 했다. 경준의 계획이야 어찌 됐든 경희는 교통사고로 죽지 않았고 건강한 몸으로 다시 일을 하고 있다. 그거면 족했다. 어쨌든 사라지지 않고 다행히 여기에 있으니까.

 논문이 철회되었다는 기사가 『트라우마』지에 짤막하게 실렸다. 경준은 내가 경준의 계획을 증명할 수는 없지만 데이터 조작은 얼마든지 증명할 수 있다는 사실을 알고 있었을 것이다. K병원은 중증화상센터 지정을 받는 데 실패했다. 그러면서 병원 안팎으로 여러 가지문제가 연쇄적으로 발생했다. 우선 비엔디의 매출이 급격하게 줄었다. 제품에 문제가 있다고 논문을 철회한 마당에 일라딤 포르테를더 이상 생산할 수는 없었다. 아마도 경준이 이사장에게 정식으로보고했을 것이다. 이사장은 돈 버는 일이라면 수단과 방법을 가리지않는 사람이지만 불법을 원하지는 않았다.

 비엔디의 매출이 크게 감소하면서 병원을 짓는 일이 차질을 빚기시작했다. 공사 비용을 확보하기 위해서 일차적으로 할 수 있는 건대출을 최대한도로 받는 것뿐이었다. 하지만 그것만으로는 부족했다. 직원들의 월급이 밀리기 시작했다. 여기저기서 불만이 터져 나왔다. 모든 불만의 화살이 경준과 이사장에게로 쏠렸다. 다른 직원과동료 의사의 불만을 들을 때마다 마음이 불편했다. 왜냐하면 병원이 겪고 있는 어려움의 원인을 제공한 장본인이 나라는 생각이 들었기 때문이다. 물론 문제가 있는 제품을 계속 팔았으면 언젠가는 치명적인 사고가 터졌을 테니 손해만 입혔다고 볼 수는 없었지만.

 결국 사표를 냈다.

"에스카로토미 가르쳐 주실 수 있나요?"

레지던트가 말했다.

"그럼, 당연하지."

내가 말했다. 적극적이네. 아깐 그냥 심폐소생술 하는 게 싫은 거였나?

전기소작기로 가슴 가운데 부분을 목 아랫부분부터 명치까지 절개했다. 치지직 하는 소리와 함께 살이 타는 냄새가 진동을 했다. 피부는 전 층이 화상을 입어서 소가죽처럼 딱딱했다. 샛노란 지방층이 보였다. 이후에는 양쪽 쇄골 아래쪽, 가슴과 복부의 경계 부위를 절개했고, 양쪽 겨드랑이 중앙의 피부를 골반 방향으로 절개했다. 흉곽에 사각형 모양의 절개선이 양쪽에 생겼다. 기계환기에서 호흡을 불어넣을 때마다 절개선이 벌어졌다.

"이제 알람이 안 울리네요."

간호사가 신기한 듯이 말했다.

"진짜 그렇네요."

레지던트가 말했다. 표정이 밝아졌다. 의사 휴게실에 들어가서 커피믹스를 뜯었다. 레지던트가 가피절개술을 가르쳐 줘서 고맙다고 내 것까지 가지고 가서 물을 부었다.

"신나 뿌리고 자살하려고 한 환자까지 저희가 살려야 할까요? 자살하고 싶다는 것도 환자의 의사 표현이잖아요."

레지던트가 물었다. 자살하려고 한 환자의 의사를 존중할 것인가. 어려운 질문이었다.

"우선 몇 가지를 확인해야 할 것 같은데…… 자살이라는 건 어떻게 알았지?"

"구급 대원이 확인했다고 쓰여 있던데요?"

레지던트가 내 눈치를 살폈다.

"직접 물어본 건 아니네. 좋은 의사가 되려면 직접 확인한 것만을 믿어야 돼. 모두 거짓말쟁이거든."

내가 웃으며 대답했다.

"직접 확인했다면 최소한의 치료만 해도 되나요? 심폐소생술까지 할 필요는 없잖아요?"

"자살 시도가 실패한 후나 자살을 시도하는 과정에서 생각을 고쳐먹는 사람도 많아."

"그럼 결국 환자의 자살 의사와 관계없이 치료해야 하는 거네요."

레지던트가 맥 빠진다는 표정을 지었다.

"환자가 자신을 죽이는 건 할 수 있지만 살리지는 못하잖아. 그러니까 선생님이 도와줘야지. 그거야말로 누군가는 해야 할 일이잖아."

누군가는 해야 할 일. 정수가 남긴 마지막 음성메시지를 떠올렸다.

- THE END -

에스카로토미   351

감사의 글

글을 쓰는 동안 많은 사람에게 도움을 받았다. 소설을 쓰기 시작했던 처음부터 끝까지 나와 이 소설을 응원해 주고 두서없는 내 이야기를 불평 없이 들어 준 조준호에게 감사한다. 소설 속에 등장하는 환자 이야기를 전문가의 입장에서 검토하고 조언해 준 김낙근, 이은, 조영순에게 감사한다. 특별한 이야기를 쓰도록 선뜻 허락해 준 오민석에게 감사한다. 논문 투고와 심사에 관한 부분을 검토하고 조언해 준 김하일과 안성복에게 감사한다. 간호사와 관련된 부분에 대해서 아이디어를 내 준 지윤애에게 감사한다. 사투리 부분에 대해서 조언해 준 조진경과 박지혜에게 감사한다. 소설을 전체적으로 검토하고 부족한 점을 꼼꼼하게 지적해 준 아내에게 감사한다.

소설이 출판될 수 있도록 물심양면으로 지원해 준 윤천재, 이종호, 조진경, 최양환, 박성춘, 김종대, 송창민, 신명하 그리고 다시 한 번, 조준호에게 감사한다.

소설을 쓰면서 도움을 받았지만 미처 여기에 이름을 언급하지 못한 벗과 동료들이 있음을 밝힌다. 그들에게 미안하고 또 고맙다는 말을 전한다.

마지막으로, (그렇게 할 수만 있다면!) 지금은 이 세상에 없는 두 명의 벗과 스승에게도 감사하다는 말을 전하고 싶다. 그들을 만났기 때문에 내 인생은 조금 더 행복해졌다. 지금도 그들이 많이 그립다.

2020년 가을

최영환